有爱的青春陪伴者

余温

今雾 著

江苏凤凰文艺出版社
JIANGSU PHOENIX LITERATURE AND ART PUBLISHING

图书在版编目（CIP）数据

余温 / 今雾著. -- 南京 : 江苏凤凰文艺出版社,
2024. 12. -- ISBN 978-7-5594-9061-2
Ⅰ. I247.5
中国国家版本馆CIP数据核字第2024UJ5316号

余温

今雾 著

责任编辑	王昕宁
特约编辑	嘎 嘎　雪 人
责任校对	言 一
出版发行	江苏凤凰文艺出版社
	南京市中央路165号，邮编：210009
网　　址	http://www.jswenyi.com
印　　刷	长沙鸿发印务实业有限公司
开　　本	880mm×1230mm 1/32
印　　张	9
字　　数	200千字
版　　次	2024年12月第1版
印　　次	2024年12月第1次印刷
书　　号	ISBN 978-7-5594-9061-2
定　　价	42.80元

江苏凤凰文艺版图书凡印刷、装订错误，可向出版社调换，联系电话025-83280257

目录 /CONTENTS

001
第一章　创可贴
他像只凶狠孤僻的野狗。

028
第二章　他的后座
她有点笨,也有点可爱。

061
第三章　山外山
她想走出去,看看外面的世界。

095
第四章　两个愿望
希望她能考上大学,希望他能听到声音。

目录
/CONTENTS

131

第五章　阿也
第一次，他想听到声音，想听到她的声音。

172

第六章　十八岁
"蒋霜，我们是能接吻的关系吗？"

213

第七章　并肩
也许山鸟与鱼不同路，但总会相逢。

269

番外　慢慢过
蒋霜跟傅也，来日方长。

1

盛夏大暑。

下午已过,昏红的日光渐渐从山峦中退去身影。

清水村不大,依山傍水,一条清水河贯彻始终。岸边长着刺果树,结酸甜刺果,挂掉果子上的软刺放嘴里咬开,吃多了,晚上牙齿酸到连豆腐都咬不动。夏天,小孩沿着河摘刺果、蹚水玩,摸石头翻螃蟹,一玩就是整个下午。

蒋霜的舅舅家就在河下游。

八岁时,父母过世,蒋霜被送去大伯家,待了不到一年,被舅舅接过来抚养,养到现在,十七岁,她已经是上高二的年纪。

早先舅妈从地里摘下的豆角,挑拣洗净,焯烫过后,晾晒在簸箕里。蒋霜捏了下干透的豆角,晒得差不多了,她拿过袋子装进去,扎紧后放在厨房柜子里。准备烧火做饭时,听见舅妈叫她过去守会儿小卖部。

小卖部是前两年舅舅舅妈四处借钱才办起来的,几平方米大小,见缝插针地摆满商品后,里面待两个人都有些挤。卖的东西不多,都是些杂七杂八的必需品,油、盐、酱、醋、纸巾、烟,还有一些零食堆在纸箱里。再多就没了,村里的人没什么闲钱,进货卖不出,就只能砸手里。

很小的一个小卖部,赚不了多少钱,如今供着两位高中生,家里并不宽裕。所以蒋霜平时会帮着做些力所能及的家务跟农活,舅妈有事,她也会照看下小卖部。

蒋霜过去小卖部时,舅妈还没走,跟人聊着天。她看着对方,规规矩矩地叫了声"二婶"。

二婶笑着应下,看过来。眼前是一张白净的脸,五官长得很好,到腰的乌黑长发简单扎成马尾,柔顺服帖,走起路来也不怎么晃动,像本人一样乖顺、文静。

"霜霜现在是大姑娘了,个子这么高,长得是越来越水灵了。我还记得她舅舅带她回来的时候,哎哟,瘦得跟只瘦皮猴似的,拳头大的脸,眼睛像牛眼瞪老大,还以为难养活呢。那家可真不是个东西,还是你们家养得好。"

舅妈笑了笑,听这话心里舒坦,看了蒋霜一眼:"这孩子听话乖巧,身体也健康,一年到头也没个什么病,我们没操什么心。"

"话可不是这么说的。这么多年你们也不容易。现在姑娘养大,有儿有女的,你们享福的日子在后头呢。"

"哪有什么福,都是为儿为女的劳碌命。"

二婶见状对蒋霜道:"你以后可要好好报答你舅舅舅妈啊,谁家能这么好,对你跟对亲姑娘一样。"

"我会的。"

蒋霜笑了下,打过招呼后进了小卖部。摊开带来的作业,她已经写了一半,字是规整的小楷,清秀漂亮。

舅妈看了眼时间,也不多聊。村子里有人家里办丧事,她被请去帮忙。临走前,她过来跟蒋霜叮嘱几句。舅舅在那儿打牌,弟弟陈阳也在那儿吃席,蒋霜晚上一个人吃,可以泡袋方便面。

"要是没什么人,八九点就可以关门,门窗记得锁好。"

蒋霜点点头。

但她没有吃泡面,将剩菜剩饭热了吃了。

中途陈阳溜了回来,变戏法一样从口袋里掏出一个塑料杯,杯子里装着一只小鸡腿和几只虾。他扬扬下巴:"快吃。"

他不是第一次这么做了。

两个人只相差五个月,初中时蒋霜跟陈阳差不多高,没想到过了个高一,陈阳迅速拔高,到现在,蒋霜才堪堪到他肩膀。但他个儿是高了,长相还是青涩稚嫩,浓眉圆眼。

蒋霜问:"你没吃?"

"我吃了。我们桌有个老人,啃不动。"陈阳故作玄虚地比画着,"说时迟那时快,我抢在大伯娘前面把鸡腿给夹了过来。"

蒋霜弯唇:"没骂你?"

陈阳笑着:"骂了。"

他学着对方的语气,横眉竖眼地叉着腰,捏着嗓子骂道:"你这小兔崽子吃这么多也不怕噎死。"

活灵活现。蒋霜笑意更深。

"陈阳,还走不走了?"

后面有人催。

陈阳说自己去朋友家玩会儿,晚点回来。

"快开学了,你的作业还没动呢,到时候能写完吗?"蒋霜提醒他。

陈阳龇牙一笑:"不着急,还有好几天。明天,明天我一定做!"他摆摆手,"姐,我走了。"

他和朋友们勾肩搭背,几个身影很快消失在视野中。

鸡腿已经冷了,但蒋霜吃得很仔细很干净。

夜色渐深。

蒋霜打开小卖部外面的灯,照亮小卖部窗口前的一方天地。路灯是舅舅做的,从小卖部里牵出电线,白炽灯泡上搭着他自己做的简易灯罩,挂在已被虫蚁蛀食的柱子上,风一吹,灯罩晃动,灯影摆动。

没人的时候,她埋头做着作业。

其他人应付交差的暑假作业,蒋霜很认真地在做。学校里老师推荐购买的题集她没买过,因为要额外找舅妈拿钱,所以这种必须的作业,她一个字一个字写得用心。她拥有的不多,得到的就格外珍惜。

蒋霜的成绩还算不错,一直排在班上前三,老师说她考上一本的希望很大。但只有她自己清楚,考上不一定就能上。陈阳跟她一届,家里供养两个高中生已经很不容易,更何况是两个大学生。

这些问题,她只是暂时不去想。

陆续有人来买东西,有人说时间不早了,她一个小姑娘危险,让她早点关门算了。蒋霜将零钱找给对方,只说作业还没做完,再待一会儿也没关系。

夜越深,风也越大,木柱轻微晃动,发出"吱呀吱呀"的声响,她早已习惯,但还是盯着那根干枯柱子发呆,想它哪天撑不住砸下来,会往哪个方向……出神间,她听到脚步声,混合着沙砾,有种拖曳的摩擦感。

蒋霜回神抬头,撞见从暗处走来的身影。

光线太暗，隔得又远，直到那人走近，她才看清楚对方的长相。

是一张并不熟悉的年轻面孔。

对方比陈阳还要高，肩胛消瘦，身上有伤，洗得发白的灰色T恤领口被拉扯得变形，像是刚打过架的样子，脸上的血迹未擦干净，眼神漠然，像只凶狠孤僻的野狗。

生冷又野性。

蒋霜瞳孔骤缩，一时忘了反应。

她是知道他的——傅也。

十岁时因用药不当，高烧不退，最后送到县医院救治，病好后却听不到声音。父母离异，谁都不要他，最后被抛弃给独居的奶奶，之后被送去聋哑学校，寄宿，并不怎么回村子里。这次傅奶奶生病，傅也剩下半年高中不念了，回来照顾奶奶。老师知道他们家的情况，说只要他完成基础课程，还是照样给他发毕业证。

这些都是傅奶奶告诉她的。傅奶奶心慈面善，有时会过来买东西，说起自己的孙子，总是满面愁容。大人造孽，孩子遭罪，他又落得残疾，往后不知道会怎么样。但忧虑过后，傅奶奶又笑，说孙子从小孝顺，知道她病发腿脚不好，怎么说都不听，一定要回来。

"这孩子什么都好，会心疼人，就是心思不在念书上，也不怪他，他又听不到。"

是啊，听不到。

蒋霜没法想象听不到声音的世界是什么样。

要更难吧。

她也问过傅奶奶："去看过医院吗？可以佩戴助听器。"

傅奶奶摆手:"去过,太贵了,他怎么都不肯,说听不见也没关系。"

说到这里,傅奶奶抹抹眼角的湿润,说:"哪里会没关系呢,他就是不想花钱。"

傅也走到小卖部窗口。他看人的眼神很冷,十几岁的年纪,身形单薄嶙峋。但他骨相生得很好,单眼皮,深眼窝。

他看起来很正常,并不比别人缺什么。

蒋霜闻到血腥味。他衣服上有暗红色的血迹,不知道是他的还是别人的,像是陈年的疮疤。她迅速移开视线。

傅也指向她身后,绷着的下颌线锐利如刀。他抿着唇,没说话。

她扭过头看他指的位置,才意识到,他是来买烟的。

"哪种烟?"蒋霜下意识地问。问完,她有些懊恼地咬唇,她一时忘记他听不见。

傅也眼里的情绪很淡,像是已经习惯,手指再次点了同一个位置。

红塔山,两块五一包。她舅舅也抽这种,舅舅说这种烟便宜,抽起来口感醇厚,但抽到最后,嘴里发苦。

蒋霜转身,最便宜的烟在最上面,有些高,她踮着脚取下来。

傅也从口袋里掏出揉成团的零散纸币。五十块的、十块的、一块的全被他一视同仁地揉皱得不成样子,他从里面抽出三张一块纸币递过来。

蒋霜垂着眼睫,看到那只手,手指修长,骨节分明,但手背上有伤口,皮肉外翻,连指缝都被浸染成暗红色,幸好血已经止住。

他却像是没感觉，或者说是因为麻木。

还是会疼的吧。

莫名地，蒋霜想到傅奶奶的脸，愁苦的目光似连绵的梅雨季节。

傅也在等她。

他没有任何不耐，站在那儿一动不动，像被刻坏的木偶。

蒋霜收回视线，找出五角的零钱，关抽屉时顿了下，从旁边的小盒子里摸出了一枚创可贴，贴着纸币一起放在烟下，递了过去。

蒋霜的动作快而隐秘，但仍不确定对方有没有看见。

她有种羞耻感，好像做了什么坏事。

她也不知道自己为什么会那么做，鬼使神差间，她已经那么做了。

一枚创可贴没什么用，治愈不了他的伤口，也不值什么钱。但这是她第一次拿小卖部的东西送人。小卖部不是她的，她已经是拖累，没有慷慨的资格。

傅也拿过烟，眼皮只是略抬了下，没看她，抿唇转身往外走，同时做着拆开烟盒的动作，背影单薄，像沙漠里枯死的胡杨树。

人没走远，烟已经点上，他仰头，醇烈的烟气入肺，神经跟着被麻痹。

正要将烟盒揣进兜里，有东西掉在手心，傅也忽地停顿，斜乜一眼。

蒋霜一直在看他。

突然顿住的背影让她做贼心虚一般低头，来不及想其他，心脏突地跳动，面上烧红，她握着笔装模作样地写作业，可眼神聚焦很久,才逐渐看清楚题干。

　　这道题她想了许久,算不出最终解,怀疑是题目本身错误。于是她只写了个"解"字,迟迟没有往后写。她在分神,余光延伸到窗台后一寸的位置,担心会多出一道身影,将她多余无用的善意丢回来。

　　就这么撑过几分钟。

　　蒋霜再抬头时,前方是空荡夜色,那人早已经走了。

2

　　快晚上十点时,陈阳溜了回来,蒋霜才关上小卖部的门窗,锁紧后,两人一块往家里走。

　　第二天一早,蒋霜烧好热水,沸腾的先灌进保温壶,剩下的倒入盆中,兑了凉水洗脸。舅妈因为熬夜,起得比平时晚,呵欠连天,感叹年纪大了真不能熬夜,熬一晚都够呛。说完,她揭开锅,热腾腾的水汽扑面,她拿来挂面下进滚烫的汤里,面条随着热汤涌动。

　　蒋霜去叫陈阳起床,一家子坐上桌吃饭。

　　舅妈又感叹昨天晚上的丧事办得敷衍,席面抠搜就算了,连鞭炮也没花几个钱,几个儿子合伙竟还办成这样。而且丧事还没办完,他们就已经在吵要怎么分钱,可见儿子多也不一定是好事。

　　"活着的时候没一个人愿意养,还指望他们死了尽孝?"舅舅低头,吹两口气后卷起一大口热面条吃下。

　　舅妈叹气,视线扫过陈阳。

　　嘴里的面条还没完全咀嚼,陈阳扯着嗓子给吞进去:"您别这样看我,我肯定不会这么没良心。再说了,这不是还有我姐呢。"

蒋霜正安静地吃着碗里的面条,闻言,认真地点头:"是的。"

舅舅欣慰地笑了笑。

舅妈道:"我们也不指望你们俩以后多出息,就只一点,别像傅家那儿子一样,成天打架斗殴,以后迟早是要进去的。我跟你爸丢不起那个人。"

村子里大多姓"陈",姓"傅"的不多,一般都是后面搬来的。舅妈提到傅家,蒋霜直接想到傅也,将筷子插入面条里。

"他回来了?不是在读书吗?"舅舅问起。

"他奶奶不是身体不好吗?所以他书不读了,跑回来了。这才刚回来几天啊,就在晒场那边跟人打了一架。地上都是血,看着怪吓人,也是够浑的。"

舅妈拉过舅舅的碗,要将自己的面分过去,舅舅伸手去挡,让她自己吃。舅妈乜他一眼,说:"我吃不下,这几天胃口不好。"说着,她夹了大半面条过去。

"妈,您别这样说。"

陈阳皱眉,咬着牙:"傅也哥从不主动惹事,他要真动手就是那群人欠揍。"

早在蒋霜过来前,陈阳就跟傅也认识。陈阳小傅也两岁,小时候就喜欢跟着对方屁股后面,一口一个"傅也哥"。后来傅也生病听不见声音,就很少出来,但陈阳还是三天两头跑去傅家,即便见不到人也没关系。

"你知道什么?他以前是怎么转去聋哑学校的?那时差点把人

给打坏了,是他奶奶跑到别人家,又是送钱又是磕头才摆平,有这样的孩子就是遭罪。这次他转回来,你少跟他一起混。"

"那人更是该打,他……"陈阳下意识地要辩解几句。

"陈阳!"舅妈拔高声音,一把将筷子拍在桌子上,"我说什么你都听不进去,你也聋了是不是?"

陈阳不悦地皱眉,知道三言两语也改变不了父母的偏见,也不再说了。

舅妈的视线偏向蒋霜,语气缓和了点:"还有你,你以后也离这种人远一点,就算是一个村子的,看见了也不要打招呼。"

"好。"蒋霜迟缓地点头。

舅舅道:"放心吧,我们家的孩子都乖,跟那些孩子混不到一块去。"

"那也怕被带偏。"舅妈夹着碗里的面条,嘟囔着,"身体有残疾,哪个知道心理会不会也有残疾。"

陈阳不胜其烦地抬头:"妈!"

舅妈回瞪他一眼:"不说了,赶紧吃完把你的作业写了。"

蒋霜埋头吃光面条,又将面汤喝干净,身体里热浪阵阵,激出满头的热汗。她起身,动作利落地收拾好碗筷,用锅里的余温烧热水洗碗。

白天舅妈守着小卖部,舅舅去给人帮忙修房子,蒋霜跟陈阳在家里补作业。

陈阳心浮气躁,刚写几页就丢开笔,问:"姐,你是不是也觉得傅也哥是个烂人?"

蒋霜抬头，眼里平静："我不认识他。"

"也是。你来的时候，傅也哥已经去聋哑学校了，我这些年也没见过他。"陈阳叹气，"但傅也哥真的是很好的一个人。"

"你都很久没见过他了，人会变的。"

"他不会变！"陈阳语气笃定。

"姐，真的，你见过他就不会那么认为了。"陈阳趴在桌子上，神情认真，"我没跟你说过，傅也哥救过我的命，没有他我可能就死了。"

蒋霜问："什么时候的事？"

陈阳记得很清楚，也是夏天，他才六七岁，在河边玩石头。一群十几岁的男孩经过，连哄带骗地带他到深水处，让他从石头上跳下去，他怎么也不肯，喊着要回家时被人推进水里，要被淹死时是傅也救了他。

傅也当时也才八九岁。

陈阳口鼻里呛满了水，上岸后咳得面红耳赤。傅也将推陈阳的人狠狠推搡了把，带着他走了。

"回家的路上，傅也哥把我揍了一顿，说下次再在河边看见我就揍死我。"

陈阳腼腆地笑了下，那之后他的确也没去河边玩了，一半来自淹水的阴影，另一半来自傅也的拳头。

"如果他没有生那场病，还是一个健全的人，他肯定不会变成现在这个样子。他很聪明的，那时候大家都说他是读书的料，哪知道后面会发生这些事情。"

陈阳难受:"老天爷就是不公平,折磨好人,放过坏人。"

傅也是。

他姐也是。

蒋霜停顿,想到夜晚那张神情漠然的脸、那个单薄的背影,她没跟陈阳说自己已经见过傅也了,只是拍了下陈阳的肩膀,催促道:"快点写作业。"

陈阳顿觉更痛苦,求饶:"啊……姐,你就帮我做一门好不好?英语我真不行。"

"不好。"

"姐,我的亲姐,帮帮小弟我吧。"陈阳一下下戳着她的手臂,开始卖惨,"眼瞅着离开学没几天,写不完我就没学上,你忍心?"

蒋霜经不住磨,抿唇忍笑,松口:"我告诉你思路,你自己写,这是底线了。"

"大恩就不言谢了!"陈阳夸张地作了一揖。

"你快写!"

"这就写。"

…………

晚上,蒋霜洗完澡躺在床上,熄了灯,一时半会儿还没有睡意。

刚被接回舅舅家时,蒋霜跟陈阳睡一个房间。舅舅搬来一张旧床,铺上被褥床单,当天她梦见去世的父母,半夜哭醒,陈阳从自己的床上爬起来,笨拙地给她擦掉眼泪,说:"没事的,姐,我以后保护你。"

再大一些,舅舅就在这间房里做了一个隔断,分为两间小房。

她主动选了其中一间没有窗户的小房，关掉灯，就只有黑暗。

但她适应得快，也不觉得害怕。

那台破旧的风扇"呼呼"地转，不知疲倦般，虽然坏过两次，修好还能接着用。只是闷热的房间，送来的风也是热的。

蒋霜想到很早去世的父母。时间冲淡了情感，她已渐渐记不清他们的模样，只剩下隐约的轮廓。记忆里，他们是很好的爸爸妈妈。

她又想到舅舅舅妈。开学前几天，舅妈要回娘家一趟。

她听到舅妈跟舅舅说话，开学学费不够，舅妈想要回娘家借钱。舅舅抽着烟，沉默半晌道："不用，钱不够我去借。"

"去哪儿借？能借的都已经借了个遍，孩子开学谁家不用钱？"

"你回去，你爸不会给你好脸色。"

舅妈声音闷闷的："那能怎么办，两个孩子要上学。"

蒋霜翻过身，眼睛干干的。每当这时候她便觉得时间好漫长，她多次许愿想要快快长大，早点挣钱，但前路却如这满室的黑暗，没有半点光亮。

翌日，蒋霜主动要求看守小卖部。

她其实很喜欢这种感觉，让她感觉自己是有用的，并不只是一味像蛀虫般啃食着这个家，而是她也做了点什么，即便作用微乎其微。

小卖部虽然不大，也算在"要塞"，村里人在地里干完活，扛着锄头回家时都要经过，有时候会买上一包烟、一包盐或者一瓶酱油，心情不错时给家里小孩带个糖或者辣条、方便面，但基本不会买饮料，他们对自己一向苛责，不会多花钱。蒋霜话不多，但会喊人，只说一句"要回去吃饭了吗"，也会被夸嘴甜。村子小，虽然贫瘠，但人情味浓。

但就这么坐一天，也还是会无聊。蒋霜的作业已经做完，她用手臂撑着脑袋，眼睫将垂未垂，抵抗着汹涌的睡意。不过就一个眨眼的空当，眼前多了一个身影。

她猛地睁开眼，在看清楚对方的脸时，睡意一下子消弭。这次傅也穿的是黑色白边T恤，干净的，没有血迹，衣料被宽阔肩胛撑开，下摆却有些皱，短裤到膝盖……只是仓促一瞥，她便收回视线。

没有了血腥味，是陌生的气息，以及淡淡的肥皂的洁净味道。

只是他身上仍有一股压迫感，蒋霜忍不住绷直脊背。

傅也眼型狭长，眼底漆黑，视线落在她脸上。他依然是一个抬手的动作，手臂上是刚结痂的伤口，像条爬行的蜈蚣。他指向她身后的位置。

蒋霜的心脏"怦怦"地跳，她立时转身，去拿烟。

似乎一切又跟第一次一样。

将烟接过来后，傅也低着头，垂着眼睫，在窗台前的盒子里挑拣，都是一些诸如棒棒糖的小零食。

小卖部外面的白炽灯是新换的，比里面要亮一些。

他朝内，面上阴影过重。

蒋霜等着他挑。他眼睫很长，垂着时，给人一种安静无害的错觉。

但舅妈说他经常打架斗殴，发起狠来不要命，几年前就差点闹出人命……蒋霜有些出神，舅妈口中的傅也跟陈阳口中的傅也是两种人,她不知道他属于哪一种。

傅也最后挑了一条口香糖,薄荷味的。

口香糖一块五。蒋霜抬手,竖起四根手指:"一共四块钱。"

傅也盯着她的脸几秒,眼睫下的瞳孔漆黑。蒋霜咬住唇。

这几秒或许是因为她竖起的四根手指,从而判断她知道他听不见的这件事,也可能是那天晚上多出的东西。

几秒后,傅也收回视线,再没多余的动作。

他从口袋里掏出一沓钱,抽出四张一块的放在窗口,伸手把烟跟口香糖拿走,走之前掀起眼皮,情绪很淡地看了她一眼。蒋霜手指扣着桌边,莫名紧张。很快,他转身,背影消失在黑夜中。

他人一走,蒋霜绷紧的背放松下来。

她拿过钱,要打开抽屉放进去时,摸到了不一样的触感,仔细去看,才发现里面还有一张纸,像是随手从哪里撕下来的一角。纸上有字:少管闲事。

笔力很深,墨水洇出毛边,停笔的地方纸张被戳破。看得出来,他写字时很用力,横撇竖捺,透着股无所谓的张狂劲,字如其人。

他看到了那枚创可贴,也表明了自己的态度。

蒋霜面红发烫,将纸张揉成一团。

她的确不该多管闲事,还只是一枚创可贴,有些可笑,简直不知所谓。

他们只是没有交集的陌生人。

她的处境不会比他好多少,没资格释放廉价的善意。

3

八月末,天气依然没有降温的苗头,午后的太阳将水泥地炙烤得烫脚。

高温下,人也显得焦躁。

陈阳从冰柜里拿出一根绿豆冰,递给蒋霜。蒋霜没接:"你吃,我不爱吃。"

"天气这么热,吃根冰棍才爽。姐,你吃一根。"

"我不喜欢吃甜的。"小风扇力度不够,吹出来的都是热风,蒋霜捏着扇子,企图凉快一些。

远远地,有一道佝偻身影走过来。蒋霜先认出是谁,跟陈阳一起叫人。

傅奶奶走得慢,颤颤巍巍地扶在窗口,银灰短发被黑色发箍整齐地往后理好,朴素干净。她是来买米的,以前一个人住,每次散称一小袋就够吃一段时间。现在傅也回来了,男孩子能吃,她想着买一袋米划算些。

还有一些零食,也是专门为傅也买的。

陈阳趴在边上,问:"奶奶,傅也哥怎么样了?"

傅奶奶耳背,没听清,问他说什么。陈阳声量拔高又问了一遍。

"哦,你问阿也。他挺好的,长好高了,跟他爸爸越来越像了。"傅奶奶笑了笑,"你有时间来玩。"

"傅也哥今天在家吗?"陈阳问。

傅奶奶摇头:"不在,一大早就出去了。"

"哦,那我下次去找傅也哥。"话是这么说,陈阳心里也没底,自己能不能见到人。

蒋霜将零散的东西装进袋子，十斤重的米单独放一边，按着计算器，算出一共多少钱。

傅奶奶从口袋里拿出用小方巾仔细包着的钱，眯着眼点好钱，一张一张地递给蒋霜。

"奶奶，我帮您送回去。"

"不用不用，就几步路，哪用得着送。"傅奶奶摆手。

蒋霜已经拎着东西站起来："这米很重的。反正没几步路，我很快。"

"我去吧，姐。"陈阳道，手里的冰棍还没吃完。

"没事，你看下小卖部。"

傅奶奶的家离小卖部有点距离，正常走过去也要十来分钟。蒋霜顶着烈日，跟着傅奶奶的步子，路上听她唠家常。蒋霜想到自己的奶奶，住在大伯家，前些年半夜里走了，那也是个絮叨心善的老太太。

她愿意跟傅奶奶多聊几句，就好像，奶奶还在。

"阿也一回来就忙个不停，修这修那的，净折腾。"

蒋霜听着，微笑："他也是想让您住得舒服。"

"老都老了，什么都习惯了。这次他又在搞什么洗澡的，不用烧水，打开就能有水来，站着就能洗。"傅奶奶笑，"花样多。"

傅奶奶说："下次你们家里有什么东西坏了，都可以拿过来，让他帮你修，他小子就这事最会了。"

"好的，奶奶。"

……………

到家了,傅奶奶让蒋霜进来喝口水。

傅家住的是一栋老旧木房子,但收拾得很干净,院子一角堆着可能从哪里拆来的旧木板,翻新后能继续用。

傅奶奶主动说起:"是阿也搞的。他说房子里有些木板坏掉了,要换新的。我跟他说请人来弄吧,他不肯,要自己来。这孩子,从小就心疼人,从不问我多要一分钱。"

"他很能干。"蒋霜说的是心里话。

不过,东西没能送进房间,蒋霜刚要走进房间,一道身影从旁边的围墙上跳下来。傅也三两步就走到她面前,看向的是傅奶奶。他抿着唇,鼻梁上冒着细汗,指了下傅奶奶,握拳食指勾着,打在左手掌心……

蒋霜意识到他在比画手语,她以前没接触过,看不懂,不知道他在说什么。

傅奶奶笑了笑:"没事的,就两步路,买的东西也不多。霜霜乖得很,非要帮我送回来。"

蒋霜猜,傅也大概是责备傅奶奶不听话。

傅也看过来,脸上带着不近人情的冷淡。两人视线相撞,她短暂地不知道该怎么反应,那张纸上的字历历在目,他大概以为她又在多管闲事。

她的确是在多管闲事。

但管的又不是他的。

"我……"蒋霜下意识想解释,又想起他听不见声音,戛然而止。

场面反而更尴尬。

傅也没感觉，脸上没有多余情绪。他从她手里拿过东西，两人的手指难免碰到，他的手指很硬，像是骨头上包裹着粗砺的茧子。

他提着东西进屋。

"他的性格就是这样，你不要放在心上。霜霜，进来喝口水。"傅奶奶盛情邀请。

蒋霜笑着摇头，说还要回去看小卖部。

傅奶奶挽留不住，连声说谢谢，让她下次来家里吃饭。

傅也弓着腰将米放进柜子，合上柜门，直起身，给自己倒了一杯凉水，仰头灌入，余光透过发黄的玻璃窗看见人已经走了，只剩一个背影。她身上过宽的T恤明显不合身，走起路来，长马尾小幅度地左右晃动。

傅奶奶进屋，责备他过分、不礼貌。

她又说："小霜人好，你不在家的时候，我去买东西，重一点她都要帮我提回来。"

傅也比手语："我没说什么。"

傅奶奶生气："但你臭着脸，都把人吓到了。"

傅也："对不起。"

傅奶奶转身去整理自己刚买的东西。

…………

蒋霜回去，把昏昏欲睡的陈阳叫醒："困就回去睡。"

陈阳抹了把脸，清醒了一些，说："不困。你这么快就回来了？"

"嗯。"

"我还挺久没去过傅也哥家了。小时候我三天两头往那儿跑，虽然傅也哥不搭理我，我还是去，去多了，他就带着我了。"

"因为你从小就招人烦。"蒋霜调侃，没说遇到傅也的事。

"哪有，我分明招人喜欢。"陈阳为自己辩驳，说起他们待在一起时的趣事。傅也嘴上嫌弃他，恐吓要将他丢进山里喂野猪，但没有，一次也没有，每次都会把他送回家。

嘴硬心软，大抵如此。

晚上，陈阳去朋友家玩。舅舅最近接了个活，在工地赶工，不常回来，蒋霜就一个人守小卖部。

有几个年轻人过来买烟，都是生面孔，将小卖部围住。蒋霜感觉对方是附近村里的混混，即刻警惕起来。其中两个往窗口上一靠，看了她一眼，扭头问同伴："要什么烟？"

"都有什么？"

"村里能有什么好东西。喂，同学，先把你们这儿最贵的烟都拿过来。"为首的抬抬下巴示意。

蒋霜留了个心眼，道："最贵的二十块一包，要几包？"

"都要。"

"一条烟两百块。"蒋霜道，却没有起身拿烟的动作。对方枕着手臂也没有给钱的动作，不动声色地望着她。

彼此僵持着。

身后有人笑出声："新哥，这位同学等着你拿钱呢。"

被叫"新哥"的男生怪诞地笑了："同学，你是不是觉得我们没钱?"

"没有,钱有点多。"蒋霜道。

稀稀疏疏的笑声跟着响起,似嘲弄似讥讽,还有人骂了句"土包子"。那男生懒散地仰着头,道:"东西都不拿过来,我怎么给钱啊?万一你把我的钱吞了,不给我东西怎么办?"

"我不会。"蒋霜看着他。她也紧张,被这么多人围着,他们要真想做点什么,她连反抗的余地都没有。

小卖部不是没被偷过,一大帮人半夜把窗户给撬开,把里面的烟酒全拿走了,还有一些锁在抽屉里的零钱也被拿走了。那个晚上损失了几千块。

舅舅报了警,但没抓到人。

那段时间家里笼罩在阴影里,蒋霜甚至已经做好辍学的准备,以至于后来都不知道是怎么熬过来的。

这种事,家里经不起再来一次。

"你要不拿,我就自己拿了哦。"那男生直起身,双手撑着窗口,要跳进来一样。

蒋霜面色苍白,但还是摸到手边的棍子,没举起来,只是露出了个头。她眼神冰凉,倔强地抿着唇,跟他对峙。

"哟,看着挺斯文的,性格这么烈呢?"

"我舅舅在家,你们再不走,我就叫人了。"蒋霜紧抿着唇,咬紧牙齿泛出酸意。

"扯谎呢。你舅舅舅妈都不在家,你以为我们不知道?"

蒋霜心生恐惧,才意识到这群人是知道没大人在特意跑过来的。

她慌了神,不知道该怎么办。舅舅家就指着这个小卖部,要是东西在她手里被抢走,她就是十恶不赦的罪人。

这时候,她既希望陈阳出现,又希望他不要出现。

这么多人,陈阳在,只有挨打的份。

"别跟她废话了,快点拿东西走人!"放风的人已经在催。

那男生就要撑着手臂跳进来,其他人跟着围拢上来,像环伺的群狼,有点机会就会凑上来将她啃食干净。

蒋霜握紧棍子,心脏似乎快要从胸腔里跳出来。

可那男生还没跳起来,有人挤了过来,从容地拿出一张五块纸币递过来。蒋霜紧盯着来者,反应迟缓。几秒后,她不太确定地接过纸币,傅也竖起两根手指,而后指向她身后的位置。

——要两包红塔山。

那群人盯着傅也,傅也视而不见。

蒋霜没敢动,她不确定傅也知不知道现在是什么情况,他突然出现,打乱了对方的进攻,她怕殃及到他。

傅也又催了一遍。被数双眼睛盯着,他也不以为然。

蒋霜拿来烟,傅也仍然淡漠地靠着窗口,没有要走的样子。她终于确定他是来帮自己的,眼眶一热,几乎快要溢出泪来。

她生出些抗争的勇气,站定,担心他们会打起来。但真打起来,她还有棍子,多少能有点作用。

傅也单臂搭在窗口,肌肉线条绷着,有股不言而喻的力量感。他偏头迎上混混的视线,眼尾耷着,看着平静,又像是下一秒能随手抄着东西往人脑袋上招呼的狠角。

"多管闲事?"

傅也只是望着那男生,没打算走。意味明显,他是要管这事。

对方感觉被挑衅,笑意越深也越假。

"新哥,他听不见。"

"傅也,那聋的疯子。"有人认出傅也,跟同伙说道。

"你跟他什么关系?"新哥望向里面的蒋霜,"他这么帮你,不怕死?"

"你们快点走,不然我真的叫人了,总有大人在。"有傅也在,虽然就他一个人,但蒋霜也多出份底气,说话也硬气了些。

对方摸了下鼻子,意味不明地笑了下,扭头吊儿郎当地抬了下下巴,什么也没说,掉头走了。其余人跟着,龇着牙"嗷呜"乱叫。

过了会儿,声音远去。

蒋霜这才发现自己身上全是汗,T恤被打湿,黏在皮肤上。她终于可以呼吸了。

傅也看了她一眼。她苍白的脸上贴着几缕碎发,眼里惊魂未定,就这么睁着,胸口起伏剧烈。傅也垂下眼,身体前倾撑在窗口上,双手平伸,碰了下。他打手语时是看着她的,眼神专注,将她的反应收入眼底。

蒋霜眨眼,愣愣的,她看不懂手语。

傅也的手越过窗口,拿了桌上记账的圆珠笔,然后伸手示意。蒋霜后知后觉地反应过来他是要纸。她放下棍子,才发现手掌通红,因为太用力,手指都僵掉了,她试着做了几下抓握的动作,才去翻桌上的书,最后将自己的草稿本递过去。

他在写字。

蒋霜靠过去看，感受到了属于男生的蓬勃热气，比夏日里的风更燥热。意识到靠得太近，她又移开些距离。

夜里，温度降下来了，吹来的风带着凉意。

蒋霜看见他握住笔，指骨用力，利落地写了两个字：扯平。

扯平？

蒋霜轻微皱眉，认真在想他们之间有什么可扯平的。

傅也看出她眼里的困惑，扯了下唇角，有些嫌弃。

蒋霜反应过来，他应该是说白天时，她替傅奶奶提东西。但那件事，她想帮忙的对象是傅奶奶，跟傅也没关系。他不在时，她也是这么做的。

蒋霜想了想，从他手里拿过笔，将草稿本转向自己。她写字时姿势端正，一副好学生做派。她垂着眼睫，一笔一画，同样写了两个字。

傅也扫了眼。

是"谢谢"。

字很秀气、规整。字如其人。

她感谢他出面赶走了那帮混混。

两个人如鸡同鸭讲一般。

傅也斜乜她一眼。她身上的T恤很宽，更像男式的，双肩瘦削，浑身上下没二两肉，不过脸上渐渐有了血色，不像刚才惊慌失措，望着他时有过分诚挚的傻气。

蒋霜的唇弯了下，露出一个善意的笑容。她是真的感激他今晚的帮助,如果不是他,她真不知道怎么办,那些人一拥而上,能将小卖部扫荡干净。

可回应她的只有冷淡眉眼,傅也对她的感激不为所动。

他站直,乌黑碎发下的眼半合着睨她,右手的食指、拇指分开,贴在嘴边……很快,他就收了动作,拔腿走人。

蒋霜愣在原地。

她回忆他的动作,尝试着比画了下。那是微笑的意思吗?她不知道,但猜测应该是友好的意思,虽然他的表情实在算不上友好。

蒋霜担心那些人会回来,提前关了小卖部。

陈阳回来时,蒋霜已经洗漱完,他好奇地问:"今天怎么关门这么早?"

她没说混混的事,怕他担心,只说家里没大人,早点关门好一点。陈阳点头:"你终于开窍了,之前说过好几次你都不听,大晚上谁还会来买东西?"

蒋霜心不在焉。等陈阳上完厕所回来,她忍不住问:"你会手语吗?"

"会一点。怎么了?"

傅也生病耳聋后,陈阳为了两人能继续玩耍,也去学了点皮毛,但基本没用上,因为他连人都见不着,没有施展的机会。时隔这么久,学的都差不多忘记了。

蒋霜将动作演示了一遍,问:"这是微笑,或者谢谢的意思吗?"

"这样?"陈阳又做了一遍,耷拉着眼,看起来呆呆的。

蒋霜点头。

陈阳笑出声："姐,这是骂人呢。"

果然,不管学什么语言,骂人的话总是让人记忆深刻。

"骂什么?"

"笨蛋。"

1

学费在舅妈回来后凑齐了。

舅妈的脸色不好,这钱借得很不容易,少不了被冷嘲热讽,热脸贴冷屁股。偏偏她没办法,还得赔着笑脸。

"要我说,你们两口子挺有钱的,都有钱帮别人养女儿,用得着找我借钱?"

舅妈脸色苍白,说:"那不是没办法吗?孩子爸妈都没了,能指望的就只有舅舅。"

"你们做好事,让我们出钱,打得一手好算盘。"

"会还的,有钱就还给你。"

"还还还,你借爸的钱多久了,你还过吗?"

…………

舅妈在娘家直不起腰,做小伏低了几天,还是哥哥看不下去,偷拿钱借给她。

回去的路上,她哭了一场。

舅舅体谅舅妈的不容易,想方设法地逗她开心,蒋霜只能抢着干活。连陈阳都比平时懂事,发誓自己一定能考上大学。舅妈难得露出点笑意,拍了他一巴掌,说"你小子就会吹"。

几天后,正式开学。

学校在县城,离家有二十几公里。像他们这种都是住宿,等周末放假,再到车站搭车回家。

舅舅借来一辆面包车,送蒋霜和陈阳开学,扛着棉被进宿舍,收拾好后就要忙着进货去了。宿舍是八人寝,上下床,蒋霜睡在下铺。套被子时，进来了几个室友，互相打了声招呼。收拾完，已经是下午。

翌日，早上六点，上第一节课。

蒋霜在高二（5）班，陈阳是高二（3）班，都是理科班。开学第一天照例是不怎么上课，（5）班班主任胡铭挑了班里几个男生去搬书。新书一摞摞地陈列在讲台上，带着油墨味。胡铭让班长念名单，念到谁，谁就过来领书。他拿着保温杯立在边上，调侃着一个暑假不见，大家不是黑了就是胖了。

"我更惨，黑了，也胖了。"同桌苏芮叹气。

苏芮家在县城，家境不错，又是独生女，很得父母宠爱，吃穿用度都是班里最好的。但她身上没什么娇惯劲，性格开朗，大大咧咧，人缘很好。高一下学期分文理后，她认识了蒋霜，两人坐了半年的同桌，也成了最好的朋友，平时吃饭、上厕所都在一块。

也是认识苏芮之后，蒋霜才知道，原来城里的小孩是这样长大的，衣食无忧，兴趣班、夏令营这些词，她甚至不曾听过。

苏芮聊着暑假跟爸妈去海边玩，捡了一罐贝壳，还给蒋霜买了礼物，是一只银质手镯。

蒋霜觉得贵重不肯要，苏芮将手镯塞进她手里，板着脸："你要是不要，就没当我是朋友。而且，我也有一只，是姐妹款。"

蒋霜只好收下，说了"谢谢"，之后整日戴着。

苏芮满意，抱着手臂凑过来，打量着她："霜霜，你是不是长高了？"

蒋霜发育比同龄女生晚，大多女生初一来了月经初潮，她初二快结束时才来,个子不高,身形扁平,跟其他人走在一起更像是低年级的妹妹。她真正开始长身体,是在高中。那时她膝关节常常抽痛,镜子里胸前的弧线越来越明显,身高也如麦子抽穗一般,迅速长到一米六五。

"是长高了点。"蒋霜道。

"不止长高,五官还长开了。霜霜,你的睫毛好长啊,真好看。"

蒋霜被苏芮盯得不自在,推着她肩膀回自己的位置,真心实意道:"你最好看,谁都没有你好看。"

"那也架不住晒得这样黑。我决定了,这个冬天我一定要养回来。"苏芮托腮感叹,满心满眼藏着少女的愁思。

学校正常上课,高二课程难度拔高,尤其是物理,蒋霜学得更用心。一直到周末,学校放假,苏芮拉着蒋霜逛街吃东西,蒋霜只是作陪什么也没买,最后吃了一碗面,苏芮就送她去了车站。

说是车站,其实也只是一个固定的上车地点。到村子里的班车车次并不多,都有固定的发车时间,只慢不快。

"霜霜,有帅哥!"

苏芮目光平直,用手肘推了推蒋霜,示意她往前看。

前面是几家修车店,隔着一条马路。蒋霜顺着苏芮的目光看过去,看到了傅也。

傅也从车底钻出来,面颊微凹,套着灰色背心、工装裤,衣服上全是黑漆漆的污渍,手套黑得都看不出原来的颜色。他随手把扳手丢在工作台上,摘掉手套,蹲在门口休息,车辆经过时扬起的尘土笼罩着他不耐眯起的眼。

还没休息多久，有人拍拍他的肩膀。他站起身，重新戴上手套过去。

跟他一样的年轻人还有几个，看起来是学徒模样。

蒋霜怔愣。

苏芮还在那儿道："他看着跟我们年纪差不多大哎，真的很帅，不知道是哪个学校的？有可能是技校的，那边都不怎么学习。"

蒋霜低头，笑得很勉强。

之后周末蒋霜回家，每次都会看见傅也，他连脸上都沾满油污，只剩下一双漆黑的眼，如野狗一样狠戾发亮。苏芮后来跟她说起过傅也，说家里的车坏了，她拉着自己爸爸去了那家汽修店，如愿近距离地看见了他，她第一次体会到小鹿乱撞的感觉。

但苏芮托着脸叹气："他长得是很好看……可惜，是聋的。"

残疾遮盖了长相上的优势，修车店里的小学徒再也勾不起她的兴趣。

面前的书迟迟没有被蒋霜翻页，不知道她在想什么。

她真正跟傅也有接触，是在学校放假的一个周末。

因为当天是舅妈生日，在舅舅的授意下，陈阳跟蒋霜提前订好生日蛋糕，从蛋糕店取完坐上班车。车里渐渐挤满人，互相闲话着家长里短，好不热闹。

快发车的时候，傅也上了车。

陈阳先看见傅也，腾地起身，摆动着手，激动地叫着"傅也哥"。等人看过来，他笨拙又腼腆地比画着手语。

傅也的视线扫过来，平淡冷漠，同样扫过蒋霜脸上。她抱着蛋糕盒子，错开视线。

陈阳对那份冷淡视而不见，扒着前座靠背，身体往前靠，越过人堆几乎快要碰到傅也的衣服。他仰着头傻笑，费劲蹩脚地比画："傅也哥，你坐我这儿。"

车内众人的视线来回扫过三人。蒋霜垂着眼，拉了下陈阳的衣角，力道微乎其微，他根本没察觉，仍然在盛情邀约。

但傅也看到了。

他随意掀开眼皮，深陷的眼窝里透着缺乏睡眠的阴翳。他拨开人群走过来，陈阳动作利落地腾出位置。

阴影闪过，傅也直接坐下来，蒋霜眼瞳骤缩，本能地绷住身体。她闻到了他身上混杂着的汽油、金属以及肥皂的味道。他往后靠上椅背，手肘不可避免地擦过她的衣服，她坐得笔直，纹丝不动。

陈阳趴在前面位置的靠背上，眼神炙热，像是找到归属的大型犬。他想说的有很多，但他会的手语寥寥，无法支撑他的表达，他只能一边比画一边出声补充。

相较之下，傅也的回应冷淡很多。

班车开出县城，进入曲折的山路。司机开得并不平稳，车里的人被带动着左右摇晃，蒋霜艰难地护着蛋糕，不可避免地撞上傅也。他手抓握着前座，她脑袋撞上他坚实的手臂。他身上的气息灌入她的口鼻，带着蓬勃热气，她慌张地要坐正，结果又是一个转弯，她再次撞上去。

傅也始终没动，甚至没看她一眼，似乎并不在意。

撞的次数太多，蒋霜也逐渐认命。

煎熬了一路,车终于到站。

车里的人陆续下车。陈阳大力地挥手跟傅也再见,傅也点了下头,抬步走得很快。

等人走远,陈阳才收回手,说:"我还以为傅也哥把我忘了。"他说这话时的神情很满足,有种粉丝对偶像的热忱,虽然蒋霜不太理解。

"姐,你觉得傅也哥怎么样?我是不是跟你说过,他其实没我妈说的那么浑。"回去的路上,陈阳追着问。

蒋霜只含糊说"不清楚"。

陈阳道:"你刚才把人手臂都要撞青了,人也没说一句。"

不说这个还好,说起蒋霜就有些气。她抬脚作势要踢他:"你还好意思说,是谁非要让座,害我得一个人护着蛋糕。"

陈阳嬉笑着躲开,叫嚷道:"蛋糕蛋糕!小心!"

蒋霜只好瞪他一眼。

回到家,舅妈看到蛋糕,嘴上埋怨着浪费钱,但神情难掩开心。蒋霜给舅舅打下手,做了一桌子菜。舅妈提前关了小卖部,甚至跟舅舅一起喝了点酒。气氛很好,舅舅举着杯说自己对不起舅妈,跟了他这么多年也没过上什么好日子,舅妈抹掉眼角的眼泪,说"知道就好"。

"挺好一日子,别煽情了啊,我建议现在吃蛋糕。"陈阳起哄道。

舅舅笑骂:"你这臭小子。"

吃过蛋糕,看电视时,舅舅无意提起傅也现在在一家汽修店当学徒,他聪明能干,上手还挺快,以后应该是要走上正途。舅妈不以为然，她已经看多了，小混混不上学后通常能做的不就这几样工作，他人又逞强好斗，以后怎么样还不知道。

陈阳想辩解几句，还没说话，就被舅舅一个眼神示意噤了声。

舅妈提傅也的事，也是为了给陈阳提个醒，这个年纪的男生不成熟，血气方刚很正常，别为了一时的哥们意气，毁掉自己的一辈子。

陈阳明显不服气，但忍着，没吭声。

在这种情况下，蒋霜是不会多嘴的。

她只是觉得心里闷闷的，他们生在大山里，不念书，不走出去，未来一眼望得到头。

…………

再见面，是因为傅奶奶的嘱托，捎带些衣服给傅也。傅奶奶担心马上要换季，他没带件厚衣服，只怕会受凉。说完，她又塞给蒋霜用帕子包好的钱，眼睛湿润，道："阿也性格要强，在外面挨打挨骂从来不说。他去给人当学徒，他又听不到，不会说话，也不知道会不会遭嫌弃。"

蒋霜看着傅奶奶，拒绝的话怎么也说不出口。

她想了好久，这些东西要怎么给傅也，为此头疼。陈阳跟同学有约，一早就去了县城，她盯着那包衣服发呆，最后咬咬牙，拎上挤上了班车。就算被再次说多管闲事她也认了，村里的人谁不互相搭把手呢。

怀揣着忐忑，蒋霜走到那家汽修店。她没看到傅也，店里只有跟他同样年轻的学徒在忙，问她有什么事。

"我找傅也,他在吗?"她面色局促,抱着包。

"傅也?"对方眯眼笑了,丢开手里的扳手问,"傅也是你什么人?"

"只是给他捎带东西。"

"什么东西?"

蒋霜抱紧包,只尴尬地笑了笑没说话。

"等着,我去给你叫。"对方咧嘴一笑,往里面走。

没等一会儿,走出来两个人,那人搭着傅也的肩,伸手指蒋霜。

傅也看到她,皱起眉,有些烦躁。蒋霜则紧张地抿唇,挪动着脚慢慢靠拢,甚至有些懊悔同意帮这个忙。但傅也已经走过来,身上穿的汽修店连体工装已经脏得不成样子,另一个男生单腿蹬在工具箱上半蹲着,饶有兴趣地看着他们。

蒋霜将衣服塞给他,一同塞过去的还有张提前写好的字条:傅奶奶让我给你送厚衣服,她说现在天凉,让你别感冒。

她希望傅也能明白,不是她自己想来的。

傅也抓过字条,扫了眼,接着拿过包,打开看了一眼,都是自己的衣服。

那男生伸长脖子,表现出对字条的兴趣,扭头问:"你是不是傅也的小女友?这我可就要告状了,傅也这小子脸长得好看,可没少有女孩子偷偷跑来看他。"

蒋霜赶紧解释说不是。

"那你们是什么关系,他妹妹?你叫什么名字?看着还是学生,在哪儿念书?一中?"对方说着就要起身靠过来,还没走近,一包衣服砸了过来。他抱着一包衣服，疑惑地看向将它丢给自己的傅也。傅也没看他，抓着蒋霜的手臂就这么走出了汽修店。

蒋霜手臂被抓疼了，努力挣扎着从他手里抽出来。

傅也盯着她。

蒋霜转动着手臂，被抓的地方还疼着，但比起生气，她更多是有些蒙。她不知道自己为什么被粗暴对待，想到傅奶奶还给过她钱，她从口袋里掏出来，直接塞进傅也的手里，带着气，挺冲的。

帕子耷下一角，露出里面折叠好的钱，有些旧，但是齐整干净。

傅也胡乱地把钱塞进口袋，又拿出来，从中抽出两张十块纸币递给蒋霜。她没接，睁大眼睛直视他，眼里有些湿润，还有多种情绪，其中一种他读懂了——是感觉到被侮辱了。

"我不要。"

蒋霜语气生硬，怎么都不肯拿钱。

傅也没有坚持，随手将钱塞回兜里，比画了一个手势。这次蒋霜看懂了，是在问她吃过饭了没有，她愣住，摇头。

傅也手指做往前走的动作，蒋霜回头看，不远处有一家面馆。

事情的发展很诡异，傅也抬腿走在前，蒋霜迟疑几秒跟在后。从后面看傅也的背影，他似乎长高了些，虽然衣服后面也不比前面干净多少，但他走路的姿势大步流星，随意慵懒，好像对这个问题并不在意。他先走到面馆，拉开椅子，跨步坐下。

傅也点的是牛肉面，蒋霜看着卷边的塑料菜单，点了份最便宜的素面。

面端上来之前，两人对眼，沉默着，彼此的眼神像拼桌的陌生人。等面送上来，傅也拆开一次性筷子，不顾热气扑面，埋头吃起来，"呼呼"作响，吃相跟文雅沾不上半点关系，但也不至于失态，只是速度快，却干净利落。

蒋霜握着筷子，才吃到一半，傅也已经吃完，又喝了一大口汤后将汤碗往前一推，抽纸擦嘴。她抬眼跟他对上视线，他做了个手写的动作，向她要纸笔。

还是那个草稿本。蒋霜用什么都很节省，他曾经笔走龙蛇留下"扯平"两个大字的周围，被她填写上了密密麻麻的演算过程。傅也翻开空白页，身体斜倚着，开始写字。

纸张发出"唰唰"声响。

蒋霜继续吃面，时不时压抑不住好奇抬眼去看。她吃东西时没什么声音，像缩在角落里半大的猫，小口，慢条斯理。

傅也写完，把草稿本丢过来，上面写着：*我奶奶跟你说了什么？*

蒋霜放下筷子，写字回复：*没说什么。就说你没带厚衣服，担心你着凉。*

还有一些关于他小时候的事，但这些不是重点，她没说。

草稿本在两人之间来回，像课堂上传递小字条，只是对象从苏芮变成傅也。他的字迹越写越潦草，似缺乏耐心。他让她再有下次直接拒绝他奶奶。就这样，蒋霜吃完一碗面条。这面分量给得很足，她吃得有些撑。

草稿本最后递过来时，上面的字迹很深：*下次别来了。*

蒋霜点头，将纸笔放回书包。

傅也在桌上放下二十块，拔身而起，没给她付钱的机会，径直从店里走了出去，回到汽修店，也没什么喘息的时间，就钻入车底，做没干完的事情。

蒋霜木木地收回视线，转头跟面馆老板娘的视线对上。老板娘粲然一笑，点点下巴说："他是你哥吗？"

蒋霜不置可否地笑了一下。

因为她不知道怎么定义他们的关系。

老板娘说："你哥可能吃苦了，每天来得最早走得最晚。这么多学徒，就他一个人最勤快，就是可惜……他耳朵怎么弄的？"

"生病。"

老板娘目露同情："还真是不容易，看着好好的一个孩子。"

蒋霜站起来。

"吃完了？还合胃口吗？"

"很好吃，谢谢您。"

"慢走啊，下次再来。"

蒋霜背着书包，往学校的方向走。

2

蒋霜还是"会去"。

每当放假回去，傅奶奶总会来小卖部问傅也的情况，因为傅也什么也不肯跟她说，问什么都是"好""别担心"，所以到底是好还是坏，她只能从蒋霜这里打听。

蒋霜看着傅奶奶佝偻的身形，笑着说傅也的确很好。

在那双充满希冀的眼睛望着自己时,她还会润色一下故事,说汽修店生意忙不过来,带傅也的是个老师傅,也是个好人,知道傅也有听障问题,对他特别照顾,教东西时也比对其他人耐心,有时候加班干完活,还会带着他去吃夜宵。老师傅还夸傅也很聪明,学什么都快,别人好几天上不了手,他可以,而且活儿还做得比别人好。

说这些时,蒋霜面不改色,有那么一瞬,她也相信了这个版本。

但事实上,她并不清楚实际情况,只是几次隔着马路望向汽修店时,他都是钻入车底的那个,而里面那个年纪大的则板着张脸麻木冷戾,年轻学徒在旁弓着背如鹌鹑般小心。

他应当很不容易。

傅奶奶相信了这个故事,放下心来。她帮不了傅也什么,很担心他因为耳聋遭到歧视。

"我们阿也从小就很聪明,几岁的时候就老爱拆屋里的东西,对什么都好奇,拆完还能给装回去。"傅奶奶抿唇腼腆地笑了,眼角沟壑纵横。

蒋霜附和,宽慰傅奶奶的心:"要不了多久,他就能出师了。到时候自己开个店当老板,把您接过去,您就享福了。"

"老咯,还享什么福。只要他过得好就行,我不给他添麻烦。"

傅奶奶过来得越来越频繁,引起舅妈的注意。舅妈问蒋霜是为什么事,蒋霜眨了下眼,说大概傅奶奶只是想找人说说话,舅妈说也是,平时也没个说话的人。

"不过你还是离她孙子远点,别招惹上。"舅妈叮嘱,还是对傅也持有偏见。

蒋霜点点头,没说什么。

傅也回家的次数不固定,汽修店里生意忙时走不开,闲一点时他才搭车回去。主要因为老人年纪大,行动不便,奶奶一个人在家,他不放心。但他每次待的时间都不长,过个夜,第二天一早就又搭乘最早的班车回县城。

夏天一过,天黑得早,傅也炒了两个菜,奶奶夹肉给他,让他多吃些,他干的是体力活,多吃肉,才有劲。

傅也埋头吃,剪成寸头的头发短短的,像冒出的青色胡茬。

他已经初具成年人的体格。

长大好,长大了就不会被欺负了。

饭吃到一半,奶奶问傅也,屋前那几棵橘子树今年结得不错,过几天就能熟,要不要带点给他师傅。她比画道:"人家这么看重你,又对你这么好,我们不能只拿别人的。就是家里没什么别的东西,只希望他不会嫌弃。"

傅也比画:"不用。"

"怎么不用。听说他还带你吃喝,又那么照顾你,我们应该还礼。"傅奶奶的观念传统,受人恩惠就念人好,总想着还点什么才安心。

毕竟往后,还得托人照顾傅也。

听说?

傅也抬头,背往后靠,椅子发出不堪重负的"吱呀"声。他抬手比画:"听谁说的?"

"霜霜，陈家小卖部的外甥女，上次还给你送过衣服。她真是个好姑娘，从来不嫌我烦，总是轻声细语地说话，真乖。橘子熟了，也要给霜霜送一点。"

傅也眯着眼，看不出在想什么，只问奶奶，蒋霜还说了什么。

傅奶奶将蒋霜告诉她的话又说了一遍。在蒋霜的版本里，人人和善，关心世界和平、社会进步，对残疾人抱有怜悯且没有偏见，他得到很好的对待，受到器重的同时，也得到不错的照顾……傅也垂下眼睫，掩盖眼里多余的情绪。

屋前的橘子树是在傅也五六岁时种下的，傅父不喜欢种地，索性在土里种上果树一劳永逸。这几棵橘子树也就一直这么长着，傅奶奶精细地照顾着，结出的果子皮薄多汁。到现在，繁茂枝叶里藏着青果，顶部已有变黄的，用不了多久就该熟透了。

第二天，傅奶奶在摘橘子，选的都是熟透的，差不多有一满筐。她找来塑料口袋装上橘子，准备抱着去送人，但沉甸甸的，她抱着吃力，傅也接了过来。

傅奶奶着急，说是给蒋霜的。

傅也挥手示意自己知道，他去送。

他从院子里走出去，背影宽阔，三两步就走出很远。

舅舅在工地做事，衣服上的水泥点子跟泥巴污渍用洗衣机洗不干净，蒋霜拿到河边手洗，撒上洗衣粉，用棒槌捶打过后，再在搓衣板上狠搓。污渍顽固一时半会儿洗不干净，她的手臂倒被震酸。

她洗得仔细，一大盆，估摸着要洗到天黑。来洗菜淘米的婶子已经提桶走人，渐渐地，就只剩她一个人。

河水冰凉，她的手指泛红发烫，倒没那么冷了。

她不喜欢冬天，山里的冬天更阴冷，早上起来，水缸里都冻上一层冰。她手上每年都会长冻疮，瘙痒难忍，有时候还裂开口子，要拿煮熟的萝卜反复烫。

四周安静，只剩洗衣服的"唰唰"声。

"嘭！"

一团黑影重重砸进放着干净衣服的洗衣盆里，蒋霜毫无防备地被吓了一跳，本能地惊呼一声，整个人失衡往后倒，慌乱中用手撑地，才没有坐在湿透的石板上。

她抬眼看去，河岸上站着瘦高身影，上身是黑色外套，拉链拉到下颌，垂眼瞟她。

傅也听不到那声惊呼，但能看出她惊魂未定的神情，以及被冻得发白的脸、溅在身上还来不及擦掉的水，她胆子真是小得可以。傅也偏头扯了下唇角，而后半蹲下身，手臂抵着膝盖，右手指了下刚丢下去的东西。

是满满一塑料袋的橘子。

蒋霜又看向傅也，漆黑的眸里满是不解。

这是给她送橘子？为什么？

傅也指向橘子的手指移向她，意思是给她，又指向他家的方向，简单地比画着手语，速度很快，也不在乎她能不能看懂，似乎解释这么多已经耗光他的耐心。

但蒋霜大概读懂了。

橘子是傅奶奶送给她的,他只负责送过来。

蒋霜摆手,还是不太想要。傅也已经站起来,瞟了她一眼,再没有多余手势,拔腿往村口走去。

她跟着站起来,但他人已经三两步走远了,她低头看了眼袋子里的橘子,还是新鲜摘下的,上面挂着鲜绿的叶子。

蹲久的腿已经发麻,她将橘子拎出去,不得不说挺重的,大概十来斤。而后她又缓缓蹲下来,继续洗剩余的衣服。

衣服洗完,蒋霜提桶端盆往家里走,迎面撞上舅妈。

"哪里来的橘子?"舅妈瞥见橘子,随口问起。

蒋霜说:"傅奶奶给的。"

舅妈点头也没再说什么,挑拣了一个皮黄的剥着吃。村里邻里间送点东西很正常,再加上傅奶奶时常会来小卖部,没见着蒋霜,就问她什么时候放学回来。

回家后,蒋霜先将衣服晾上。天已经彻底黑下来,她进厨房烧火做饭。往灶膛里添柴火,火烧得很旺,她瞳孔里映着闪烁火光,火舌吞吐,发出噼里啪啦的声响。

她剥开橘子,清新的气味溢在空气里,她尝了一瓣,橘子汁水充沛,挺甜的。

她想起丢橘子给自己的傅也。

当时已近黄昏,他背后是大片火烧云,山峦也像被点燃似的。他顶着寸头,双手随意插进外套口袋里,目光炯炯。看到她吓一跳的反应,他很细微地扯着一边唇角,而后看向天边,挺坏的样子。

但那副躯壳下,像是突然有了些血肉。

……………

再见到傅也，是一周后。

有人上楼，蒋霜在桌前做题，以为是陈阳回来，抬头，跟傅也的视线撞了个正着。

他抬了下下颌，算是打招呼。

蒋霜虽觉得不自然，但作为回应也点了下头。

陈阳跟在身后，知道她在家，喊了声"姐"，跟着笑道："这是傅也哥，你上次见过的。我妈不知道傅也哥来玩，你可一定要帮我保密。"

舅妈有多讨厌傅也，他们都清楚，也明确说过让陈阳不要跟他有往来。要是她知道陈阳不仅没听，还把人带进家里，陈阳怎么也得挨顿打。

蒋霜木木地点头。

陈阳带傅也进了自己的房间玩，房门正对着书桌，没关，傅也坐在床上，从蒋霜的角度能瞥见他斜支着的两条长腿，脚下踩的是一双旧帆布鞋，但鞋面是干净的。

房间里传出陈阳的声音。他是个话痨，手舞足蹈时，总觉得词不达意，习惯性要念出来。他语气激动地展示他们以前玩过的藏品，像个小迷弟要表明忠心——小时候那些过往他还记得。后来他又开始谈篮球，都是一些外国球星的名字，那是蒋霜陌生的领域。

蒋霜也不是有意偷听，房子不大，声音轻易就飘过来。

她努力让自己集中精力在最薄弱的物理题上，力学、电学于她而言都是抽象难以理解的，她前期更倾向于死板记住模板去套，但题目很灵活,她没有弄懂其中逻辑,就很难拿到分。

笔尖划过纸张,发出细微的摩擦声。

陈阳从房间里走出来,边穿外套边问:"姐,我去前面拿些吃的回来,你有什么要吃的?"

"没有。"

"喝的呢?"

"不要。"

蒋霜翻过一页,回答得干脆。

"姐,你真的很奇怪,我们班上女生都爱吃零食,就你零食不吃、饮料不喝。"陈阳轻"啧"一声,双手撑上桌,"你没想要的,我就自己给你拿了?"

"我真不要,你拿了我也不吃。"蒋霜抬头看他,无奈道。

"我去去就回来。"陈阳又转头跟出来的傅也比画,让他等自己几分钟,拿点吃的就回来。

陈阳步履轻快地踩着楼梯下去了。

傅也从房间里走出来。外面没什么坐的位置,他拉过蒋霜对面的椅子坐下来。椅子是建房时木匠用边角料做的,比正常的椅子小一些也矮一些,傅也手长脚长,看着多少有些憋窄,但他神情很自然,往后一靠,单肩支在椅背上。

也许是等得无聊,他随手抽了几本看起来,其中有她刚做完的物理作业。他看书时的样子不见得多认真,垂着眼皮,更像是潦草扫过,漫不经心。可想他上课时也是这副样子,肯定不太受老师待见。

蒋霜没办法忽视他的一举一动。

两个人对照太明显，她的坐姿、握笔的手势都是好学生模板，规矩到有些刻板，写字时一笔一画，连稿纸都排列整齐，上面条理清晰地列着步骤。

四周安静，从窗户看出去，群山环伺，阻挡住人们向外探寻的目光。

陈阳没过多久就回来了，提着袋小零食跟饮料，一股脑地都倒在桌上。拿这么多怎么也得被骂一顿，他却像没事人一样，推着零食让傅也和蒋霜吃，然后他自己扯着脖子去看傅也在看什么，笑说看书有什么意思，家里也就蒋霜一个人整天抱着书看。

傅也将书合上，放回原来的位置。他没动吃的，又坐了会儿就走了，陈阳挽留他多玩一会儿也没留下人。

鬼使神差地，蒋霜拿回物理作业翻开，粗略看了遍，合上时才注意到作业上有不属于她的笔迹。例图上她因为不确定，画受力分析的箭头痕迹很浅，但现在却多了几个深色痕迹的箭头，纠正了她的几个错误。

蒋霜按照新的受力分析重新算了一遍，得出的结果顺眼多了。她呵出一口气，却没有感觉到轻松，反倒生出些难以言说的惆怅。

她叫住陈阳："你把人带回来不怕舅妈知道？"

"知道就知道呗。我妈那一套，姐，你别说连你也信啊。"

蒋霜没回答，只轻微地皱了下眉。

"姐，物理你都做完了，借我'学习'一下。"陈阳作势就要来拿，被蒋霜用笔敲了下手背，然后她直接合上，放在了他拿不到的角落。

她故意板着脸:"自己做。陈阳,你基础不好,再不多做点题就跟不上了。"

"我知道,我就看看,看完再自己做。"陈阳再次伸出手。

"不可以。"

他的手背再次被笔头敲了下。

蒋霜看起来铁面无私:"高考可没得看,你是要上大学的。"

陈阳满不在乎地嘟囔:"我自己什么样子我清楚,我就不是上大学的料。姐,你会读书,你上就行了,我之后打工赚钱养你,给你钱花。"

蒋霜喉咙堵住。

她清楚舅舅家是什么情况,欠的债舅舅虽然不让提,但她也明白供两个孩子上大学有多艰难,她其实能上完高中就已经很感激了。要是让陈阳供她上大学,她第一个不同意,她已经抢占了他的资源,不能再剥夺他走出去的机会。

"就你这屁大的岁数,打什么工?先把物理做了。"蒋霜尽量不去想之后的事,语气凶巴巴的,就差摁头让陈阳做题了。

"姐,我说真的。如果我们两个只有一个能上大学,我希望是你。"陈阳望向她,眼神清澈,比河水还干净。

蒋霜扯唇笑,酸涩从喉咙里泅出来:"说什么呢,我们都要上大学。"

"我的成绩是真不行啊。"

"所以现在,快把题给做了。"

陈阳哀号一声,一只手抓笔,一只手抓脑袋,苦大仇深地开始做题。

蒋霜就一直盯着他写完,答错便让重新写。陈阳头疼得要死,在学校他压力都没这么大。

转眼,一个夜里突然降温,有那么些初冬的苗头。蒋霜开始穿袄子、棉布鞋,浑身上下裹得严实。上学前傅奶奶突然过来,请她给傅也捎带棉衣过去。自上次在家里见过面,她后来也碰见过傅也,两个人开始会打招呼,虽然也就是抬抬下巴跟点头,但傅也的态度不再像之前那么冷淡疏远。因此,蒋霜答应得很爽快。

棉衣还是像以前一样送到汽修店,傅也仍穿着单衣,手指冻得泛青,有种瘦骨伶仃的单薄。他这个人不喜欢亏欠人情,通常会带她去吃碗面作为报答,她食量不大,刚开始硬撑,到后来面看起来越吃越多,她实在撑得不行了,也还剩下半碗。

浪费粮食是可耻的。

蒋霜想休息下,给胃里腾出点空间再吃,但对面的人就那么盯着她,让她有种如芒刺背的感觉。

傅也早已吃完,斜乜着她,看她一筷子夹不了几根面递到嘴里,到后面筷子在面里戳着也不见夹起一根面条,就知道她是吃不完了。

吃不完也不愿意丢开,别扭死了。

他鼻腔里溢出一声轻哼,将她的面碗拨过来,把剩下的面全倒进自己的碗里,握着筷子,埋头,三两下就清扫完毕,然后抽纸擦嘴,拿钱买单,动作利落。

蒋霜怔愣了下。

那是她吃剩下的。

但傅也不以为意,穷人之间没那么多讲究。

这之后,蒋霜会提前分出面条,傅也照单全收。他吃面速度快,连着面汤也一并喝掉,动作间有种野蛮生长的野性。

两个人交流很少,次数多了,蒋霜也能看懂一些简短的手语,比如"走了""笨""家里怎么样"。怎么回,她也问过陈阳。陈阳好奇她怎么突然对手语感兴趣,她解释是傅奶奶让她捎带东西给傅也,她得跟他说下傅奶奶的情况。

陈阳睁眼,困惑:"那傅奶奶怎么不叫我带?按理说,我跟傅也哥关系更好。"

蒋霜拿书轻拍他的脑袋:"平时放假找得到你人吗?"

"也是。"

陈阳摸摸鼻子挺不好意思,教她"很好"怎么比画。

白炽灯下,蒋霜学得不怎么样,动作生疏笨拙,跟傅也比差太多。那人的手指修长,分明的骨节里藏着蓬勃的力量感,打手语时眼神过分专注,偶尔,漆黑瞳孔里也会闪过熠亮的光。

陈阳说,因为听不到声音,所以他们会更依赖眼睛,只能靠看,去确定对方在说什么。

后来再见到傅也,蒋霜也会说话,语速放得很慢,以口型辅助自己欠缺的手语,使得两人的交流更顺畅。

3

初冬,前些天已经纷纷扬扬落下第一场小雪,山尖落了白,到山脚则化成水迹，湿冷得很。

中途，蒋霜找过傅也几次，撞见过他被师傅大声训斥时的样子，他只是站在那儿，悄然无声，也没有任何辩解的肢体动作。即便对方的手快要点上他的脸，他也只是梗着脖颈，眼如点漆。

这时候她竟然庆幸他听不见，因为那些话脏污到不能入耳。她只是听，都涨红了脸。

她没过去，在原地来回地踮着脚尖。直到那边刺耳的骂声停止，她吸入一口冷气，穿过马路。

如往常一样，她将傅奶奶捎给傅也的东西递过去，傅也也跟没事人一样，照例还是带她去吃面。

这次，他将蒋霜的素面换成了肉丝面。

"不用，我素面都吃不完。"她立刻摆起手来。每次能白吃一碗面，她就已经很难承受了。她亲眼看到傅也在汽修店做得多辛苦，而当学徒也拿不到几个钱。

傅也挥手，让面店老板不用管直接去做。

蒋霜抿唇。

傅也身上穿着的汽修店工装实在单薄，沾满油污，像是无法痊愈的暗疮，他脸上、手上也是清水洗不干净的机油，渗进皮肤的纹理，黑线遍布，似野狗一般脏兮兮的。唯有眼底是干净的。

傅也问她要来笔跟纸，问她学校里有没有借书的地方，他在找几本书。

蒋霜回答：学校没有。

傅也：有其他地方借吗？

蒋霜：新开的县图书馆，那里书多，可以去那里找找看。

傅也抬了下眼皮，继续写：行。

蒋霜：需要办借书证，要三百押金。

傅也顿住。

蒋霜想到苏芮，她不确定能不能借到，但还是跟傅也说了，自己好朋友有借书证，看能不能借用一下，不过得先去问问朋友。

傅也：好。

面被端上来，热气腾腾冒着白雾。蒋霜拿过筷子，企图将肉丝跟面都分一半过去，可还没夹过去，就被一双筷子挡住。傅也面不改色地将她的筷子打掉，只从底下夹了一半面条走了，然后埋头，大口吃面。

蒋霜只看到他发顶，那短到扎手的发茬长长了些，竟有些柔顺的样子。

吃完面，这次蒋霜先走。

傅也坐在原地没动，从口袋里抽出一片口香糖放进嘴里。激人的薄荷味弥漫开，他倒也不怎么在意，冷雾笼住视线。

蒋霜穿着沉闷的黑色棉衣，背着的包重重往下垂着，细胳膊细腿，浑身没有二两肉，像是随时要被压垮似的。可这人还是小鸟胃，就吃那么点，什么时候能长点肉？

傅也起身付钱，从面馆走回汽修店。在门口蹲着抽烟的丁毅望着他走过来，嘴角带着笑意，起身跟他往店里走，撞了下他的手臂，意味深长地笑了笑，又指了下自己。

"介绍介绍呗，小姑娘看着挺招人喜欢的。"

光看丁毅的表情,就知道他在说什么。

傅也凉凉地瞟过他,推开搭在自己肩上的手臂,直接回撞过去,力道要大许多。丁毅被撞得后退,揉着发疼的肩胛骨,对着傅也的背影啐了一口。

"一个破聋子,装什么。"

蒋霜回学校后跟苏芮借卡,苏芮欣然应下,说自己正好有几本书要还,又问:"你什么时候去?这周末吗?要不然这周你别回去了,就在我家住两天,我们晚上还可以去逛街。"

"其实我是替我一个朋友借的,他有几本书想借。"

"谁啊,我认识吗?"

蒋霜只好将傅也的事告诉她。

苏芮倒是很意外:"那个汽修店的,还挺帅的那个聋……听不见声音的小哥哥?"

蒋霜点了下头:"如果你介意……"

"没关系啊,我借给你们。"苏芮大方地同意,过来抱住她的手臂,"但是你要跟我说清楚你们之间的关系。"

蒋霜"唔"了声,从苏芮眼里读出点暧昧笑意,那是她从未设想过的东西。她有些局促地摇头:"不是你想的那样,我们只是住在同一个村。"

"真的假的,这么上心?"

"真的。"蒋霜神态认真,就差要起誓了。

苏芮认真地瞧着她,弯唇"扑哧"笑了,坐正道:"逗你玩的,霜霜,你好认真哦。我知道你怎么想的,你跟我一样都觉得他挺可怜的吧?"

可怜?

蒋霜没这么想过。像她这样的人,没资格可怜谁,她只是在傅也身上看到了自己的影子——他们都是很小就没有父母的人。

所以她希望他更好,而不是落入大人口中的既定结局。

周五,最后一节课结束,已经提前收拾好东西的学生提起包就往外跑。苏芮爸爸的车已经等在校外,苏芮跟蒋霜说了声"再见"就先走了。而陈阳朋友众多,一贯不见人影,蒋霜背着书包一个人从校内出去。

还没出校门,她就看到在门口等着的傅也。

他个头挺高,套着再臃肿的棉服,也照样板正挺拔。他脖颈线条绷着,脸庞瘦削,垂着眼皮看上去没什么善意,冷冰冰的,并不是好学生的样子。

这种不读书的小混混,门卫见得多了,在门卫亭一直警惕地盯着他,生怕他有什么不好的举动。

往外走的人潮里,有人窃窃私语,互相推搡着肩膀,让对方看门外的帅哥。

蒋霜低着头,脚步走得更快,很快经过傅也,略停顿点了下头,跟平时打招呼差不多,只是没怎么看他,从他眼皮子底下晃过去。

没走两步,她走不动了——书包带子被人抓住了。

蒋霜回头,撞进黑色的眼睛里,他盯着她,眉眼间是被人忽视的不爽。他的两根手指就这么扣着她的书包肩带,似乎在等她一个说法。

察觉到周围越来越多的视线看了过来,蒋霜一时不知道怎么解释,他听不见,她的手语水平又不足以表达。情急之下,她拿出借记卡,手指点了点卡,又指向县图书馆的位置。

傅也掀了下眼皮,勾着书包带子将她往后拉回来,直到跟他站在同一个位置,他才放开手,抬步往前走。

蒋霜呼出口气,跟了上去。

路上,两个人并无交流。

县城不大,出租车四处转悠,基本都是起步价,从学校到县图书馆,步行也就十来分钟的路程。这个图书馆是新建的,在附近一片灰头土脸的建筑物间,它像是外来物种。

周末了,已经有些中小学生挤进来,抱着书直接往地上坐着看。

蒋霜不知道傅也想借的是哪种书,他独自去逛,她则先还掉苏芮借来的书后,去找自己感兴趣的书。

她不是个挑剔的人,什么书都看,也能看得进去,从老人挑着箩筐卖的五毛钱两本的连环画小人书,到舅妈拿来垫桌角的《故事会》,她都看得津津有味。

拿了三本书后,她左右环顾,还不见傅也的影子,便随手又在架子上抽了一本,就这么站着看了起来。直到站到腿僵,换脚活动时,她才注意到傅也不知道什么时候已经在自己旁边,手里也抱着几本书,偏着头,视线落在她翻开的书页上。

她被吓了一跳,立刻合上书塞回书架。想起前段时间从陈阳那里学来的手语,她有些蹩脚地比画着问:"你好了吗?"

傅也反应片刻,点头。

"走吧。"蒋霜两根手指交替移动,模拟行走的姿势。

傅也牵唇,扯出一道微乎其微的弧线,有些嫌弃,算是对她手语水平的回应。

挺差劲的,也不知道她从哪里学来的。

蒋霜抿抿唇,就这手语,已经是她找"老师"学习的成果。

两个人走到前台登记,蒋霜也看到了傅也借的书,全是跟修理机械有关的。他聪明,学习能力不差,这些对他来说应当并非难事。

他大概是想好好学汽修。

蒋霜将书放进书包,跟傅也前后脚出去。傅也要带她去吃饭,蒋霜看看时间,现在赶去车站,正好能赶上末班车。她着急赶车,谢绝。傅也也没坚持,单手揣着书就要送她到车站。

两个人一前一后地走着,身影被拖长,时而重叠,时而分开。

到车站,蒋霜才知道末班车几分钟前刚开走,因为已经坐满挤不下人了,就没按照发车时间,直接出发了。

蒋霜还是第一次遇到这种情况,虽然班车没了,也会有一些小车,但末班时间一过,他们就坐地起价,包车的价格贵到让人咋舌。况且,这些小车都只到镇上,不会去村里。

怎么办?

蒋霜头疼地想着各种回去的方式。如果真回不去,就得求助苏芮,打扰她,那是蒋霜最不想要的结果。

傅也扯过蒋霜的肩膀,手背贴着下颌,指向自己比画:"等我。"

蒋霜看懂，下意识地不想麻烦他。她想说自己会想办法，但傅也没给她机会，三两步从车站走出去，她根本追不上，最后只能茫然地看着他的背影消失。她停步，环顾一圈，去往别处的班车还在，唯独去他们村里的班车停车处空荡荡。

这时候，除了等傅也，她也没有别的选择。

蒋霜塌着肩膀，懊恼自己没注意时间。

"发车了，没上车的上车！"拉客的司机喊了一嗓子，视线落在蒋霜身上，问她走不走。她尴尬地摇摇头。那司机三两步上车，发车走了。

蒋霜盯着手表上的指针，一分一秒都显得格外漫长。就这么等了二十多分钟，傅也终于出现，一并出现的还有辆半旧的粗犷摩托车。他将车停在路边，单腿撑地，双指并拢朝内勾了勾，叫她过来。

蒋霜张嘴，想说还是算了，她再想想其他办法，结果一只头盔就这么被丢了过来。头盔看上去有些年头了，里头混合着汗味、烟味以及香水味。傅也斜乜着她，看着并不是跟她商量的样子。

他眼神很直白，似乎在问：还想不想回去？

想，当然想。

蒋霜才不想晚上沦落到去睡桥洞。

现在不是挑的时候，她一咬牙，戴上头盔，抬腿坐上车后座，浑身僵硬，背挺得笔直，双手不知道往哪儿放，只能垂在腿边。

山风作响，未卜的不止前路，还有她的小命。

蒋霜尽可能地往后面靠，连傅也的半片衣角都不去触碰，要保持距离，因为他们只是点头之交，甚至算不上朋友，更应当界限分明。

车"轰隆"启动,车身往前急冲了下,又回归匀速。在惯性的带动下,蒋霜整个人往前扑去,直接撞上傅也的背部——

触感坚实,钢铁一般,却又像是烧得焦躁的火,滚烫鲜活。

她着急往回退去,却在车速的带动下,紧紧贴着他。

试过几次,最后她只好作罢,藏在头盔下的脸早已红透。她安慰自己,这是形势逼人,没办法。

两边的风刮过来,生出一些不安全感,她抿唇,做了个细微的吞咽动作,还是抓住了他的衣角。

她怕摔下去,惜命地握得很紧。

乡道环山曲折,路边无人打理的草木疯长,有枝条越界延伸到路面,若闪避不及时,有被抽打的风险。

蒋霜只坐过舅舅的摩托车,后来他们借钱开小卖部,把摩托车也卖掉了。

再之后,就只有傅也。

冬日里的山风狠毒,透过棉衣黏附在皮肤上,湿冷得不行。傅也在前面,宽阔的双肩挡掉了大部分。她透过头盔的狭窄视线看他,他像是不觉得冷,背挺立得笔直。

他车骑得平稳,不像街上那些骑车呼啸而过的小混混,在路过坑洼处,他会低速驶过,蒋霜没感觉到颠簸。

有些路段湿滑,因为阳光照不进来。但行至高处,没有草木遮挡了,日光明晃晃的,她看到夕阳将落,晚霞绚烂,美好到近乎虚假,直到车开始下坡,视线最终被绿荫遮掩。

傅也送她到村口，走几分钟就可以到小卖部。

蒋霜撑着手从车上下来，腿僵冷得很。傅也戴着头盔，她只能看到他的眼睛，眼皮半合、将醒未醒地看着她。

她比画了个"谢谢"的手势。

一个很简单的手语，一只手伸出拇指，弯曲两下就好。

傅也手搭着车把，没反应。

蒋霜又弯腰低头。感谢表达得差不多了，她挥了下手，没走两步，又被扯着书包带子拉了回来。

她眼神茫然地看他。

傅也屈着腿，脚撑着地面，身体往她的方向倾斜。在蒋霜怔愣时，他扣着手指在她头顶敲了两下，清脆的"咚咚"声，不急不缓的，嘲弄意味拉满。

蒋霜这才反应过来自己没摘头盔就要跑，顿时羞得无地自容。她手忙脚乱地去摘头盔，但越着急越摘不下来，头盔就像是打定主意要套牢在她脑袋上一样，弄得她燥热又窘迫，恨不得将自己整个脑袋一并摘下来。

直到一只手绕过来，贴着她的下颌，那触感有些冰凉，傅也双指捏着卡扣，"咔哒"一声，卡扣解开了，头盔顺利被摘下来。

蒋霜满脸通红，脸上都憋出了汗，乱糟糟的碎发被汗沾湿，贴着额头、双颊，一双眼却明亮如碎星。

傅也看着她张着嘴，结结巴巴地想说什么，但学的那点皮毛的手语好像也忘了个干净。他单手拿着头盔，抵着腰腹，从容自若地看她什么时候才能憋出一句话。

一两分钟后,蒋霜才想起"对不起"的手语要怎么比画。

真是笨蛋。

傅也舔唇笑了下,神情隐匿在头盔下,没有被看到。他侧身拉起车座,将那只头盔丢进去,而后骑车走人。

后视镜里,蒋霜挥着手,像只笨拙的企鹅。车再往前开,她的身影逐渐缩成黑色小点。

有点笨。

也有点可爱。

♡ 第三章 山外山

她想走出去,看看外面的世界。

1

傅也骑车回汽修店。

摩托车是店里的,老板人爽快,平时大家有点什么事都可以用,傅也没怎么用过,多是被叫去送东西才骑,因为私事用车还是第一次。他停好车,将钥匙放回去。

汽修店几个学徒刚好下班,勾肩搭背嚷着要去喝酒吃串,迎面撞上傅也,便打招呼,做了个吃的动作,让他一块去。

傅也让他们去。

丁毅摸摸鼻子,推搡身边其他人:"走了走了,你什么时候见到他跟我们一起过?"

有人回头看了一眼。印象里,傅也吃住都在店里,干最脏最累的活也没什么抱怨。他干的活最多,学东西也最快,但不怎么受师傅待见,因为他听不见,沟通起来麻烦,谁也不想受拖累。

"他骑车去哪儿了?"有人问。

丁毅意有所指地笑了笑:"谁知道。谈恋爱了吧,骑出去带女孩子兜风。哎,你不是见过,那个女生总过来找他。"

"啊,他这样……"男生指了下耳朵,"也有女朋友啊?"

丁毅道:"人还有张脸啊。不过,他也就能用那张脸骗骗学生妹。"

跟着响起几声怪笑。话题扯到女人身上,有男生掰着指头数自己谈过的女朋友,被身边的人踢了一脚,让他少吹。

傅也从门店往里走,里面是个杂物间,堆着纸箱、轮胎、扳手之类的,屋里满是铁锈和汽油的味道,角落的空地支着一张上下床。他睡在下铺,借来的几本书就堆在床头,他随手拿过一本坐下,就这么看起来。他看书的速度还行，用不上两周就能看完，不会耽误还书。

他所在的汽修店，大家基本上都是半工半学，能学多少东西全看师傅愿不愿意教。教他的师傅四十多岁，成天泡在烟酒里，脸都喝成了猪肝色，脾气暴躁易怒，猝不及防被一脚踹翻是常有的事。平时让他做的无非是装气缸盖的螺丝、钻车底换滤清器等体力活，往深了的东西就不愿教了。他倒不怎么在意，有些东西用点心也能学，找书来看的话，过个两三年，他怎么也能学出来。

但不久后，生出点变故。

傅奶奶有段时间没见孙子，只听蒋霜只言片语始终不怎么放心，又想着傅也当学徒这么久，她还没对教他的师傅表示过感谢，就在家里煮了地瓜，在太阳底下晒成干儿后，仔细地扎上两大口袋，又将门口的橘子全摘了，背篓装得满满当当，搭车来了县城。

有人问她是不是背东西去县城卖，傅奶奶笑了笑，说是去看孙子。

可傅奶奶到的时候，正撞上傅也挨训。他听不见声音，带他的师傅也不多话，酒气熏天，揪着他的后衣领就往车头按。傅也梗着脖子，他个高也长得结实，拖拽起来费劲，于是，师傅又一脚接着一脚踹上他的小腿，他身体歪斜，却怎么也不肯跪，踹完又直起来，不服气、不服管束，但也没有反抗的架势。

真动起手来，师傅还真不一定能打得过他。

师傅满头大汗，红透的一张脸不知道是酒精上头还是气的，店里那么多人看着，他要是压不住自己的徒弟，以后也别想再抬起头来。

"见鬼了,老子还不信治不了你了!"

店里有员工、学徒和来修车的客人扯着脖颈观望,两人的架势不小,谁也不敢妄自上前。有人小声问要不要给老板打电话,被丁毅白了一眼,嫌对方多管闲事,要让师傅知道,他们能有什么好日子过?

傅也的头被摁在车前盖上,脸被挤压变形。车是刚开到店里的,还冒着热气,他也不觉得难受,难受是在看到颤颤巍巍的佝偻身影之后。傅奶奶挥摆着手,慌慌张张地跑来求饶,那画面像一柄尖刀刺入他的心脏。

他闭眼,发疯得想咒骂出声,这贱烂的日子究竟什么时候才会到头!

闹剧中止。几人换了个地方,傅奶奶被请进狭窄的办公室里,傅也被关在门外。里面并不隔音,谈什么都一清二楚,但其他人都能听到,他听不见。

脏污的脸上,他一双眼里除了冰冷,只剩木然。

没人敢过去,他站在那儿,就像是一块破零件。

师傅说傅也不受教,之前愿意收下这个聋哑徒弟那是考虑朋友的面子,他平时对傅也已经挺照顾,这次傅也却跟他唱反调,在客人面前下他的脸。

"看过几本书,就当自己真能行了?他要是这么能耐,跟我学什么?我看他也别学了,趁早滚蛋!"

傅奶奶脸上老泪纵横,一个劲儿地道歉,说傅也是个好孩子,做错事尽管打骂,就是别赶他走,他这个样子能找到事做实在不容易。说完,她去拿背篓里的地瓜干和橘子往桌上放,讨好地挤出笑:"再给一次机会,就这一次,我保证他再不会这样了。"

师傅自顾自地点燃一根烟抽起来,呼出的烟雾呛人刺鼻。他抽出一根地瓜条,又有些厌嫌地丢回去。

"别来这套,不管用,人您直接领回去。"

傅奶奶别无他法,作势要跪下来,哭咽道:"这孩子苦啊,从小爹妈不要,扔在我这里没问过一句。但再怎么样,他也是条命,您就当做个好事成不成……"

"行了行了,最后一次。"师傅摁灭手里的烟,也被烦透了。

傅奶奶抹净眼泪,忙不迭道谢。

…………

傅也带傅奶奶去吃了顿饭,奶奶看到他脸上的淤青,心疼地问他疼不疼。他淡然摇头,送她去车站。人都已经上车,又颤颤巍巍地回头,泪止不住地往下掉,颤着手嘱托:"忍一忍,忍忍就好了。"

他抬着下颌,点头,在车外一直等到车发动才从车站离开。

他舔舐着干裂的唇,无端地想发笑。

"忍一忍,崽崽,忍一忍。"

这是他高烧耳聋后,奶奶对他说得最多的一句话。

不然能怎么办呢?他无父无母,像垃圾一样被丢给独居的奶奶,他耳聋,瘦如麻秆,只有挨欺负的份。

向反抗只会带来更多的欺负。

刚开始听不到声音的感觉很怪异,像一夜之间被世界孤立。他能看到他们张嘴,却是无声的。他对着镜子说话,同样,他嘴张合,却没有半点声音。哪怕再声嘶力竭地吼叫,也是无声的,他甚至不确定自己是不是真的叫了。

傅也陷入一种绝望中。

他现在这样，爸妈是真的不会再要他。

适应的过程漫长，一段时间后，他回到学校继续上学。起初，身边人对他耳聋更多的是好奇，他们在他耳边说话，想看他是不是真听不到。结果的确是，不管他们说什么，他眼里都是茫然的。

他们甚至好玩地跟他比画，等他开口说话，看到他们捂着嘴笑，还夸张模仿着，他怀疑自己也不会说话了。渐渐地，他也不再开口，到后面，彻底习惯。

他想过隐忍，也这么做过。被无缘无故推搡、被骂"野种""残疾"时，他无动于衷，可换来的是变本加厉的愚弄、欺负，有人甚至专门学了手语骂他奶奶是"一个死老太婆"……

那是傅也第一次动手。

他推倒桌子，掐着对方的脖子将其摁在地上，对方的同伙上来拖拽，他却只专注地死死摁着那人。他听不见对方的喊叫，骂他或者求饶，他都听不见。他的世界里没有声音，只能看见对方惊恐的眼神。

他仰躺在地上，笑到剧烈咳嗽，笑到五官扭曲。其他人被吓坏了，跑去叫老师。他爬起来，瘸着腿，一拐一扭地走了。

但他闯了祸，还是要被叫家长。

傅奶奶赶来学校，神情局促，一直在道歉，向老师，向学生家长。

可学校还是不让他继续待下去。

傅奶奶想求情，傅也拉起她，他自己也不想再上这个学。

最后，傅也被转进聋哑学校，里面的人都跟他一样，就好像，这世界本该是这样，声音只存在于不切实际的想象中。

…………

回汽修店的路上下起了雨，在灯下亮如银丝。

傅也走进汽修店。

丁毅先看见他，手里还握着扳手，用胳膊肘戳了下身边的人，然后更多人看见了他，最后是坐在里面的师傅。师傅正跟两个人打着牌，桌面摆着摊开的袋子，里面是地瓜干，吃一半掉一半，橘子皮也在一旁乱糟糟地堆着。

师傅衔着烟眯眼扔下一对牌，只抛了余光过去，喉咙里溢出一声嘲弄，正要指派他去做钣金修复，人已经杵到跟前。

傅也已经十九岁，成年了，这样一副年轻男性的体格，就这么挡在人眼前，心底不怵是不可能的。师傅拍拍手，站起来。

"杵这儿干什么，要不是你奶奶要死要活地求我……"

话没说完，回应他的是砸在脸上的拳头。傅也动起手来没什么表情，揪着他的衣领只是机械地重复着动作，一拳接着一拳。

中途，傅也挥动的胳膊僵硬，用手背粗暴地抹了下鼻子，才再次挥拳砸下。

期中考试将近，学习越发紧张，放假还要赶着回去接替舅妈看小卖部，蒋霜跟傅也见面的次数屈指可数，只是傅奶奶挺长一段时间没来找她问傅也的情况。她虽然觉得奇怪，也没多想，直到后面从舅妈口中听到傅也被汽修店给开除了。

"为什么被开除？"

"他把师傅给打了，没送他进去就是好的。"

蒋霜睁大眼睛，陈阳早她一步问："那傅也哥现在在做什么？"

舅妈给舅舅添着饭，道："还能干什么，干回老本行，小混混一个，迟早要将自己玩进去。"

"妈，您这是偏见。"陈阳不悦。

"什么偏见，这是事实。我跟你说了少跟他玩，你要是跟着他去混，我把你腿打断。"舅妈的语气不容反驳。

舅舅赞同："学习不好没什么，就是不能去当混混。"

蒋霜感觉难以置信，她第一反应是不信，他前段时间刚找自己借书，神情是那么认真，看上去他是真的想学点东西的。

后来，书是陈阳转交给她的，他问蒋霜他们的关系什么时候好到可以帮忙借书。

蒋霜解释说是刚好碰见，他没借书卡，她有苏芮的借书卡，一个村的，就顺手帮忙。

陈阳也没多想。蒋霜想问傅也现状，又忍住。陈阳将书给她，对傅也的事并未多提，只是跟蒋霜感叹人是不是真的会变。

会的吧。

但变化不会没有缘故。

期中考结束，蒋霜看见了傅也。

在网吧楼下聚着一群不务正业的混混，傅也就在其中，他不再穿沾满油污的工装，头发也不再是寸头，长长了些，额前垂着碎发，眉眼冷淡。他周围很热闹，谈笑声隔着几条街都能听到，但他不在其中，他只是安静地抽着烟。

他游离在外，又有着似有似无的联系。

傅也也看见了她，视线从她的脸上扫过，没有任何情绪，直接忽略,只剩陌生。

2

看见傅也的不止蒋霜,还有同行的苏芮。她抱住蒋霜的胳膊,拧眉问:"霜霜,他上次不是还找你借书吗?"

"嗯。"

"我当时还挺意外的,没想到他在那种环境下还那么努力。可这才多久啊,他怎么跟校外这些混混玩在一起了?"苏芮语气不屑。

蒋霜笑容勉强:"我不知道。"

苏芮是城里的孩子,从小被父母教育,见到这种逞凶斗恶的混混要跑得远远的,这些人整天不务正业,都是些热血上头就不要命的。

"霜霜,我不是要说教,我知道你是好心,只是你以后真的要离这个人远一点。"苏芮的神情很认真。

蒋霜点了点头。

苏芮皱皱鼻子,有些不屑:"这些人现在这么嚣张,以后指不定一个比一个惨。电视上老有这种新闻,谁把谁打伤了,被抓进去了,也不知道他们图什么。"

是啊,图什么呢?

但蒋霜不想将原因粗暴地归类为要钱、要面子。

傅也这么做,肯定会有他的理由,即便这个理由她现在不知道。

"你听我的,你们俩就不是一路人。"苏芮语气坚决。

蒋霜想起那天傅也立在河岸边丢来一袋橘子,他身后是晚霞满天,少年意气,难以言说。

但是晚霞过后，是漫漫长夜。

蒋霜不想再聊这个话题，很快收回视线，偏头对苏芮笑了下，问她这次期中成绩怎么跟父母说。苏芮神色懊恼，生无可恋地表示想负荆请罪，没准他们看在她认错态度积极的份上，退步一点还能被接受。

蒋霜安慰她：“期末加油。”

"唉，往后越学越难。霜霜，你说，同样都是一个脑袋，你怎么那么聪明？"

"没事的，我帮你补习。"

苏芮将头蹭过来，撒娇道："霜霜最好啦！"

说话间，两人已经穿过一条路，很快转过拐角。

进入漫长冬季后，太阳就很少露面，白天也总是阴沉沉的，冷空气像厚重的塑料膜，罩得人喘不过气来。

半截烟被丢在地上，脚踩灭最后一点火星。

蒋霜这次考了班里第二名，其他科发挥不错，只有物理是败笔。

陈阳跟蒋霜是同一个年级，也同是理科，成绩出来，难免要被拿来比较。这次陈阳考得很差，在班里排名中等偏下，总分比蒋霜差了一百多分。

舅舅拿着成绩单对比，忍不住打趣："陈阳，学校可能要给你单开一门，你才能赶上你姐了？"

"爸，再单开一门主课，那我也得考满分才成。"陈阳嘟囔一句。

舅舅笑："你小子倒有自知之明。"瞥见自家老婆黑沉的脸色，他又扯着嗓子故意说给她听，"你爸我打小就聪明，还考过满分，你这吊车尾的成绩真不知道随谁?"

"随我妈吧。"陈阳配合道。

舅妈从厨房踱步出来，瞪了父子俩一眼："你就读过小学，一年级谁没考过满分?你也好意思拿出来说?"

"只读过小学怎么了?我那时候家里穷，吃都吃不饱，谁还去读书。"遭到白眼后，舅舅笑着改口，"像我像我，儿子像老子，天经地义!"

蒋霜在里面择菜，听着外面的对话，垂眼笑了笑，把青菜叶淘洗两遍后放在一边备用。她擦干手，往灶膛里添了些火柴，火星噼里啪啦四溅。

夜里，蒋霜下楼倒洗脚水，拿着水管将盆子仔细冲洗后晾在墙根边，上楼时，听到舅妈的声音。

"你这样的成绩往后怎么办?你每天吊儿郎当的，怎么考得上大学?"

陈阳满不在乎："我想好了，上完高中就不读了，拿了毕业证就跟刘威他们一起去厂里打工，也有不少钱。"

"你要死啊!好好的书不读，跑去干苦力?"

"我们男的可以卖力气赚钱，姐不一样，姐会念书，她适合上大学。"

舅妈没说话，陈阳痛呼一声："妈，您下手能不能别这么重?"

"别叫我妈，我没你这么没出息的儿子。"

…………

蒋霜退下台阶，穿过堂屋摸黑走出大门，靠墙在楼下待了会儿。

无事可做，她只能抬头看星星，稀稀疏疏，其实没什么可看的。

小时候，夜空很亮，满天都是星星，不知道什么时候就不见了。

期中考过后，蒋霜花了更多时间在物理上，有不明白的就去请教第一名。第一名是个独来独往的男生，性格孤僻，有人来问问题，他都会讲解，只是他似乎情商不高，偶尔会蹦出一句话让人噎住。

苏芮有次问他数学题，他反复讲了三遍她才弄懂。苏芮说自己有点笨，这么简单的问题都搞不懂，第一名大概想安慰她，想了想憋出一句话："没事，我高一就会的，你现在会也一样。"

苏芮被气乐了，跟蒋霜吐槽了好几天。

"他的情商是不是都给智商了？"

第一名见蒋霜花大量时间在物理上，拧开水壶盖子喝了一口水，淡淡道："物理讲天赋，努力不一定有用。"

有这个时间，还不如去刷数学题。

蒋霜顿住，固执地回答："勤能补拙。"

"是补拙，但补不到高分。"他语气笃定。

有些事，从一开始就标好了结果。

蒋霜抬头，合上书页，平静道："有志者事竟成，没有人一开始就会的。"

说完，她跟着在心里问自己，是吗？

她知道自己只是嘴硬。

第一名不再多说，说了句"加油"，便回到自己的位置。

蒋霜也很少再听到傅也的名字，车站对面的汽修店里仍有年轻学徒被呼来喝去，钻入车底拧螺丝拧到手僵。

她去看过傅奶奶。傅奶奶身体没什么问题，只是话没以前多了，也不再提傅也。下午傅奶奶留她吃饭,她说自己也得回去煮饭了。走出院子时,她回头多看了一眼,只见到佝偻的孤孤单单的背影。

再听到傅也的事,是在车站撞见丁毅。蒋霜等车时有个年轻面孔过来搭话,问她记不记得自己。

他下巴朝汽修店的方向点点:"我是丁毅,汽修店的。你来找傅也的时候,我们说过话,记得吗?"

蒋霜想起来,迟疑地点了点头。

丁毅自来熟地跟蒋霜聊起来,话题倏忽转到傅也身上。他啧啧道:"你是不知道当时的情况。傅也下手可真够黑的,那么多人拉架都没用,把带自己的师傅都给打进医院了。"

"后来,怎么样了?"她听见自己的声音凉凉的。

"人是没出什么大事,但这面子就丢大了,扬言要让傅也混不下去,没想到,傅也跑去跟纬哥混了。他一个聋的也就够狠够玩命,现在混得有声有色。"丁毅摸了下下巴,多少有些羡慕嫉妒。

蒋霜问:"他为什么会跟他师傅打起来?"

"这个啊,你是没看见过他师傅平时怎么对他的,打骂是常事,还什么也不愿教,什么脏活累活都丢给他干,不就欺负他是聋的吗?那天他师傅又动手了,被傅也的奶奶看到了,挺惨的,一大把年纪还要求人。傅也送他奶奶走了之后,回来就把人给打了。

"换我我也忍不了。那就是一欺软怕硬的孙子,在老板面前点头哈腰的,转头就欺负我们这些学徒。"丁毅"嗤"了声。

当学徒是真没什么意思,没钱还要挨欺负。

蒋霜沉默。

她无法想象那天发生的事。

丁毅好奇地问她最近跟傅也见过面没有，方不方便帮忙问问傅也，纬哥那边还缺不缺人。他也不想待在这儿干了，忍气吞声干个两三年，哪有拉帮结派风光潇洒。

"没有，我们不太熟。"蒋霜实话实说，带话这种事，他找错人了。

"你不是他女朋友吗？"

"不是。"

丁毅拍了下脑门，笑起来："怪我，搞错了。这样，我们也算是认识了，不如加个好友，以后有时间一起出来玩啊？"

说着，他拿出手机来。

"我没有手机。"她说的也是实话。

车来了，蒋霜说了句"再见"，背着包上车。

丁毅被晾在原地，"嘶"了一声："得，白费口舌了，傲气个什么劲。"

苏芮十七岁生日，在周五。她已经提前两周跟蒋霜提过，希望蒋霜那天能别回去，跟同学们一块吃饭、切蛋糕，晚上再在她家住一晚，这样她们还能一块逛逛街。

蒋霜先跟舅妈提起，舅妈欣然应允："去玩吧，别总想着回来干活，活都有人干。在别人家要懂事，别给人家里弄乱了。"

走之前，舅妈还给了蒋霜五十块钱，蒋霜不要，舅妈让她拿着，既然是别人生日，不买礼物怎么去？家里可没这个规矩。

"谢谢舅妈。"

蒋霜去书店给苏芮挑了一本书作为生日礼物，是苏芮喜欢的漫画书。

苏芮收下，亲热地搂住她："谢谢霜霜，这礼物我太喜欢了！"

周五一放假，平时一块玩的同学凑齐往餐馆去。餐馆老板是苏芮的大姨，给他们留了一个包间，想吃什么随便点。

吃过饭，服务员又推进来一个双层蛋糕，一半吃掉，一半被抹在众人的脸上、头发上，生日就这么热热闹闹地过完了。

走出餐馆，蒋霜才发觉已经很晚了，但苏芮很有兴致，拉着她逛街。玩累了，回去时她们抄了个近道，从桥下穿过去是一条已经没有人气的商业街，因为没什么生意，关店也早，街上黑漆漆的，只有几盏路灯还能亮起来。

没想到她们却撞上一伙人给其中一个店铺泼油漆。他们把刷子蘸到油漆桶里，"唰唰唰"地在墙上写着"死全家"的字样，泼在门口的红色油漆在昏暗的光线中格外瘆人。

两个人心惊肉跳，下意识地转身往回走，却被望风的人看见。对方笑眯眯地冲着她们招手，让她们过去，问她们有没有看见什么。

苏芮紧紧抓住蒋霜的手臂，低着头，害怕地躲在她身后。蒋霜硬着头皮挡在前面，僵硬地摇头说"没有"。

"没看见就好。我们也不是坏人，这么做是因为这家店老板欠钱不还。你们老师应该教过，欠债还钱天经地义，他不还，我们只能想点办法。"

"嗯。"

蒋霜点头，她甚至不敢看对方的眼睛。余光里，那些泼油漆写字的混混跟着停下来，勾肩搭背地盯着他们。

"又在逗妹子？"另一个声音响起。

"滚蛋，你以为都跟你似的。"望风的人笑骂一声过后，又打量了下眼前的两个小姑娘，长得白白净净，还真有几分漂亮，怯生生的，还挺招人疼。

他好整以暇地问："两位妹妹有没有男朋友？"

蒋霜不说话了，苏芮抓得更紧，腿像是铸铅，将她定在原地。

"别紧张，我没别的意思，聊个天又不会少块肉。"

其他混混起哄："你撒泡尿照照镜子，你这个色痞样，哪个小姑娘不紧张？我不一样，妹妹，我是好人。"

"滚滚滚！"

"怎么不吭声，瞧不起人啊？"有人往前走近。

短时间里，蒋霜将所有可能都想过——若是跟苏芮往回跑，他们要是存心不让她们走，她们也跑不掉。或者顺着话聊几句，没准他们也没其他意思。但如果情况更糟糕怎么办？这里没有其他人，他们要真想做点什么，她们连求救的机会都没有……

脚步声越来越近，蒋霜感觉苏芮的手都在抖，怎么办？怎么办？

一个念头从脑中一闪而过，她猛地抬起头，喊道："傅也！"

"什么？"

"傅也，我认识他。"蒋霜做了个细微的吞咽动作，竭力表现得镇定平静，面不改色地补充，"我是他女朋友。"

她只能寄希望于这些人跟傅也是一伙的。

闻言，望风的人怪诞地笑起来，扭头看向身边的人，又看回来："真的假的，我怎么没见过你？"

"是真的。"蒋霜镇定了些，至少，这些人的确认识傅也。

"是不是，问问也哥不就知道了？要是假的就有意思了。"说着,就有人要去叫人。

"也哥在哪儿?"

"就在附近。来的时候我还碰见了,在吃面吧。"

蒋霜睁大眼,心脏再一次急遽跳动。她想张嘴说点什么,但大脑一片空白,什么都想不起来。

"怎么办啊?"苏芮压低声音,快吓哭了。

蒋霜只能握住她的手,什么都做不了,什么话也说不出。

空荡的街道上,有一个瘦高的人影走过来,昏暗的光线里渐渐显露出他的五官。他面部被阴影分切成块,目光生冷,不偏不倚地落在蒋霜的脸上。

他左手缠着的白色纱布很是显眼。他打人,也被人打,很公平。

"巧了,也哥来了。"

这一堆里有个母亲失聪所以会手语的,手指抹了下鼻子,往傅也身边凑去,将刚才的事比画着说了一遍。最后一个动作,蒋霜看得很真切,那人指向她,捏了下自己的耳垂后,双手拇指竖起碰了碰。

不用想都知道,那人在问傅也,她是不是真的是他女朋友。

蒋霜定在原地,像是生吃了辣椒,脸上火辣辣的,那种难堪、心虚和羞耻在胸腔里翻滚,她只能抿紧唇,不泄露任何情绪。

傅也撩动了下眼皮,什么也没回,是还是不是,他没有表明。

他直接走过来。阴影兜头罩过来,他在她面前停住,冷气一并刮过来,压迫感隐而不发。离得近了,蒋霜闻到他身上的味道,并不怎么好闻,烟味很重,重到有些呛人。

"这到底是还是不是啊?"

"看着不太像，这女的八成是胡说八道。"

傅也看着蒋霜头都快低到地上去了，长马尾滑到肩前，后脖颈白皙秀气，余光里，有视线聚焦过来，探寻的、好奇的，甚至是下流的，什么都有。他捏着蒋霜的下巴半强迫地抬起来，两人视线相接，他看到她眼底有泪光一闪而过。

他皱眉，似有些不耐烦的情绪。

蒋霜咬紧牙关，唇色因为抿得过紧而泛白，又倔又劲劲儿的，就那么直视着他。

傅也的肩膀忽地塌了下，扯唇笑了下，整个人像是柔和下来。他伸手碰了碰她的脸颊，落在其他人眼里，更像是暧昧抚摸。

被触碰的地方，就像是被静电电了下。

傅也用绑着绷带的左手从口袋里掏出一沓钱，从中抽了两张一百的塞进她手里。蒋霜不要，他抓着她的手，将钱直接塞过去。

蒋霜抬头，不理解。傅也单手搭着她的肩，直接往反方向推了把，抓着她的苏芮跟着踉跄一步。

她再回头，只看见傅也背对着的身影，正对着那群人懒散地打着手语。

"也哥说两个人吵架呢，好多天没说话。"还是那个会手语的主动做起了翻译。

"还真是嫂子啊。"

"嫂子，你等会儿，我还没道歉呢，都怪我这张嘴。"

"也哥说让她走，看着就烦。"

跟着，响起哄笑声。

"别啊，这女朋友生气都不哄的吗？"

"哄个屁！"说的人嗓门颇大，喊完不好意思地挠了下头，"也哥说的。"

3

冷风兜头吹过来，两个人无比清醒。

苏芮惊出一身冷汗，抓着蒋霜的手快步走开，到最后直接用跑的，生怕慢一点又会被叫住。

两人从桥下又跑回去，是条夜宵烧烤街，灯火通明。看见人，她们才放心地停下来，跑得急了，都累得不停喘气。

"霜霜，我刚才真的要吓死了！"苏芮气息不稳，脚底还发软，她抓着蒋霜的手臂，借力站稳。

蒋霜面色透白，也好不到哪儿去。

经过这遭，两人再也不敢抄近道，老老实实地走人多的道。

苏芮跟蒋霜说前段时间那里才发生过一次恶性事件，因为摊位矛盾，对方叫来一些混混，有人直接持刀将人捅成重伤。所以她刚才脑子里一直在想，这些人要真对她们下手怎么办，他们什么都敢做。

蒋霜心有余悸，握住她的手："以后别再抄近道了。"

"我再也不去那边了。今晚的事我都不敢跟我爸妈说，肯定要被教育一顿。"

"现在没事了。"

"嗯嗯，你当时说傅也的时候我都傻了，我真怕他不帮我们，幸好他还有点良心。"苏芮轻哼一声，对这种人仍然喜欢不起来，长得好看也不行。

蒋霜手里还有傅也塞的两百块钱,因为是新钱,比一般的钱要硬,边缘抵着掌心,触感明显。

两人回到苏芮家里,苏芮爸妈还没睡,正在边看电视边等着女儿回家。蒋霜跟在后面,乖巧地叫了声"叔叔阿姨"。

"快进来。叫蒋霜是吧,芮芮经常提起你,说你们是最好的朋友。饿不饿?要不要煮点夜宵给你们吃?"

蒋霜拘谨地摆手:"不用不用,我们不饿,别麻烦了。"

苏芮挡在她前面,道:"我们现在都还撑着呢,你们就别管我们了,我跟霜霜先回房间了。"

"行,早点休息。"

苏芮拉着蒋霜溜回房间,又找来自己的睡衣给她,结伴去洗澡洗漱,折腾完再折回房间,仰躺在床上,盖着被子聊天。被子有纱边,软乎乎的,有馨甜的味道,房间里有书桌,还有带大面圆镜的梳妆台,这些都距离蒋霜的生活很远。

聊到半夜,苏芮还不肯睡,蒋霜眼睛都睁不开了,让苏芮放过自己。苏芮抱着被子说好吧,又抱住她的胳膊说跟朋友一起睡的感觉真好。

翌日,蒋霜习惯性地很早就醒来了,但不好意思自己出去。她换好衣服叫醒苏芮。苏芮看到时间笑了,转过身又睡了过去。等苏芮睡醒,再出去时,苏芮父母已经出门了,买来的早餐放在桌上。吃完早餐,蒋霜起身收拾碗筷。

苏芮让她别管了,有人会收拾。

蒋霜笑了下:"顺手的事。"

"霜霜,你以后要常来我们家,我爸妈可喜欢你了。"

蒋霜点头。

但她知道自己不会,她不喜欢麻烦别人。

从苏芮家离开,蒋霜没直接去车站,她还有件事。那两百块不还回去,她无论如何都不安心。

可怎么还?

她要先找到傅也。

蒋霜不知道傅也在哪儿,只想着县城不大,混混们有常待的地方,她想着去碰碰运气,最后还真让她找到了人。三五成群的年轻男生走到哪儿都显眼,傅也的那张脸也尤其突出。但她不敢这么直接过,就隔着一条街跟着,找机会把钱还回去。

一连跟了两条街。

到底是第一次跟踪人,蒋霜生怕跟丢,目光紧追那边,好几次差点撞到人。

"对不起,对不起。"她道着歉。再看过去,一群人已经停在网吧楼下,似是碰着了熟人,在聊天。

傅也也在其中,回着手语。

对方拍拍他的肩膀。

蒋霜小心地观察着。

有一瞬间,傅也撩起眼皮,似乎往她的方向看了眼。

蒋霜"唰"地低下头,又想起自己本来就是来找人的,没道理躲。她又抬起头,却只看到他的侧脸。

一行人陆续上楼。

蒋霜抓着书包垂下来的带子,有些焦急,但也不能跟着上去。

怎么办?

还是等着吧，他上去了，总会再下来。

这两百块钱，她今天一定要还回去。

傅也跟明纬身边的人不一样，他要做的事不多。

但跟明纬养的两只凶神恶煞的黑狗一样，平时用绳子拴着，以生肉骨头喂着，必要的时候，能咬人就行。

从某种方面来说，他就是只咬人的狗。

傅也其实很早就发现了蒋霜，他没见过这么明目张胆的跟踪，连电线杆子都能撞上。

不过发现的不只是他，他身边的人也都看见了。

有人怪笑一声，捣了捣旁边的人让对方去看，还是"细长眼"打手语给傅也，说蒋霜还挺痴情的。

"看着还挺乖的，也哥怎么跟人分了？"

"不喜欢学生妹呗。这种姑娘沾不得，心眼实，容易认死理。"

"说得好像学生妹喜欢你似的。"

又是几声怪笑。

有人明目张胆地去盯蒋霜，等她看过来时，咧嘴笑起来。

蒋霜立刻转过头，紧张到手足无措。

她没跟这种人打过交道，不想惹事，更不想跟他们牵扯上。

她心里，已经将傅也跟她口中的"这种人"区分开。

傅也听不到他们说什么，但也知道不是什么有营养的话。他让他们别管她，她跟不了多久就会自己走了。

一行人走上网吧，在一片烟跟泡面混合的味道里，选了个位置，先打开机子。

傅也对游戏并没多少兴趣，也许是少了声音的刺激。但没事的时候，他还是会过来，单纯只是消磨时间。

在这里，他可以一个人待着。

这段时间，傅也玩了数款游戏，比起联机开黑，他更喜欢单机游戏，一个人单枪匹马，随时能开始，也随时能结束。

但今天他的状态明显不佳，控制的小人一直在死，而且是各种奇异的死法。

静不下的心更加烦躁。

到了中午，一些人叫网管泡泡面，傅也关掉游戏界面下了楼。楼下支着一个馄饨摊，有人伸手招呼他过去坐。他坐下去，余光里还能看见那个身影。

瘦瘦的、小小的，不再是呆愣愣地站着张望，而是找了个地方坐着，拿了一本书，嘴唇翕动，可能是在背单词，背一会儿就抬起头，视线小心翼翼地扫过来，看了眼，又继续低头看书，周而复始，有心要死磕。

真是倔得要死。

馄饨被端上来，在冬日里冒着白雾热气，他低头"呼呼"吃着，几分钟见底。他扯了张纸胡乱擦了下嘴，身体往后一斜，随手扯过身边的人。

蒋霜等到中午，感觉到饿了，就买了碗最便宜的面坐在门口的桌子上吃，吃完还是没看见人，只好拿出书来背单词。

单词背完好几页，又折回去巩固了两遍。

人终于是下来了，但还是一群人。她开始怀疑她能不能等到他落单的时候，最晚她也只能等到末班车时间。

再等等吧。蒋霜的视线落回书上。

"confirm，证实……"

店门被推开，进来的人却并没有往里走，而是在她面前停下来。男式运动鞋，连鞋带都脏兮兮的。她抬头，看到一张有些陌生的脸，眼睛细长。隔了会儿，她才记起来是昨晚给傅也做手语翻译的那个。

"也哥让你回去，他不会见你的。"

蒋霜这才反应过来，傅也看见自己了，叫人过来带话。她抿唇，从口袋里拿出那两百块钱，递过去："那麻烦你把钱还给他。"

对方扫了眼，却没接："也哥说了，你们分手了，这两百块钱就当是给你的分手费。你拿了钱就走人，以后别再来纠缠了。"

话里的意思，蒋霜能听懂，他不想再看见自己。但是这两百块钱来得莫名其妙，她怎么也不能收。

蒋霜站起来，将钱塞给对方："你跟他说，我不要钱，我以后不会再来了。"

"那不行，也哥没说要把这钱拿回去。"

"我说了，我不要钱，以后也不会再纠缠他。"蒋霜板着脸，面容倔强清冷。

没想到对方比她还死脑筋，傅也没交代的事，他肯定不做。在他看来，分手后还给女方钱，说出去也好听，拿回来算怎么回事，那不是给兄弟脸上抹黑吗？

钱又被塞回蒋霜手中。

"我就是个带话的。话带到了，我的事就算完了。"他怕钱再塞回来，说完就跑。跑到一半，他回头看了一眼，挺好看一姑娘，也哥怎么舍得说甩就甩呢？真是饱汉不知饿汉饥！

蒋霜皱眉，再看馄饨摊，那里哪儿还有傅也的身影。手里的两百块被来回塞，已经皱成一团，她只能将钱展开，折好，又揣进口袋。

一直快到五点，傅也再没下来过。回去就只剩最后一趟车，蒋霜收回书，拉上书包拉链，背上往车站去。

这钱她迟早要还回去。

车站涌出数个年轻人，一些人染着黄毛，眼神不善，跟傅也身边的那群人一样。

因此，蒋霜多看了一眼。

那群人迎面走过，为首的双手插兜，裹紧大衣，吸着鼻子，吊儿郎当的。

"连聋子都打不过，你们以后还怎么混？"

"他又聋又哑，倒是不耽误打架，打起架来眼都红了，跟野狗似的，逮着谁咬谁。"

"明纬现在嘚瑟得很，明目张胆地抢地盘。"

"我就说你蠢得很，把'狗'先弄死了，你看他还能怎么叫？"

……

蒋霜不自觉地慢下脚步，那些人从她身边走过去。

"把家伙拿上，不找回点场子，以后还要不要混了！"

蒋霜如遭雷击，脑子里瞬间一片空白。她还没来得及去想，就穿过马路走到另一条路上，起初还是用走的，到后来直接用跑的，一刻不停地往网吧的方向跑。

她得赶在他们前面找到傅也。

蒋霜一路跑到网吧楼下，因为跑得太急，喉咙里冒出干涩的血腥气，她撑着腿猛呼吸了两口。她无法控制地心焦如焚，脑子里不断地闪过傅也被打的画面。小混混街斗致死的消息在他们这里已经不新鲜，她不想又多一个，不想出事的那个人还是傅也。

准备上楼时，她撞见从楼上下来的人，看样子像是要出来买吃的。她迎面跟对方撞上，对方一愣，说："姐，你还没走呢？"这是什么毅力啊？

蒋霜看到了之前给她带话的人，像是找到救命稻草一般，问他傅也在哪儿。对方以为她还不死心，摇头说不知道，让她赶紧回家。她跑岔气了，摆手，急喘着将路上听到的又说了一遍。

"真的假的？有人要来闹事？""细长眼"半信半疑。

蒋霜不住地点头。

他又问那些人长什么样。她大概描述了一遍。他跳起来，骂了句脏话："他们来找死啊？"

"傅也在哪儿？"

"细长眼"拧眉有些茫然，仔细想了下："不知道啊。也哥走的时候没说，可能是回住的地方了？"

"他住哪儿？"

"细长眼"说了个地址。

在菜市场那边，还挺偏的。

"细长眼"说要去叫兄弟，这次就谢谢她了，让她早点回家，剩下的事不是她能掺和的。

蒋霜松了口气。她也是这么想的，她已经尽力做到自己能做的，之后怎么发展，她管不了。

可往回走时，她又想到看过的斗殴场面，真动起手来，没轻没重，失手将人打死的事也有。

她认命般闭眼，掉头往菜市场那边跑——

等见到傅也，跟他说过后，她就走。

眼看着天就要黑了。

蒋霜已经看到菜市场，从菜市场的边上进去是自建的居民区，大家都想多占一点土地，因此房子修得密集，只留出窄窄的巷子。

她咬牙走进去。

里面曲折，光靠"细长眼"的描述，她根本找不到傅也的住处。慌乱中，一只手抓住她的手臂，力道不小，将她整个人拽了过去。

蒋霜惊呼一声，直到看到傅也的脸，声音戛然而止。

傅也偏着下颌，抿着唇，打了个手语："你过来干什么？"

就为那两百块钱？

真是死心眼。

蒋霜看懂了"钱"的手语。他皱着眉，手上的动作激烈，看起来是真的挺烦的，他以为她是因为想要还那两百块钱吧。

蒋霜摇头，慌张地边说边比画，让他快跑，有人要来寻仇。

会的手语有限，她表达不出来，只能手忙脚乱做出几个动作，握紧拳头，拳击似的打出去。

傅也就那么看着，神色平淡得出奇，看她跟看默片似的。

蒋霜脸上都是汗水，头发贴着白皙的皮肤。两个人隔得很近，她呼吸不稳，胸口不断起伏，看起来像是跑了很长一段路。

正比画着，蒋霜突然想到还能写字，急忙将书包背在前面，拉开拉链取出纸跟笔，就把纸垫在书包上，匆匆写下一行字：快跑。有人寻仇要打你。

字迹歪斜，笔尖戳穿纸张。

她拿着纸捧到他眼前。他瞳孔漆黑，仍然平静，她急得再次补充：很多人。

傅也抬眼，望着她鼻尖因为焦急而冒出的细汗。

那些人找他寻仇，她来干什么？就那么大点胆子，被一群人围住说几句话都害怕的人，知不知道什么是斗殴？

蒋霜隐约听到外面响起说话声，很像是她在车站撞见的那批人。她睁大眼，神色慌张地说那群人来了。

她不确定他是否看懂她要表达的意思，只好推着他往里面去。

他擦着蒋霜的肩往里走，轻车熟路地摸到潮湿角落处，一脚踩上绿漆铁皮垃圾桶，单手撑上围墙，直接跳了上去，翻身的动作很是轻巧。他蹲在围墙上，双手搁在膝盖上，黑漆漆的眼望着她。

蒋霜愕然，第一反应是不行，她做不到。

要不然她还是就这么出去，反正他们要找的人是傅也，不是她。

但傅也用眼神告诉她：上来。

4

蒋霜咬牙，心里一横，踩着砖头上去。一只手伸过来，她握住，被他掌心的温度烫了下，还来不及反应，她已经被拉了上去。

只是围墙顶端还不到一脚宽，她站上去，不稳地晃了晃。

傅也跟她近在咫尺，他的气息裹挟在冷空气中。

人声在靠近，在几堵墙的另一边，骂骂咧咧，扬言找到人先把他手脚给废了。

蒋霜小心地挪步，哆哆嗦嗦。

傅也的目光在她脸上睃着,"害怕"二字就差直白地写在她脸上。他牵着她的手臂,等她站稳后,再转身踩着墙翻上屋顶。他身姿矫健平稳,好像在她来之前,这条路他已走过上百次。他轻车熟路地跳进一个大露台,蒋霜吃力地跟着。

等跳进露台,看到紧锁的门窗,蒋霜才知道这房子是别人的。露台堆着杂物,盆栽里的植物早已枯死,角落里长着青苔,这里很久没人住了,就这么荒着。不起眼,但足够隐秘,那些人应该找不到这里来。

蒋霜探头往底下看去,街巷如血管分布,抬起头,有亮起的灯光,再看得远些,是连绵群山,将这一方天地包裹得严实。

山里的孩子,很容易生出对山外世界的向往。

她也一样。她记得自己是出去过的,父亲出去拉货,带上她跟母亲,就算是一次家庭出行。虽然到现在只剩下一段模糊的记忆,但自货车从山里开出平原,她趴在窗户边,得以窥见一个全新的世界。

原来,山外不只是山。

蒋霜出神时,傅也已经坐在她旁边的矮墙上,黑暗里,他像山一样挺拔。

她记起他手上有伤,看过去——纱布还裹着,只是不像昨天那么严实,现在松松垮垮的,上面还被染得脏兮兮的,渗出的血迹洇成了深褐色。

冬天本就冷,此时是夜里,且又在室外,风一刮,像刀似的。蒋霜裹紧大衣,把拉链拉到最高,将脖颈藏起来。

好安静。

傅也跟变戏法一样,从另一侧掏出一罐汽水来,"啵"的一声,他单手拉开易拉罐，递到蒋霜面前。

在冬天，室外就像是天然冰箱，汽水冰得像被冻过。

这是他之前买了放在这里的，藏在角落，安全得很。

蒋霜木木地摇头。

傅也已经猜到她的反应，也没有一定要塞给她。他兀自将那罐汽水在她旁边放下，扭身又拿了一罐，随手打开，仰头喝了一大口。

蒋霜看着他喉结上下滚动，"咕噜"的吞咽声像是身体的本能反馈，她看着，感觉很好喝的样子。

真这么好喝？

她被蛊惑，很想尝一下味道，这样想着，也这样做了。

但尝第一口后她就后悔了，比想象中的要难喝，对她来说，过于甜了。蒋霜难以置信地低头看了眼，眉毛、鼻尖都忍不住皱起来，她想不明白怎么会有人喜欢喝这种东西。

傅也偏着头，她的反应被他尽收眼底。他无声地笑了下，然后仰头又喝了一大口。

秉持着不浪费的原则，蒋霜还是没想着丢掉。

虽然难喝，但是冬天喝冰的，那种凉意从嘴到胃，五脏六腑都跟着冰了下，整个人忍不住打了个冷战——有种很爽快的感觉。

末班车的时间早已过去，蒋霜知道自己回不去，在这会儿竟也没那么担心。冷风吹得她脑袋木木的，一些事就淡化了很多，她心底浮上一种随便怎么样都好的放纵感，大不了就在这儿待上一晚。

两个人聊起了天，严格来说，算不上正常聊天。

蒋霜会的手语实在有限，只会一些简单的词，要聊天远远不够用。她开始还磕磕绊绊地比画，到后面就有些放飞，自创了许多手语，乱七八糟的，竟也这么聊下来了。

不知不觉间，她已喝了半罐汽水。

傅也早已经喝完一罐，空的易拉罐被他单手捏瘪，他又开了一罐新的。

蒋霜在想，那群人可能还在找人，一个巷子跟着一个巷子，今晚找不到人，还有明晚，还有更多的晚上。

"一定要做这个吗？"蒋霜问傅也。

傅也反问她："不然做什么？"

他侧过头看她，脸上没有自怨自艾的神情，眼神是一贯的专注。他扯着唇，无所谓地笑了笑。

他烂命一条，做什么又有什么关系。

继续读书？蒋霜脑子里想到的就是这个。

在她的认知里，也就只剩读书改变命运了。傅也那么聪明，他认真学，考上大学没问题。

不过，考上之后呢……

蒋霜沉默了下，抱着手臂，呼出的气凝成冷雾。如果有得选，谁不想选一条好路。

"我想出去。"

蒋霜呵出一口气，看着环伺的群山，眼里闪过熠亮的光，她说出了声："我真的很想走出去。"

她知道傅也听不见，才有勇气说出来。

说出来舒服多了。蒋霜笑了笑，比平时看起来更精神。她撑着手臂站起来，问傅也："那我们现在算是朋友吗？"

昨天晚上，"细长眼"双手握紧竖起拇指，碰了又碰，她也如法炮制。

算吗？

她的朋友不多，甚至少得可怜。

问这句话时，蒋霜抿着唇，脸上透着紧张。她并不是一个擅长表达的人，性格跟开朗也完全不沾边。她内向又沉默，甚至是有些无趣，但也许是今天聊天聊开了的缘故，她有那么点反常。

傅也看着她，好一会儿都没什么反应。半晌，他撩着眼皮，双手撑在身体两侧，肩膀往她的方向靠近了点，而后抬起右手，食指搭着中指，很轻地碰了下。

——"是。"

蒋霜看着，极轻地笑了下。

傅也也在笑，如果那算笑的话。

…………

又过了一会儿，明纬那边发来消息，说事已经摆平。明纬让傅也现在过来，露个面，双方握手言和，这件事就这么过去了。低头不见抬头见的，没必要弄得那么僵。

傅也收回手机，旁边蒋霜还在。

这个时间，无论如何也没有回村的车，他考虑了下，将人带到了他的出租屋里。房子虽然老，也没什么家具，但是收拾得很干净。厨房里锅碗瓢盆等东西都没有，因为不开火，平时他要么出去吃，要么吃泡面解决，一切都随便凑合。

蒋霜也不是一个挑剔的人，只是这儿就一张床，她睡了，傅也睡哪儿？

傅也看了她一眼，让她睡，他今晚不一定回来。又让她把门窗都锁好,这一片鱼龙混杂,什么人都有。

  他交代完,推门走出去,三两步下了楼梯,身影很快消失。

  蒋霜打量着眼前陌生的环境。有一个晾衣架,上面挂着的几件衣服就是他全部的身家。床边还有一张破沙发、一个歪腿茶几、一个门关不太严的柜子,就这些,是房间里所有的家具。

  现在还早,她打开书包,翻出物理书跟题集。

  时间一点点地过去,外面已经万籁俱寂,傅也没有要回来的迹象,蒋霜打着呵欠,再也扛不住。她将书收好,到洗手间简单洗漱了下,脱了外套躺在床上。床很硬,呼吸间全是陌生的味道,她盯着天花板发呆。

  应该,会没事的吧。

  她前半夜睡得仍然不太安稳,频繁醒来,傅也还是没回来。

  后面她一直在做梦,梦到傅也被人追,身后乌泱泱一大帮人,骂声不绝于耳,在空荡的街道上,他奔跑的身影变成一道残影。

  梦没有一直做下去。

  她内心深处不想他被抓到,她希望他能好好的。

  不过的确没什么大事,傅也过去的时候,两边的人都已经坐在同一张桌上,菜摆满了,酒是白的,他进去,桌上的人都看了过来。

  明纬站起身,手搭上傅也的肩膀,开口道:"以前的事,今天全说开,以后大家都是兄弟。"

  事不能只靠嘴说,白酒一杯杯倒着,总得有人喝。

  傅也觉得聋了也没什么不好,他听不见这个世界的声音,也不需要听见,一个人清静得很。他不需要去想那些人张嘴闭嘴到底在说什么,他只需要做。白酒入肚,在胃里翻滚,像是一锅烧开沸腾的水。

回去的时候是后半夜。

傅也拿钥匙开门。里面还亮着灯,他走进去,蒋霜已经睡着,因为冷而蜷缩成一团,白炽灯光照在她线条柔和的侧脸上,她皱着眉,睡觉时也显得心事重重的样子。

她没有这个年纪的女孩子该有的灵气俏皮,大多时候都是麻木迟钝的,有时候显得过于老成。

傅也知道蒋霜的事,从奶奶那儿、陈阳那儿,还有自己亲眼见到的。

他知道她很小的时候父母出事双亡,只留下她一个人。起初她是被大伯接过去照顾,但那家人开始是为了保险金,在知道她父亲为了省钱没给驾驶人买保险,根本赔不到什么钱,她就成了拖累,最后被舅舅接过来。

他知道她寄人篱下,日子过得并不容易。

被子隆起一小块,那么小,像是眨眼就能不见。

傅也收回视线,拿了干净的衣服进洗手间冲了个澡。酒味淡去不少,他从柜子里拿出备用的被子,打算就在沙发上凑合一晚。

关了灯,房间里陷入黑暗。

傅也在单人沙发上坐下,整个人往后仰去,盖上被子,眼神空洞地盯着天花板,耳聋久了,用眼睛去看就变得极为重要。

他也会点唇语,简单的、语速慢的,他"听"到蒋霜最后在露台上说的话。

她想出去。

从这里逃出去。

他也是。

第四章 两个愿望

希望她能考上大学,希望他能听到声音。

1

床太硬，蒋霜以为自己回到了宿舍，迷迷糊糊睡着了，睁开眼时天已经亮了。

光从窗户里探进来，玻璃上的贴纸被揭得坑坑洼洼，将光分割成一束束的，光线里的尘粒像在跳舞。她出神地眯着眼看了会儿，才回过神来，这里不是宿舍，她是在傅也租的房子里过了夜。

蒋霜侧身，看到睡在沙发上的傅也。

他整个人躺在沙发上，头发乱糟糟的，四肢摊开，像是路边肆意生长的扁草，丢哪儿都能活。一束光线照在他的脸上，构成一幅凌乱的静物图。

蒋霜不知道他昨晚是什么时候回来的，他身上没有新添的伤，空气中有酒精的味道，想来那件事应该已经摆平。

也许是感应到她的视线，傅也忽地睁开眼，寂静的空气似被划开一道口子。

蒋霜倏地闭上眼，又觉得没这个必要。纠结半响，她再睁开眼，正对上一双漆黑的眼，他像没怎么睡好，眼里还带着熬夜的红血丝。

被看到了，就没办法闭上眼装睡了。

蒋霜从床上坐起来，缓慢地，她想了几种开场方式，但她的性格摆在那儿，天生就不擅长跟人打交道，尤其是现在这种情况，她缺乏经验，课本上也没教过。

醒了？

睡得好吗？

…………

蒋霜肢体僵住，呆呆的，迟迟没有动作。

傅也眨了下眼，一手抵着胃部，意思是问她饿不饿。

昨天算起来只吃了顿时间有些晚的午饭，睡前她就已经饿了，这会儿肚子空空如也。蒋霜坦诚地点点头。

傅也掀开被子出去，将房间留给了蒋霜。

蒋霜穿上鞋下了地，拿过外套穿上，又将被子铺开，四个角扯得齐齐整整，被面铺平，有一大块被晒在阳光下。

再出去，傅也还在洗漱，他弯腰捧着冷水就往脸上浇，来回几次，扯过毛巾胡乱擦过就算完事。但没擦干，水迹顺着下颌线下滑。

两个人照例还是吃面。

蒋霜像往常一样，将碗里一半的面条夹给他。

傅也看她，臃肿的外套反衬得人更瘦小，脖颈下空荡荡的，就像只有两根骨头撑着。也许是因为瘦，她的气色并不好，皮肤透着不健康的白，唇上只有淡淡血色。在他看来，就是活脱脱营养不良的样子。

他提着筷子，往回夹肉过去。

蒋霜下意识地去挡，被他绕开，一半的肉进了她的碗里。她抬头看过去，傅也已经拿回自己的碗，低头大口吃面。

她想了下，也没再往回夹。

面吃完，蒋霜从口袋里掏出那两百块钱，放在桌上，推过去。

傅也只是抬了下眉，随手拿过钱，叫人来结账，用的是其中一张。老板拉开腰包的拉链，一张一张数零钱出来。

今天已经是周日，晚上有自习，蒋霜准备直接回学校。傅也昨晚睡的时间少,看眼下还早,准备回去补觉。

"我回学校。"她打着手势,指着一个方向。

傅也点头。

他们朝着两个方向走。

蒋霜回头,望见傅也挺拔的背影。他将双手插进兜里,往前走,是东升旭日,阳光照在街道上,也照在他的肩上。

她收回视线,往前走。

时间过得越来越快,蒋霜整日埋头在书里,睁眼闭眼全是铅字,但学习越来越吃力。老师给他们发了其他地区的试卷测试,全校都考得很差,她勉强及格已经是前列。地区间的差距感照面砸过来,他们如梦初醒——像他们这样,要怎么跟别人比。

因此蒋霜比以前更拼,她感觉到,她的前面,是千军万马。

苏芮被学业压得喘不过气,约蒋霜周末留在城里玩。

蒋霜不得不拒绝,她上周没回去已经足够愧疚,毕竟只要她回去,就能帮舅妈做些事,让舅妈没那么累。

苏芮托腮:"那我去你们那儿玩吧,可以吗?你不是说你们村子挺好的吗?"

蒋霜有点迟疑,怕舅妈不高兴,但苏芮目光明亮地盯着她时,她又狠不下心拒绝。

"好吧。"

"好哎!那我提前收拾衣服,放假跟你一块回去。"

周五放假,两个人坐上回村的班车。遇到陈阳,苏芮跟陈阳之前也认识，互相打了个招呼。陈阳能说会道，回去的路上，一直跟苏芮有一搭没一搭地聊天。

苏芮的到来，舅妈没有表现出不快，笑容满面地让她们去玩，等到时间再回来吃饭。

"霜霜还是第一次带同学来家里玩，欢迎欢迎。村里也没什么好玩的，就带着同学到处转转吧。"

苏芮从小在县城长大，没怎么来过村里，看什么都新鲜。

日头没落，蒋霜带苏芮去河边散步，水浅的地方刚到脚踝。苏芮俯身摸起两块扁扁的石头打水漂，玩累了，往大石头上一坐，低头还能看见纤细的小鱼在游动，透明的，可以看见内脏。

"你们这里这么好玩，你竟然以前都没叫我来过。"苏芮盯得目不转睛。

蒋霜无奈道："因为真没觉得有什么好玩的。"

农村生活就这样，在地里刨食，永远有干不完的农活，没时间操心好玩不好玩。但她没说那么多，不想扫兴。

苏芮抬头，看见河堤上走过的人。因为是落日的方向，阳光刺目，她眯着眼，才认出背着满满一背篓苞米的人是傅也。

"霜霜。"她小声喊，示意蒋霜看上面。

蒋霜眯眼，看到傅也，还有傅奶奶。

他穿着黑色外套，背着苞米的背挺得笔直。他这次回来专门是摘苞米的，因为傅奶奶年纪大，扛不动。

"小霜呀。"傅奶奶也看见了她。

蒋霜笑着应答，叫"傅奶奶"。傅也瞥了一眼，脚步没停，继续往前走。几分钟后,他又背着空的背篓回来,再回去时背篓又装得满满的。就这样,他连续运了几趟,直到太阳彻底从山头落下去。

晚上,苏芮跟蒋霜睡一个房间。跟苏芮的房间不同,她的房间是隔出来的,小小一间,因为没有窗,不开灯就是全暗的。

"对不起。"这里就这条件。

"这有什么好对不起的,超有安全感的好吗?"

洗过澡后,两人躺在一张床上,苏芮侧着身,抱着蒋霜的手臂聊天。提到傅也时,苏芮说:"他好像跟之前看到的不太一样。"

"哪里不一样?"

"我以为像他那样的小混混,肯定叛逆不听话。但是他会帮家里做农活哎,什么都不让奶奶拿,他还挺孝顺的。"

蒋霜点头,说:"他是挺好的。"

不好的是命运。如果他在一个正常的普通家庭,父母没有离婚没有抛弃他,他没生那场重病,他能听见,那他也会跟他们一样,坐在教室里,想的是未来上哪所大学。

"好可怜。"苏芮叹气,不过注意力很快被班里的八卦转移,如数家珍。

两人聊到半夜,蒋霜困到熬不住,才紧急叫停。

第二天一早起来,陈阳也没睡好,刷牙时呵欠连天,说她们女生可真能聊。

到中午,吃过午饭,三人开始写作业,周日才搭车回了学校。

那之后,傅也的消息还是会从别人口中传过来,有好的有坏的。

蒋霜偶尔也会遇见他，有时间两人就一起吃碗面，更多时候是在路边擦肩而过，她主动打招呼，没过一会儿，傅也折返回来，丢过来一瓶牛奶。

蒋霜刚开始还愣愣的。

傅也隔着马路，食指与拇指捏了个圆，两只手交替着往上叠，最后扯着唇，看出点嫌弃意思。就这么个动作，比画完，他就直接走人。

苏芮好奇地问："什么意思啊？"

蒋霜愣在原地，也反应了好一会儿。接触手语多了，一些表达就有迹可循，都有些形象化，傅也的动作是一节一节的，是竹子？

竹竿？

她抿了下唇，弄懂了，道："……他说我像竹竿一样。"

她的确很瘦，来舅舅家后才好了些，至少不像营养不良的样子。

"啊，他说你瘦得像竹竿，所以给你牛奶补身体？"苏芮也明白过来，笑了下，拍拍蒋霜的屁股，"我们霜霜还在长身体，是要多喝点牛奶哦。"

…………

蒋霜握着那瓶牛奶，到晚间时才喝掉。

她刚开始不习惯那个味道，有点腥，想着对身体好和不能浪费，才一滴不剩地喝掉，又喝了几次后逐渐习惯。

春节临近，舅舅进了一批礼花鞭炮，更多是小孩玩的，擦炮、摔炮、"滴答筋"、花筒……种类多，价格便宜，买上一两盒就可以消磨一整个下午。

最热销的是擦炮,五毛钱两盒,捏着炮头擦过纸盒边的磷纸,或是丢到水里,或是藏到瓦片下,能玩出不少花样。

小卖部前挤着一堆村里的孩子。

蒋霜看着他们,不许他们把鞭炮丢到路人的脚边去吓人。不过光口头上说没用,她板着脸,说谁要是不听话,以后就是拿钱来也不卖给他,这些小孩才乖乖答应了。

越到年底,生意越好,舅舅又去进了一次货。

除夕,小卖部也一直开着,舅妈要跟其他婶婶做年夜饭,守铺子的责任就落在蒋霜身上。这一天来买东西的人也不少,多是买饮料烟酒的,炮仗也很好卖,就这么一直守到晚上,陈阳跑来叫她回家吃饭。

饭前要先给过世的亲人烧纸,一般是舅舅带着蒋霜跟陈阳。

一堆是给蒋霜父母烧的,舅舅往里面添纸,黄纸遇火就燃,火光映在脸上,舅舅说:"都烧在这儿,姐、姐夫,你们自己来拿,多给你们烧点,你们在下面也保佑保佑我们。两个孩子还不错,再过一个学期就要上高三了。"

蒋霜一张纸一张纸盖上去,先冒起烟来,很快,火焰蹿出来。

"霜霜,舅舅有没有跟你说过,我其实是你妈妈养大的。那时候家里穷,有点粮食就被你嘎嘎、嘎公换烟换酒了,人都快饿死了。你妈妈那时候也不大,天天往山里钻,什么能吃摘什么,什么能卖就采什么。"

嘎嘎、嘎公是他们这边称呼外婆、外公的。

"后来,你妈妈结婚早,也是运气好,遇见了你爸,日子好过很多,给了我一些钱让我出去打工。我那时候十几岁,贪玩,不稳重,你妈怕我连回来的钱都没有,就把回来的路费缝进我衣服里。她哪里晓得,那钱还是被我花光了,回来时身上一分钱都没有,只好抓别人的鸡当给司机搭车,还真这么一路给荡回来了。"

蒋霜笑:"回来被打了吗?"

"打,怎么不打?那么大根竹竿都快被打断了。你妈凶得很,我从小不知道挨了她多少打。"舅舅咧嘴笑了笑。

他姐也是真的气坏了。

出去一趟,钱花光了不说,还面黄肌瘦跟逃难回来似的。

他姐抓着他就摁到地上打,是真打,边打边骂。打完骂完,她自己先哭了,走到一边抹眼泪。他看着,比自己被打还难受。那次之后,他人也踏实了。

蒋霜已经没有印象,对爸妈的记忆,只剩下称呼。

舅舅低头点燃一根烟,衔在嘴边:"我现在还挺想被打的。"

纸烧完,照例是要磕头,也能许愿,舅舅的愿望一如既往是保佑家里平平安安。

回家后,舅妈从厨房里出来,手在围裙上擦了擦:"好了,吃饭了。"

舅舅拿来鞭炮点上。鞭炮炸完,一家人齐齐整整吃饭,一年眼瞅着就只剩个尾巴。

比较起来,傅家算是最清冷的。

傅奶奶前后生了三个孩子,前两个都没能养活,只剩下一个小儿子,离婚后把傅也丢下就再也没回来过,几年里都没通过一次电话。听同村的人说他是又结婚了,在女方那边定居,这辈子怕是不会再回来了。

即便这样,傅也也买了对联,买齐了年货,起了个大早做了一桌子菜。别人家有的,他们家未必会少什么。

傅奶奶烧纸祭祖,拜了又拜,嘴里念念有词,只希望孙子能健健康康、娶妻生子,过上正常人的生活。

傅也没什么可拜的,只站在边上,看奶奶虔诚地磕头。

到晚上,少不了看春晚、打牌、搓麻将。

蒋霜守在小卖部,脚底下有盆炭火,整个人被烤得暖烘烘的。她没事可做,就拿着一本书看起来。有时候会有人来换零钱,她攥着那张一百的,在光下翻看一遍,确定是真钱。

"大过年怎么一个人守铺子,不去跟朋友玩?"换钱的叔叔好奇。村里的人互相都认识,蒋霜是他们公认的村里最省心的小孩。

蒋霜将零钱递过去,笑道:"我要是跟朋友去玩了,您这钱不就没地儿换了?找您的一百,您数数。"

"不用数,还能信不过你这高才生吗?"

"数数放心点,怕弄错了。"

叔叔眯着眼笑,说:"我看,这村子里的小孩就数你最懂事。你舅舅好福气哦。"

等人走了,蒋霜又坐回去,拿起书继续看。

她已经习惯在除夕夜守铺子。舅舅舅妈好不容易喘口气,陈阳从小玩伴多,就她一个人没什么可干的,一个人待着,冷不着也饿不着,看看书,时间轻易就被打发掉。

晚上十一点已过，又有人来，身影靠上窗口，蒋霜的视线从书上抽离出来，看清楚来人。

傅也撑着窗口，眼瞟过她看的书，书皮上贴有县图书馆的标签。蒋霜放下书，笑了下，先打手语问他要买什么。

她的手语已经进步许多，日常交流没多大问题。

傅也问："这么晚还开着？"

蒋霜回："还早，都没过十二点，毕竟除夕这天都睡得挺晚。"

两个人都算得上"无所事事"，就这么聊天，难免会提到期末成绩，蒋霜随手就从书里抽出成了临时书签的成绩单。傅也撩了下眼皮，对她这个动作轻"啧"了一声。

就好像她是特意等着这一刻的。

事实上，确实有那么一点。

蒋霜撑着手臂，等待他的点评。

他打开对折过的成绩单，偏过身，将成绩单拿在灯光下看。

蒋霜重回班里第一名，物理提高不少，刚好擦过优分线，虽然没拿到高分，但也只跟"前第一名"仅有几分的差距，这几分，她轻易从其他科目上拿了回来。

"还不赖。"

傅也扯着唇，给出评价。

蒋霜抿唇笑，微微抬起下颌，表示欣然接受这个评价。

晚上十二点一到，准时放起烟花。放烟花也是有讲究的，往往是谁家赚得越多，放的烟花也最多，大家互相憋着股劲儿，不肯轻易认输。

蒋霜站起身,从窗口探出去,擦过傅也的肩,他斜靠着看过去。他听不见声音,只能看到烟花寂然地绽开又熄灭。世界在他这里,是一部漫长的默片。

但他的目光仍干净清澈。

烧纸时,蒋霜有向父母许愿。

第一个。

希望自己能考上大学。

还有一个。

是替傅也许的,希望他以后能听到声音。

2

又一个暑假结束,蒋霜升到高三。

学校将假期统一做了调整,每个星期只休周日一天,月假两天。随之更改的还有早晚自习的时间,黑板上单独空出一个位置,已经写上了高考的倒计时。

以前觉得高考很遥远,转瞬就到了眼前。

苏芮咬着笔,忍不住感叹:"不敢想象,高考结束的那天我会有多开心。"

"前第一名"从过道走来,敲了下蒋霜的桌面,道:"蒋霜,班主任叫你。"

蒋霜抬头合上书,早有预料:"好。"

"什么事啊?"看着蒋霜走出教室,苏芮扭头好奇地问。

"前第一名"迟疑了一秒,平静道:"教辅书的事,蒋霜没写名字。"

苏芮噤声。

…………

"胡老师。"

蒋霜敲了下办公室的门，站姿规矩。

胡老师点点头，叫她过来，拉过旁边的椅子让她先坐下，等她坐好，才问："怎么回事，我看这上面没你的名字，是不准备买吗？"

摊在蒋霜面前的是一份统计名单。是学校推荐给高三学生的一整套教辅书，让学生自愿购买。班上有一半人写了自己的名字报名，而蒋霜没有。

蒋霜沉默地点点头。

"一百六十九块是有点贵，但这已经是学校能争取的最大优惠了，在外面都拿不到这个价格。"老师转动椅子，双手交握，两人面对面。

已经到高三，仅靠学校指定的练习册复习已经远远不够用，这套教辅书也是高三组老师仔细筛选过后才定下来的，又争取到了内部优惠，已经是最低价格了。蒋霜这样的尖子生，恰恰是他们最需要的。

"胡老师，我明白的。"蒋霜笑了下，低着头，"我不是嫌贵。"

老师或多或少知道点她的情况，叹了口气："蒋霜，老师对你是最放心的。你这个成绩，今年再努力拼搏一年，肯定是可以考上一本的。"

"我会努力的。"

老师拧开保温瓶的盖子,言辞恳切:"最后一年了,以前都熬过来了,关键时候可不能掉链子。老师是真的建议你能买一套教辅书。回去跟家长好好说一下,做做思想工作。"

到最后,蒋霜被说服了。她想先回家跟舅妈说一下,可是张嘴就是一百六十九块……她又真有点说不出口。

要放两天月假,蒋霜跟陈阳从学校回到村里,经过小卖部,先跟舅妈打了声招呼。旁边坐着的二婶笑道:"眼瞅着都上高三了,没多久,你们家就要出两个大学生了。"

舅妈脸上的表情复杂了些,说"考不考得上还难说",转头就让他们先回去煮饭,她买了条鱼,已经腌上了,让蒋霜先炖上。

晚上舅舅也回来吃饭了,一家人难得凑齐。

舅舅在工地上干了一个暑假,人被晒得乌黑,问两人学习紧不紧张。

陈阳迅速刨了口饭,说还行,就是现在时间安排得太没人性,一个星期就放半天假,吃个饭,他就没什么时间打球了。

舅舅一巴掌拍他头上:"都什么时候了,还打球。"

"爸,这就是您狭隘了,打球有助于健硕体格。高考是场持久战,需要体力。"陈阳说得煞有介事。

"那你跟我去工地,混个个把月,什么肌肉都练出来了。"

"行啊,我愿意去,就看我妈同意不同意了。"

舅妈白了他一眼,这比任何语言都直接。

"你要有这个劲儿,用在学习上不行?"

舅舅又往蒋霜的碗里夹鱼:"多吃点鱼,对脑子好。"

"吃什么补什么,多吃鱼头。"锅里有两个鱼头,一个夹给陈阳,一个给蒋霜,舅妈夹过鱼尾给自己,叫他们快吃。

蒋霜还想着教辅书的事,犹豫着要不要开口,筷子握紧又放开,鼓足勇气叫了声"舅妈"。

舅妈偏过头看她,脸上带笑,先开口问她还记不得陈莉。

"记得。"蒋霜点头。两个人是初中同学,陈莉读书晚,比她大两岁,成绩一般,没考上高中,就去读了技校。不过两人虽然是同班同学,但蒋霜跟她关系一般,没什么来往。

"我就记得是你同学。她上个星期结婚了,嫁去了镇上,男方家里条件蛮好的,新房子刚建,彩礼还给了五万,父母也年轻,往后生个孩子爸妈给带着,日子不知道有多好过。"舅妈道。

舅舅问:"是街道上住着的刘家?"

"对,就那家。"

陈阳也认识陈莉,插过话:"这么早就结婚了?"

"早什么?遇到条件好的嫁了,总比挑挑拣拣被剩下的好。"说着,舅妈又举了同村女孩的例子,年轻时仗着条件好挑这挑那的,到最后嫁了个二婚的男人,给别人当后妈。

"时代不一样了,现在都提倡优生优育,不用太早结婚。"陈阳反驳道。

舅妈不耐烦地道:"什么时代都要结婚生孩子。你以后不结?你姐以后不结?读书读书,读到最后还不是要嫁人。"

酝酿很久的话哽在喉咙里,蒋霜笑得勉强,又咽了回去。

陈阳小声嘟囔:"不结也没什么。"

舅妈都懒得搭理他,转而问蒋霜:"霜霜,你刚才要说什么?"

蒋霜摇头,说没什么。

待在家里的时候,蒋霜也没闲着。舅妈最近腰疼,上村里卫生院输液,她就跟陈阳轮流守小卖部,做完饭给舅妈送过去。但舅妈输了两天液没见好,舅舅想着上市里去检查检查,舅妈却怎么也不肯,说一进医院钱就不是钱了,自己再缓缓就能好。

舅舅拧着眉:"你跟我犟什么?拖严重了,害的还是自己。"

舅妈一听来气了:"是我不想去吗?家里什么样子你还不清楚,哪里来的闲钱?我姐一直催我还钱,说话要多难听有多难听,但能怎么样,我哪里来钱还给她。"

"等年底,我工地上的钱一结就还给她。"

"到年底难道就她一家要钱吗?"舅妈声音陡然拔高,尖锐得像是石头划过墙面,声音停了,划过的痕迹还在。

声音从二楼传出来,蒋霜佝着背从盆里拿衣服的动作顿了下,末了像什么也没听到一样,平静地将衣服抖开,一排排地挂在晾衣绳上。

晾完,她在底下又站了一会儿,山跟夜色快融为一体,分辨不清。

教辅书的事,蒋霜压根没提。回校后,她跟班主任说不太想买,班主任看出她的窘迫,也没戳破,只说教辅书不买也无所谓,平时学习不能松懈。

从办公室出来,天灰扑扑的,快要下雨了。

转眼，国庆长假。

各科布置的作业铺天盖地，各课代表在黑板上较劲儿似的一条条罗列。底下哀鸿遍野，知道的是放七天，不知道的还以为是个把月。可对作业再不满，也被要放长假的喜悦压下去，课铃一响，大家纷纷作鸟兽散。

蒋霜的假期生活很简单，帮着家里做些力所能及的家务，守小卖部以及刷题做作业。

因为放假，有不少年轻人回村，小卖部的生意好了起来，蒋霜就在舅妈旁边打下手，找找零钱什么的。中间，一个斯文男人走过来，跟舅妈认识，先叫了声"小婶婶"。

"陈政，你也回来了？"

男人笑了下，余光瞥过旁边的蒋霜，道："单位放假，过来看看嘎公。"

"有孝心。看看，要买点什么？"舅妈热情地招呼。

陈政瞭过后面，先要了一箱牛奶、两条烟，再加上松软的小蛋糕之类的零食。舅妈边按着计算器算钱，边跟人聊天，说他买得多，又抹了零头。

蒋霜就在旁边，马尾扎得齐整，鬓角边碎发贴着脸。她没什么事的时候，就低头写题，坐姿板正，眉眼秀气，干干净净的，叫人忍不住多看。

"蒋霜，我外甥女。"舅妈碰了碰蒋霜的胳膊，让她叫人，"这是湾子后孙爷爷的外孙，你得叫人'陈政哥'。"

小卖部前人来人往，舅妈没这么郑重地介绍过。

蒋霜放下笔，乖乖地叫人。

陈政推了下眼镜，斯斯文文，问："你今年念高三？"

蒋霜不知道他是从哪儿猜出来的，点头说"是"。

"蛮好的。"对方又笑了下。

蛮好的。蒋霜不知道好在哪里，对方也没再说，打过招呼后提上东西走了。

等人走后，舅妈对蒋霜朝陈政的背影努努嘴："陈政在县银行上班，家里条件很好的。"

"看出来了。"毕竟他一买就是几百块的东西。

"还没结婚呢。想给他介绍对象的人多得很，也不知道他喜欢哪种，到现在还没有看上的姑娘。"舅妈叹气，仿佛这事成了她的苦恼。

蒋霜对对方是否结婚没兴趣，附和着舅妈又说了几句后，就继续埋头做题。

她当时没多想，直到两天后陈政提着东西到舅舅家，舅妈喊她给客人倒茶时才有点反应过来，对方不只是来看外公的。

没一会儿，舅妈留陈政在家里吃饭，说自己要去地里摘些菜，对蒋霜道："霜霜，你们年轻人多聊聊。有什么不懂的题，问你陈政哥，没准他知道。"

等舅妈走了，陈政笑道："问问题怕是不行，我从学校毕业很久了，学的那点东西只怕早还给老师了。要不然我们还是出去走走？我很久没回来过了。"

蒋霜端着刚倒上的茶，眼里发愣。

陈政眯着眼笑，问："你舅妈没跟你说过吗？"

蒋霜才反应过来。她想起舅妈跟自己提过的陈莉，可能从那时候舅妈就已经开始铺垫。

"你带我转转吧。"陈政年长，当蒋霜的反应是不好意思。

蒋霜没有一点心理准备。

她在接受之余，还有那么点不甘心，但她看起来挺平静，没表现出排斥。这样没什么不好，只是她感觉到有什么东西不停往下坠……是什么，她不清楚。

她听见自己说"好"。

村里其实也没什么可逛的，到处是农田，最后他们还是沿河走，一左一右，蒋霜低着头，踢着脚下的石头。

陈政跟蒋霜说村里好像都没怎么变。感觉到她挺拘谨，情绪也不高涨，他大概能猜到她应该是看出来点什么，索性就直接把话摊开，问她是不是很反感这种事。

"还好。"一块石头被她踢进河里，"扑通"一声就消失不见。

"我也十几岁过，知道这种事有多令人反感。你不妨当成是认识新朋友，把我当哥哥。"陈政停步，看着她。

蒋霜抬头，与他对视："你好像经历过很多次这样的事。"

"是有过经验，但也不至于很多次，我平时工作还是挺忙的。"陈政笑容无奈，纠正她，同时为自己辩解。

既然知道了这次碰面是为了什么，难免提到自身情况。陈政今年二十六岁了，在银行上班，在县城刚买了一套房，还没装修，有辆几万块的代步车。有房有车，工作稳定，相貌端正，放在哪里都抢手，但他眼光也高，介绍过几次都没成。

前段时间有人给他介绍了蒋霜，蒋霜的长相跟性格都是出挑的。他看过她的照片，同意见见。

"大是比你大了点，但二十六岁，也不算太老吧？"

陈政对蒋霜挺满意的，她本人比照片上更漂亮，干干净净的，听说成绩也不错，文化程度不低，文文弱弱的，也招人疼。

今年刚好成年，等念完高中，两人相处一段时间，如果合适，等年龄一到，把结婚证一扯，就能把婚结了。

蒋霜抿唇，摇头。

"我这个人性格也挺好的。你放心，结婚后我肯定会对你好。"

陈政条件很好，蒋霜相信这是舅妈精挑细选的结果，以她这种条件都是高攀了。

而且结婚生子，人总要走到这一步。男方家境殷实，不需要她出去上班挣钱，婚后在家里带带孩子，做好一日三餐，打扫卫生，以后也算半个"城里人"，没什么可不满意的不是吗？村里人见了都要夸一句"嫁得好"不是吗？

但蒋霜还是点不下头。

她还是抱有一丝希望，或许呢？或许还有别的办法可以让她念完大学。

她脚步虚浮，耳朵里似出现杂音，她能看见陈政的嘴一张一合，却听不清他说的是什么。她感觉自己像是溺水濒死的状态，水积到胸口，饱胀窒息，她竭力要将这种不适感咽下去，可喉咙里又干又涩，怎么也吞不下去。

视线飘远，她好像看到了一个瘦高的身影。眼里起着雾，看得模糊，她没有一定要看清那是谁，视线也并不聚焦在那人身上。她在看那个身影，同样也看他身后的天，那么高，蓝得有些虚假。

直到眼神再次聚焦，对方已经走近，那张脸变得清晰，高耸眉骨下的单眼皮向下垂着，漆黑的一双眼悢悢地平视着前方。

陈政也看见了他，先一步招手打招呼。蒋霜没想到这两个人还认识，她僵在原地，无处可躲。

"等我一下，我跟朋友说几句。"陈政走过去。

蒋霜感觉到那人看过来的视线，脸像被火燎过，她低头，快要将脚下的帆布鞋盯穿。

陈政跟傅也碰到一块。就像其他男生见面一样，陈政掏出烟盒递给傅也一根，又拿出打火机。不同于廉价的塑料打火机，他手上的是一只金属壳的，摩擦过后，燃起一小簇蓝色的火焰。

烟被点燃，白雾袅袅。

陈政会一点手语，一边比画一边说出声，无非是一些见面的客套话。

蒋霜跟他们隔得不远，头依然埋得很低，耳边的碎发簌簌往下掉，她挽回耳后，没多久又掉下来。重复两次，碎发不受管束，她自暴自弃，再也懒得去管。

一直是陈政的声音，傅也那边悄无声息。

蒋霜不知道他在说什么，是什么表情，又是怎么看她的……她耳朵里的杂音还没停，像电视烧坏发出的"嘶嘶"声。

按照辈分，傅也得叫陈政一声"哥"，两家有点关系。小时候傅也被大人带去陈政家玩过，陈政大他几岁，很照顾他们这些小孩。

陈政问傅奶奶身体怎么样、他什么时候回来的。傅也回还好。陈政比画着他的身高，已经高出自己了，感叹时间过得可真快。

傅也点头。

蒋霜始终低着头，只露出小半张脸，脚下的石头已经被她踢了个干净，再待一会儿，地面恐怕都要被踢出坑来。

傅也未必不知道他们在做什么，这在村里常见得很，不到二十岁就嫁人的比比皆是，好像女性到了年龄，就该找婆家了，然后结婚、生儿育女，一辈子被困在这山里。

傅也舔舔了下干枯的唇，视线直晃晃地落在蒋霜的身上，意有所指：什么情况？

陈政笑了笑，夹着烟递到嘴边，开玩笑般用口型无声说了个"嫂子"，然后拍拍傅也的肩，一种男人都懂的意思。

没来由地，傅也觉得有那么点烦躁。

"下次一起吃个饭。"陈政同时做了个吃饭的动作。

傅也扯了下唇，算是回应。

聊天结束，蒋霜得以喘息。

傅也从她身边擦肩走过，卷起一小阵凉风，很快便了无踪迹。

蒋霜到这会儿才抬起头，看到傅也的背影。他穿着黑色薄外套，单薄布料下是嶙峋的肩胛，透着少年气，远没有成熟男性的体格那样健硕。

他大步流星，从小卖部经过，穿行小路，往自己家走去。

陈政靠过来，道："他跟我有点亲戚关系，很小耳朵就聋了，被丢给了奶奶,还挺可怜的。"

蒋霜没搭腔。

"你们不认识?"他问。

蒋霜换一种说法,道:"我知道他。"

一个村子,很难不知道。陈政道:"听说他现在在混,像他这种,的确容易走歪路。"

他这种是哪一种?

没爸没妈吗?

那他们是同一种人。

"再走走?"陈政伸手示意,还想继续聊下去。

远处,红日慢慢坠下山头,犹如一颗泛着油光的咸蛋黄,天快要黑了。

该聊的都聊得差不多了,蒋霜扭头,问出她最想知道的问题:"跟你在一起,你能让我上大学吗?"

她声音很轻,因为没底气,对一个只见了两次面的男人提出这样的要求。

静了几秒,陈政没直接回答,而是笑着反问:"跟我在一起,还上什么学?"

要分清楚他是找对象,不是做慈善。

蒋霜也笑,笑自己。也是,明知道答案是什么,还要不死心地多问一句。

陈政说:"你上完高中,放假的时候就住在城里,免得你跑来跑去的。上大学也没你想象中的那么好,你要是想去大城市,结完婚我带你去玩。"

……………

吃完晚饭，舅妈非要送陈政的车开出村口。夜里冷，她抱着手臂，嘱咐他路上慢点，村里路不好走，车也难开。

蒋霜在小卖部做着未写完的作业，她出神地盯着，忽然觉得笔下的每一个字都没有了意义。

傅也再出现时，舅妈还没回来。如同第一次见面那样，他从暗处走来，两人的视线对视，分外平静。他走到窗口前，下颌点了下，依然是来买烟的。

蒋霜木木地去取烟，又木木地收钱，做这些时，脑子里是空的，什么也没想。

她低着头，没去看他。

因为不知道怎么面对他。

傅也拿了烟，没直接走，舌头抵过上牙膛，面颊微凹。蒋霜却像是感应到什么似的，立刻移开了视线，低头握住笔，动作很用力，以至于指尖泛白，漆黑发顶对着他，无声地拒绝。

她拒绝任何沟通，也拒绝任何视线，审判也好，悲悯也好，都一并拒绝。

朋友之间，也是有界限的。

蒋霜听到离开的脚步声，眼泪毫无征兆地掉下来，掉在她写的字上，墨迹被洇开，渐渐模糊掉。她吸了下鼻子，抹掉眼边的水迹。

舅妈送完人回来，脚步轻快，看见蒋霜，双手枕着窗口靠过来，笑着问："霜霜，你觉得陈政怎么样？"

蒋霜平静地克制着,声音没有半点异样:"挺好的。"

"是吧,舅妈的眼光不差吧。他家里条件是真的好,嫁过去以后生活不会差的。"舅妈靠过来,摸她的头发。

"陈政对你还是挺满意的。你也别多想,试着接触总不是坏事,其他事以后再说。"

"好。"

蒋霜笑,眉眼低垂,只是感觉快要窒息。

能怎么办呢?舅舅舅妈已经养她到这么大,中间有多不容易她比谁都清楚,难道她还能觍着脸说她想继续上大学吗?

3

夜里蒋霜睡不着,熬到天灰亮就爬了起来,先烧水,又把衣服洗了晾上,再把楼上楼下扫干净。她没让自己停下来,人忙起来,就没空胡思乱想。

舅妈说陈政对她印象挺好的,知道她现在高三时间紧张,所以暂时以她为主,等到高考结束,时间多了,再好好培养下感情。

陈政后来还来过学校,带她吃了顿饭,不住地给她夹菜,让她多吃点,现在看着太瘦了。还给她送过吃的,以哥哥的名义。她诚惶诚恐,不敢收,但陈政一定要塞给她。

"谢谢。"

"谢什么,应该的。"

事情应该朝着"正确"的方向发展,这是正确的,蒋霜自我催眠。

国庆过后,逐渐转凉,天气时而阴雨时而晴朗,难以琢磨,唯一确定的是秋天太短，而冬天又总是那么漫长。

苏芮对陈政有点好奇，问蒋霜："你这个哥哥，以前怎么没见过？"

"两家也是最近才开始走动。"这么解释也没问题，她没有说谎。

"难怪哦。"苏芮点头。她还想问傅也，但这座县城实在太小，来来往往就那几条街，轻易能遇见，正如现在站在路对面的傅也。

他身后跟着两个混混，话看起来都挺多的。傅也在人行道停住，等待着绿灯。他也看到了她们，视线不冷不热，却也没见移开。

苏芮凑到蒋霜耳边，说了句"是傅也"。

她知道两个人关系还不错，傅也会给蒋霜丢牛奶，有时候还有她的份。时间久了，她对傅也也有点改观。

虽然是不入流的小混混，但他不太一样，没有那些人的流里流气，打手语的样子还挺吸引人。

可能是外貌加持。苏芮笃定地加上一条。

蒋霜睁了睁眼，却没往那个方向看，她扭头往另一个方向走，说自己突然想到还有东西没买。

"什么东西？"苏芮一头雾水。

"本子。"

"那条街有文具店吗？"苏芮还是被蒋霜给拉走了。

在街上撞见傅也的次数不少，蒋霜每次都避开，时间久了，苏芮也知道蒋霜在躲着傅也。至于是为什么，蒋霜怎么也不肯说。她不愿意说，苏芮也不问了。

但……也不是每次都能躲开。

苏芮已经回去吃饭，蒋霜要买一些日用品，买完回学校的路上，差一点跟迎面走来的傅也撞上。他跟一堵墙似的立着，单眼皮，不那么爽地睁着眼，盯住了她。

蒋霜低下头，盯着脚面，就要从他身边绕过。

没走两步，书包带子被拉住，傅也没费什么力气就将她拽了回来。他的头发又剪短成寸头，一张没有遮掩的脸棱角分明，五官冷硬，有着从泥巴堆里滚出来的野性。

傅也问："你躲什么？"他打手语的动作也颇为不耐烦，就像是憋久了，终于找到宣泄口。

蒋霜看着他，什么也没回。她不知道回什么，她的确是在躲他。

至于为什么躲。

或许是因为她那丁点儿的自尊心作祟，不见到他，她也不会想起那天的难堪。

傅也等了会儿，继续比画："说话。"

"要上课了。"蒋霜文不对题地回了一句。

有些话不必说得很直白，一个眼神、一个动作就已经足够，建立一段关系需要时间，结束也许就是一瞬间的事。

蒋霜想抽走他手里的书包带子，别过脸后再看过来的眼神疏远冷淡，她很急，着急要走，一分钟都不想多待。

这种眼神，傅也再熟悉不过……挺没意思的，大街上拽着个小姑娘。

"也哥！"

平时跟着他的几个人朝他这儿跑过来。

傅也松开手,抬了下下颌,示意她可以走了。

蒋霜感觉胃里堵得慌,像是吃多了积食,怎么也消化不了。她顾不得多想,提着手里的购物袋,匆匆走了。

傅也的脸在余光中一闪而过,就像是长长的休止符。

几个人已经过来。看向刚跑掉的蒋霜,他们还有点印象,不就是傅也"前女友"。怎么回事?两个人又和好了?

好奇,但是没人敢问,问了也得不到答案,索性闭嘴。

余光里,蒋霜已经从阴影处跑到光亮里,明暗的分界线在这时候竟那么分明,分明到不像是一个世界。

傅也低头,焦躁地移开视线。

时间平稳地度过。

直到又一个月假,舅舅脸色黑沉地回来,舅妈还以为是工地上出了事,从小卖部跟着他走回家,问是什么情况。

舅舅一声不吭。

到了家,他才问出口:"陈政上我们家做什么?"

舅妈:"亲戚之间,走走不正常?"

"以前没走,现在走什么?"舅舅不信那一套。

在工地上,有人找到他,跟他称兄道弟,说两家以后就是亲家,少不了要一起喝酒。

舅舅问哪里来的亲家。对方笑了笑,说:"你们家外甥女,跟我侄子陈政啊。"

当天下午,他请假回来。家里发生这么大一件事,竟然没人跟他商量。

舅妈也没瞒着，道："陈政条件挺好的。你知道的，他刚买了一套房，准备结婚就把房子给装修了。他工作也好，人也不错……"

话没说完，被舅舅粗暴地打断，指着她骂道："霜霜才多大，你就这么着急把她嫁出去？梁英，你还是个人吗？"

舅妈被一声呵斥惊得抖了下，回过神来，眼眶先是红了，难以置信地皱眉，指着自己说："我不是个人？陈家庆，你说这话不丧良心吗？"

"丧良心的是你，陈家给了你多少钱？"

听到声音，陈阳从房间里跑出来，还不清楚是什么事，愣愣地问了句"怎么了"，没人理会。他看着情况不对，赶紧跑去小卖部叫蒋霜。

他粗红着脖子，隔老远就在喊："姐，姐，你快来！"

"怎么了？"蒋霜从小卖部出来。

"爸妈吵架，吵得很严重。"

家里，舅妈的眼泪"唰"地掉下来，她隐忍地咬唇，泪眼婆娑地望过去："陈家庆，我嫁给你的时候，你什么都没有，拿不出一分钱我也跟了你。我跟你过了这么多年，抱怨过一句吗？你把蒋霜带回来，跟我商量过一句吗？这些年，我对她不好吗？少过她吃穿，打骂过她一次吗？"

讲话要凭良心，她梁英可以摸着良心讲，她从来没亏待过蒋霜。

"霜霜是要读大学的，你让她去嫁人是什么意思？"

"家里供得起吗？"舅妈陡然拔高音量，"她上大学，陈阳怎么办？两个高中生都已经供不起，两个大学生怎么供？"

她不是圣人，不可能没一点私心。陈阳是她亲儿子，是从她身上掉下来的肉。她苦了半辈子，要是把机会让给别人，让儿子走他们的老路……她做不到，真的做不到。

"钱我会去挣。我当牛做马，也绝不会让两个孩子上不起学。"舅舅黢黑的脸涨得通红，气到握紧的拳头在抖。

"你挣的那点够吗？这种日子什么时候是个头？我每天半夜惊醒，想到我们欠的债，我愁得根本睡不着。"

没有谁是活菩萨，至少她梁英不是。

"妈，我不上大学，我出去打工赚钱，我供我姐念书。"陈阳跟蒋霜跑回来。他听到后面那句，本能地站出来，挺着胸膛，早已经拿定了主意。

蒋霜拉住他的手往后扯，让他别说了。

"妈，您别逼着姐姐嫁人。我不读书，我一点也不想读下去，我根本就不是这块料。"

舅妈笑了，边笑边往下掉眼泪："所以这个家就我一个是坏人是吗？"

"舅舅，是我自己不想读了，陈政哥人很好，对我也很照顾，我们也聊得来，真的。"蒋霜挡在舅妈面前，"舅舅，您别跟舅妈吵。"

"谁同意你不读书了？你要是不想读书，就趁早给我滚出去，去嫁人，嫁给谁都跟我没关系，算我白养你一场。"

舅舅扭头上楼，宽阔的肩膀像山一样沉默，他有些驼背，是常年扛着重物压的，直不起来。

"舅舅。"蒋霜用手背擦掉眼泪。

舅妈当天收拾东西回了娘家,蒋霜跟陈阳怎么阻拦也没用。她抹了把脸,对蒋霜挤出个笑脸:"霜霜,你别恨我。"

蒋霜的心都快被搅碎了:"我怎么可能会恨您呢?舅妈,是我对不起您。"

如果不是她,这个家绝不是现在这个样子。

舅妈笑了笑,什么也没再说,提着包走了。

陈阳跟出去拉她。

舅妈主意已定,扯回自己的包,大步流星地走去村口。

陈阳颓然地走回来,没进屋,在大门门槛上坐着,低头发呆。注意到蒋霜走到自己跟前,他抬头,说:"姐,你放心,有我在,就不会让你辍学。"

"别傻了,我是你姐。"

"你也就比我大几个月。"

蒋霜垂眼,凄然地笑了笑:"大几个月、一天、几分钟,都是比你大,都是你姐。"

…………

舅妈一走,家里就冷清了下来。陈阳也没有再乱跑,就在小卖部里待着。蒋霜负责做饭、洗衣服、搞卫生。舅舅白天上工地,晚上回家住着。

又过去一个晚上,舅妈依旧没有回来的意思。

舅舅坐在院子的石阶上抽烟,蒋霜洗完碗走出来,在他旁边坐下。

月朗星稀，明月并不圆满，有一小块缺口。

蒋霜抱着膝盖，说："舅舅，您还记得您去大伯家的那天吗？"

没等舅舅回答，她继续道："我记得，记得很清楚，很清楚。"

那是冬天。

父母出事后，蒋霜被带回大伯家里。大伯家有三个孩子，两个堂姐、一个堂哥，她是年纪最小的。大伯母比大伯还要高，大骨架，从没对她笑过。大伯好赌，大部分时间都耗在牌桌上，夫妻俩时常吵架，不仅吵，还会打，会冲进厨房里拿刀的那种，家具上都有刀砍过的痕迹。

蒋霜带来的衣服被两个堂姐瓜分干净，玩具、头绳、发夹都没能留下，她们把自己的破旧衣服丢给她。奶奶抓着她的手安慰，说没事的，给了东西，就不会被欺负了。

不是的，给了东西，还是会被欺负。

刚开始，蒋霜跟着奶奶，不敢多吃，晚上就睡在奶奶旁边。平时，大伯母就当没看见她。

没多久，大伯跟大伯母又吵起来，大伯母从厨房里拿出菜刀。蒋霜被奶奶护着，瑟缩在角落里。大伯母歇斯底里地吼着："钱呢？是你跟我说能拿到几十万的，你个骗子，现在一毛钱没有，还多了个拖油瓶，你怎么不去死？"

"我怎么知道他们蠢得没买保险？"大伯吼回去。

"要死了，指望你就没有成一件事，我是眼睛瞎了才看上你。"

"跟我有什么关系？"

大伯母回头，瞪向角落里的一老一少。

从此之后，蒋霜在大伯家的待遇更差，她成了肉中刺眼中钉。早上她要跟奶奶上坡割猪草，要扫地洗碗洗衣服，下地干活，插秧拔草，能做的不能做的，她都要做，这样才有饭吃。吃饭也只能站着，不能夹菜。奶奶偷偷给她夹的话，大伯母就会拿筷子使劲敲碗，骂奶奶偏心，菜都给蒋霜吃了，他们吃什么。

蒋霜躲在被子里偷偷哭。

奶奶拍着她的背，跟她说长大就好了。

最难熬的那次是年后，正月亲戚拜年，最常见的是送面条、冰糖和腊肉，好点的是夹心蛋糕和沙琪玛，但那些不能动，回礼以及去别人家拜年要用上。可拜年完，堂姐堂哥偷偷吃冰糖，被蒋霜看见，为了封口，他们给了她两颗。蒋霜没忍住拿了，吃了一颗，真甜啊，扭头就要将剩下的给奶奶。

结果偷冰糖的事被大伯母发现，堂哥堂姐一致指认是她偷的，她连辩解的机会都没有，被大伯母揪着耳朵从家里拎出去，沿着村里的路，边骂边扇她耳光，骂她是养不熟的狗，偷东西偷到家里来了。

村里的人听到动静出来了，蒋霜流着泪，伸手去挡，却怎么也挡不住落下来的巴掌。她尖叫着求饶说她没偷，可还是被打得嘴里全是血，肿到说不出话来。

有人看不下去，问偷了什么，得知是冰糖，皱着眉说孩子还小，不是什么要紧的东西就算了。

大伯母耸眉竖眼，声音尖锐高亢："这是偷什么的事吗？这孩子没爹没妈，现在都会偷东西了，我不替她爹妈管教，长大了还得了?我现在打她是为她好,看她以后还敢不敢偷东西。"

"那也不是这个打法,你这是把孩子往死里打。"

"我们家孩子我乐意怎么打怎么打,你这么上心,给你家养行不行?"

那家人闭嘴不再说话,看得不忍心,索性把门关上。

那天蒋霜被打得半死,奶奶晚上给她脸上涂药,捂着嘴哭了四五次,不敢出声,不然让大伯母听到,又得骂奶奶哭丧。

奶奶抱着她,瘦小的身躯一直在抖,说自己没本事,对不起她死去的爸妈。

蒋霜肿着脸,嘴巴已经麻木,肿得合不上。

那之后,她没再碰过零食,也没犯过馋。

舅舅来看她的时候,她正在洗衣服,红色的大盆里堆着一家人的衣服,生了冻疮的手泡在冷水里,反倒是滚烫。但冬天的衣服太厚,浸过水更沉,她都提不太起来,艰难地在搓衣板上来回搓着。背后有人试探性地叫"霜霜",她转过头,还没巴掌大的脸木木的,看清是谁,不确定地、很小声地叫了声"舅舅"。

"哎,是舅舅。"舅舅眼眶猩红,眼底闪过泪光,抱起蒋霜,脸贴着她的额头,低声问她冷不冷。

蒋霜摇头,不冷,还烫呢。冻疮那儿烫得让人想去挠,可她又不敢,会破皮流血。

"乖,我们不洗了。"舅舅拉过她因为冻疮肿成馒头的手,手指关节都皲裂了,这哪像小孩的手。

舅舅进屋跟大伯大吵了一架,扯着蒋霜身上没一点棉花的单衣,举着她全是冻疮的手,说怎么能连耳朵、脸上都长冻疮,问他们还是不是个人。大伯被说得提不起头,大伯母踢翻凳子:"你要这么心疼你带回去养啊,在这里装什么好人?我自己还有三个孩子,我养得过来吗?

"养条狗还能看家护院,她每天白吃白喝的,我还得当菩萨一样供着是不是?

"你是站着说话不腰疼,真好意思。她也是你姐的孩子,你亲外甥女,你怎么不养?"

舅舅摸摸蒋霜的脸蛋,温声问她愿不愿意跟自己回家。

蒋霜握住他的大拇指,小心翼翼地点头。

她跟奶奶告别,奶奶让她乖一点,只有乖一点才会有人要。哭完奶奶又笑,给她扎好辫子,让她跟着去,有时间自己就过去看她。

可奶奶是个骗子,没有来过一次……没多久奶奶就去世了。

舅舅抱着她走了,什么东西都没带,给她买了衣服鞋子,直接换上,旧的全丢进了垃圾桶。回去的路上,舅舅跟她说,舅妈是个刀子嘴豆腐心的人,会对她很好,像妈妈一样好。

回去不可避免地发生争吵,蒋霜站在院子里,慢慢打量着眼前陌生的环境,最后注意力落在角落里搁着的一盆衣服上。她想了想,走过去,打开水龙头,将衣服浸泡在水里,撒上洗衣粉。

"陈家庆,你有病!自己家里什么情况不清楚啊,赶紧哪儿来的送哪儿去。"舅妈怒气冲冲地走出来,看到角落里蹲着的身影,顿住了。

蒋霜不知所措地站起来,手里抓着的衣服还在往下"嗒嗒嗒"

地滴水,一双圆圆的眼睛红彤彤的,怯生生地喊了声"舅妈"。

舅妈拧眉,没打算搭理她。

蒋霜站在那儿,声音细弱:"舅妈,我吃得很少,真的,我也不爱吃菜,我很勤快的,什么都能干。

"舅妈,您能不能,让我留下来?"

她眼里雾蒙蒙的,近乎哀求地望着舅妈。

舅妈心烦意乱,胸口像被什么堵了一样,三两步走过去,从她手里拿过衣服:"你洗什么,屁大点能拧干吗?净添乱!"回头又瞟了眼舅舅,"桌上还留着饭菜呢,自己热了吃。你不饿,孩子不饿吗?"

"好,好哎。"舅舅舒了口气,招手让蒋霜过去。

后来他在陈阳的房间里支了一张床,蒋霜就这么被留了下来。

…………

蒋霜望着月亮,擦掉眼角的湿润,就像是被带回来的那天一样,她轻轻握住舅舅的拇指,感受到他指腹上生着的厚茧,沟沟壑壑,粗糙得很,再也不是记忆里的感觉,但还是温暖的。

"舅舅,够了,您做的已经够多了,妈妈也不想您这么累的。挺好的,真的,这样已经是最好的安排。"她叹息一声,把积压在心底很久的话说了出来。

"您是世界上最好的舅舅,舅妈也是最好的舅妈。"

她已经满足。

长大到现在,还能念完高中。

够了。

♡第五章 阿ゃ

第一次，他想听到声音，想听到她的声音。

1

高三月考，蒋霜第一次掉出全班前三，年级排名更不用说。班主任以及其他科任老师轮番叫她进办公室，关切地问她是不是压力太大，如果有什么问题，一定要尽早跟他们说。

蒋霜说没问题，可能是考试时身体不舒服。

但只有她清楚，她的心思已经不在学习上。高考变得毫无意义，她甚至后面的课也可以不上了，去找份工作，给陈阳上大学攒点钱，等到六月份，她再回学校象征性地参加高考就好。

她没拿定主意，放假出校门时，有几个人走近，她认出其中一个，是"细长眼"，总在傅也身边打转的混混。

他们在这儿蹲了一上午。

"嫂子？"对方不确定地喊了她一声。

蒋霜有些戒备，问："有事？"

"有事，出大事了。"找到了人，"细长眼"松了口气，"也哥受伤了，伤得还挺重的，这几天一直发高烧，吃药也没见好。我们几个糙老爷们照顾不来，那什么……你能不能去照看一下？"

蒋霜愣了下，声音是冷的："怎么伤的？"

"对方这次玩阴的，早早地藏了刀，我们赤手空拳，也哥挡在前面，帮我们挨了好几下……"

他描述的场面触目惊心。

蒋霜咬紧唇，免不了替傅也担心："他怎么样了？"

"放心放心，没死，就是看着挺严重的，还发高烧了，我们都不知道怎么搞。这不没办法了，才跑来找你。你能不能去看看也哥？"

蒋霜没办法坐视不理，点了点头。

傅也的确伤得很重，上半身缠满了纱布，右手手臂包裹得更严实。他躺在出租屋里，旁边的凳子上堆着消炎止痛的药。蒋霜进来时，他还在睡，睡得沉，连有人进来都不知道。他发着烧，脸上是不正常的红，额头上冒着汗，嘴唇干裂枯白。烧了几天，人也跟着瘦了一圈，下颌骨突出，就像是病入膏肓，麻木等死中。

房间里连热水都没有，被子胡乱给塞了两床，地上全是烟蒂，桌子上堆着吃过的泡面，乌烟瘴气的，没有一点照顾病人的样子。

几个人将钥匙给了蒋霜，很快就推搡着溜走了。

蒋霜静默地立了会儿，缓慢地呵出一口气。她卷起袖子将一床被子拿走，折好放回柜子。又打来一盆冷水，将毛巾浸过水后，替他擦脸和脖颈，唇上也用水润了下。弄完这些，她开始清理桌上的垃圾和地上的烟蒂，又找来烧水壶烧上热水……好一阵后，房子才恢复原来的样子，至少适合养病。

看傅也这样子，一时半会儿离不开人，她不可能叫傅奶奶来，傅奶奶年纪大，见到只怕要伤心落泪，傅也也不会愿意。

想来想去，只有她了。

蒋霜中途回了趟学校，找到老师，面不改色地说家里人生病了，她想请假几天去照顾。

老师答应得爽快，毕竟以前蒋霜因为生怕落下课程从没请过假，半天都没有。在蒋霜走时，老师还关切道："家里有什么事就跟老师打电话。"

"谢谢老师。"

"去吧。"

再回到傅也的出租屋时,蒋霜手里多提了一份粥,到时候热一热就能吃。傅也还没醒,她身心俱疲地坐在破沙发上,仰着头往后靠,整个人有些麻木。

有时候,人不得不认命。

她注定念不了大学,而傅也,一个小混混,也没有"明天"可言。

他们的未来,很早就被人言中。

…………

傅也是在半夜醒来的,脑子烧得迷迷糊糊,他支着没什么事的左胳膊缓缓坐起来。动作不能太剧烈,连呼口气,胸口、背部都疼,光是坐起来就花了好几分钟。黑暗里,他看不清,只能凭着感觉去摸凳子上的烟跟打火机。

单手不太好操作,他好不容易抽出一根烟,放在嘴边咬住,已经憋出一脑门的汗。

手上没劲儿,摁打火机的点火器都难,指腹好几次滑过去,终于摁动,"呲"的一声,蹿出一小簇火焰。

他低头去点烟。

但没点上,有人抽走了他嘴边的烟。

他抬眼,看到被微弱火光照亮的脸——眉眼干净,一双杏眼黑白分明,一瞬不瞬地盯着他。

蒋霜:"不许抽烟。"

皱眉蹙眼的模样,乍一看还挺凶的。

傅也盯着她，就像是认不出一样，眉骨压低，漆黑眸光像滴上墨迹，晕染不开。

蒋霜先开始忙了大半天，也没什么胃口，回来后就累得瘫在沙发上睡过去，醒来天已经黑了。她听见黑暗里窸窸窣窣的声音，偏头去看，等眼睛适应了黑暗，她看见傅也已经醒过来，撑着手从床上坐起来。她不知道怎么开场，就静默坐了会儿，直到傅也抽了一根烟出来。

都到这时候了，还没忘记抽烟。

她伸手抽走他手上的烟。

两人对视了好一会儿，直到傅也的手指头被打火机烫了下，他松开手，火苗熄灭，室内又陷入黑暗。他张着嘴，觉得自己是烧糊涂了。

蒋霜起身去开灯。

室内亮起，她的身影很清晰。

是蒋霜没错。

傅也扭过身，眉毛不大高兴地皱起，打手语问她怎么在这里。

蒋霜想了下，回答："是你的朋友找的我。你情况不好，让我照顾你。"

傅也："你不念书？在这儿干什么？"

比画的动作过于用力，牵扯到伤口，他忍耐地抿着唇。即便如此，他的态度依旧冷硬又恶劣，如果身体允许，他大概会直接上手撵人。

但，他现在做不到，他就是个病人。

蒋霜不打算跟一个病人计较。她倒了水，又按照药盒上的剂量说明取了一小把药,递过去。

"喝水,吃药。"她态度强硬。

多管闲事。

傅也随手将打火机丢回去,正想躺下,一杯温水就已经塞过来,望过来的眼黑白分明,平静里带着倔意,大有他不吃药,她就硬塞的意思。

傅也拿过水杯,吞了一口水咽下去,温水浸润着烧得干焦的喉咙,他才感觉到活过来,再拿过药一把吞了,用剩下的半杯水送进去。

蒋霜拿过杯子,将剩下的药装回去。他盯着她,眉头始终没放下,前不久跟他划清界限的人,现在就杵在他跟前,他们算什么关系?

可怜他?同情他?

他不需要。

"饿了吗?"做完这些,她问,眼睫眨了下。

"你回去。"

傅也答非所问,还是赶人的架势。

他体质还成,浑身是血地被送进医院,周围人手脚都在抖,还以为他活不成了。他昏睡了一天,醒来时上身包成木乃伊。明纬丢来两千块给他养伤休养,让他好了再过去,没钱了说一声就成。

反正他命贱,轻易也死不掉,用不着人照顾。

更不需要一个高三的学生照顾自己。

可蒋霜还是做自己的。傅也这儿什么也没有,她就隔水热起打包来的粥。平时她干活习惯了,做事时利落干净,粥热完,她洗了水壶,又烧好了一壶热水。

她把凳子拉到床边充当起桌子,把粥放在他眼前,他视而不见。

对傅也,蒋霜也不是一点办法都没有。她威胁:"你要不吃,我只好请你奶奶来了。"

傅也抬眼,跟她对视。前段时间她躲着他,现在主动过来,不就是可怜他、怜悯他吗?他不需要。

蒋霜不甘示弱,表明她不是说说而已,是真的会这么做。

两人对峙了几分钟。

这招是绝杀,傅也再不耐烦,也拿过勺子,老老实实地将粥给吃完了,只是眉一直拧着,一点都不痛快。

粥吃完,傅也又在催她走。蒋霜就当没看见,她不走,他也不可能真拿她怎么样。

傅也还病着,没什么精神,吃完药更是昏昏欲睡。见状,他倒头就睡,只是仍固执地拿背对着她,瘦削的肩胛突出,这一场病下来,他好像就剩下刺人的骨头。

这一觉睡得很沉,醒来时脑子像灌了铅一样不清不白,傅也撩开眼皮,被照进来的阳光刺了下。等白光渐渐散开,他才发现已经是大中午。想到什么,他僵硬地扭过头,床边的凳子还在,吃过后的餐盒已经被收走,取而代之的是一杯水,以及放在纸巾上的一小把药。

屋子里干干净净,不像前几日的样子。

蒋霜已经走了。

被他赶走的。

这是他已经预料到的结果,并没有显得多让人难以接受,只是胸口像烧过的荒地,干焦得很。傅也倦怠地闭眼,连水也懒得去喝。静默许久,他不太想承认自己有种不切实际的期待。他抿了下因干裂而粘黏的唇,喉咙干痒,想咳嗽,被他忍住了。

但那股躁意越来越浓郁。

他掀开被子,准备下床。稍有动作,伤口就被牵扯,他咬紧后槽牙,从床上坐起来就已经激出一身冷汗。

他听不见声音,听不到门锁扭动的声音。

蒋霜推门进来,跟要下床的他对上视线。

她身影单薄,手里提着购物袋,空着的一只手比画,问:"你要干什么?"

傅也不耐烦地拧眉,回:"你去哪儿了?"

蒋霜举起袋子,去哪儿很明显。

她买了些东西,其中还有一个小锅。她先去了趟厨房,再过来时购物袋轻了不少,剩下的是一些水果跟面包。傅也不想承认,但他的确在刚才松了口气。

因为她没走。

他给自己下床扯个理由——饿了,找东西吃。

蒋霜让他躺回去,自己则从袋子里拿出面包递过去。他没看她,接过的肢体动作僵硬。

她以为他在闹别扭,指向他放在矮凳上的钱包。钱是他的,她从里面拿的,不是花的她的钱。

傅也没理,咬下一大口面包,再咀嚼,下颌骨突出。

蒋霜转身忙自己的，等他吃完面包，拿来药片跟水递了过去："吃药。"

这次没费什么力气，傅也直接把药给吃了。

蒋霜又起身去厨房下面条，这是最简单也最快的吃食。她开火烧水，水开后下面，汤底调得清淡就好，没几分钟，她把面捞起来，端了过去。

有两碗，两个人相对坐着，傅也早饿了，低头大口吃面。

他闻到蒋霜身上洗洁精的味道，是面味掩盖不住的。他掀了掀眼皮，看了眼她的手，外套上的手臂位置有一圈湿掉了。

蒋霜洗了一上午的碗筷。

她睡不着，索性出去走走，准备买点吃的再回来。路过生意好的餐馆时，她抱着试一试的心态进去。店里的确缺人，一盆的碗筷堆着来不及洗，她搬了个凳子坐下，戴上手套，手脚麻利地洗起来。钱不多，她也不挑。

工钱当天结算，拿到手的感觉很不一样，这二十块是她赚到的第一笔钱。

老板看她干活认真，让她后面几天都过来帮忙。

蒋霜连声道谢。

接下来这几天，蒋霜白天出去做事，到饭点就准时回来。用她买的小锅煮了两天面条后，她意识到再这么吃下去就是虐待病人了，就改成从外面带饭，自己再炖了条鱼给傅也补身体。

两人第一次吃了顿像样的饭。

锅端出来，热气扑面。

傅也已经退烧了，中途还去换了次药，只是右手还绑着，行动还不太方便。他用另一只手拉过破茶几，蒋霜让他找东西垫一下碗，他从柜子里随手拎了房东留下的书出来，蒋霜愣了下，但锅是烫的，她只好放下去。

蒋霜的手艺是练出来的，鱼汤雪白，只加了点盐调味。

傅也端着碗吹着气喝着汤，也让她喝。她推辞不喝的时候，他就坐回去，摆出停止进食的态度。

他有时候很幼稚，跟陈阳似的，生个病也不让人省心。蒋霜只得妥协，但大部分鱼肉还是留给了他，以病人为主。

吃完饭，傅也就去休息了。他清醒的时候少，昏睡的时间长。蒋霜呆坐着，房间悄然死寂，她看着他瘫在床上，像是一块被用过的烂抹布，她有时候会担心他就这么死掉了。

庆幸的是没有。

野草容易被践踏，但不会轻易死掉。

傅也在蒋霜的照料下，终于恢复点生机，脸上有了血色。

这几天莫名有些漫长，好像他们已经这么生活许久了。

吃过饭，将碗筷洗干净。擦桌子时，蒋霜才注意到垫锅的书是初一的语文课本，缺损少页的，写在上面的字迹歪歪斜斜像蝌蚪。她做完事无聊随手翻起来，发现自己距离初一已经过了好几年，挺多课文都已经忘得差不多了，只剩下模糊的记忆。

傅也睡醒后，起身在屋里活动身体，目光落在她翻过的书页上，就这么有一眼没一眼地看起来。

其中有一篇叫《在山的那边》，蒋霜在这一页停留的时间有些长。

小时候，我常伏在窗口痴想——
山那边是什么呢？
妈妈给我说过：海
…………
可是，我却哭着回来——
在山的那边，依然是山
山那边的山啊，铁青着脸
…………

蒋霜觉得没什么意思，合上书页，将书丢在一边。注意到傅也看过来的目光，她随口扯过话题："我没看过海。"

傅也在床边坐下，长腿随意地支着。他回："你应该去看一次。"

没有什么是应该的，像他们这样的人，不该想太多。

蒋霜问："你看过吗？"

傅也："没有。"

蒋霜笑完后有些发呆，整个人往后靠。她有些出神地想，没有用的，山那边还是山，没有海。

她过了十几年的好学生生活，做题、学习几乎成为她刻在骨子里的本能，突然中断，她怎么也不习惯，只能找更多的事给自己做。傅也靠在床边，问她怎么没带书，平时不是书不离手，在哪儿都能做题。

蒋霜已经接受现实，现在也能坦然回答，既然不准备上大学，高考就失去了意义，她也没必要看书刷题。她现在只要等高三结束，拿到毕业证就好，然后处对象、结婚、生孩子，做这里的女性都会做的事。

傅也想到陈政，这个答案并不意外。他见过的不读书的、中途辍学的人比比皆是，答案不外乎两个——读不进去，以及家里没钱。

而陈家，有两个待考生。

这不是想不想的问题，是能不能。

他反应平淡，甚至没多少反应。这让蒋霜感觉很好，她还以为他会说自己脑子有病。她忽然愿意多聊几句，但不是聊自己。她问出自己一直想问的问题："你为什么不配一个助听器？"

傅奶奶说过，戴上助听器，他可以听到。

但他连医院也不愿意去。

傅也反问："为什么要配？"

他似乎就没想过这个问题，在别人看来的缺陷，他不以为然，他不需要听到世界的声音。说得矫情一点，世界抛弃他的同时，他也抛弃了这个世界。

蒋霜被噎住，却又能理解。

两个人都不是会聊天的人，说几句就已经止住。

蒋霜闲不下来，就在屋里找活干。她又将地拖了一遍，打开窗户，让风吹进来。

外面有人在聊天，聊生活里的琐碎，充斥着市井气息，让他们这儿显得没那么死气沉沉。

傅也的伤口需要换药，现在用不着去医院了，在家里就能换。但他右手伤着，没办法自己来，上药的任务就落在蒋霜头上。这时候她顾不上男女有别，洗干净手，一点点揭开缠绕的纱布。她看到已经开始结痂的伤疤，狰狞难看地横亘在他胸口上，不难想象当时血肉翻飞的画面。

这具身体上分布着新旧交替的累累伤痕，就像一个破破烂烂的玩偶，他是在拳脚里长大的。

蒋霜看着，突然觉得很难过。

傅也感觉到凉意，他上身什么也没穿，就下面套着一条休闲长裤。他偏过脸，视线移开，下颌线绷得紧紧的，喉结无意识地滚动了下，有种无法缓解的渴意。

直到一股冰凉触碰到皮肤，他本能地动弹了下，又忍住，就这么僵着，拉长脖颈，企图让灵魂脱离肉体。

蒋霜上药上得小心，全神贯注，所以并未看到他已经红透的耳朵。

2

蒋霜给舅舅上过治跌打损伤的药，那时红色的药水染到指甲盖里，怎么都洗不干净。贫苦最先折磨的总是肉体，指尖触碰到的粗糙皮肤上的沟沟壑壑怎么都抹不平，经年累月，血肉也无法铸成钢铁。她感觉眼里好像进了异物，以至于眼底分泌出湿润液体，想缓解掉这种糟糕情绪。

傅也一动不动，身体挺立笔直，肌肉线条紧绷，后背两道很长的刀口在光下照得清晰。蒋霜想象不出会有多疼，在看到的那刻，经不住地叹息一声，很轻，然后肩膀跟着坍塌下去。她挤出药膏涂上，动作不自觉地放轻。傅也没动，像雕塑般坚韧沉默。

涂完药，换上干净的绷带，再套上卫衣，他整个人气色好多了。唯一的缺陷是下巴上冒出来的青茬。他已经好几天没刮过了，往床上一躺，颓萎松垮。

蒋霜心念一动，提出要给他刮胡子。

傅也甚至没怎么想就直接拒绝了。他皱着眉，明显对她的话存疑。

"你会吗？"

"小瞧人。"

蒋霜从小就给舅舅剃胡须，舅舅的胡须又硬又多，她都能刮得干干净净，像傅也这种也没什么难度。她去洗手间拿来手推的剃须刀、一块香皂和一盆清水，将毛巾搭在盆沿边，像那么回事地端到了傅也面前。

蒋霜卷起袖子，眼神诚挚，就那么看着他。

傅也第一次感觉到当病人的痛苦，也明白什么叫人为刀俎我为鱼肉。

蒋霜双手掌心朝上摊开，指向他，而后一手捂着耳朵，煞有介事地点了下头，最后指向自己："请信我。"

她手语倒是学得流利。

傅也的喉结无意识地滚了下，跟人打架时他都没这么紧张。他抿唇，不明白她怎么突然想从自己的胡须下手，最后却还是在她的眼神中败下阵来。他警惕地叮嘱："小心点。"

"放心放心。"

蒋霜获得准许，不禁莞尔，眼里多了点不一样的神采。湿敷之前，她甚至还拍了下傅也的肩，示意他放松，别那么紧张。

傅也肩膀塌下，放松肌肉。

她靠近，身上是洗衣粉的洁净味道，夹杂在其中的还有一种似有似无的味道，他从没在别人那儿闻过，他形容不出来，但很好闻。

视线里，是她放大的脸，柔软的唇瓣近在咫尺，是很自然的红润。

傅也的大脑在胡乱地运转，他想了很多，又好像什么都没有想。他想偏过脸，可才刚移开一点，就被蒋霜捏着下巴给扳了回来。她低头，靠得更近，温热的呼吸扑在他脸上，他全身僵住，看着她眨了下眼睛，没反应过来时，下巴已经被打上一圈香皂。

蒋霜也紧张。

傅也到底不是舅舅，他脸上没什么肉，碰着的地方都是骨头。她屏着呼吸，握着剃须刀从边缘开始刮，才刮了一下，手心已经冒出汗来。

一回生二回熟，蒋霜很快刮顺手了，青茬被刮得干干净净，傅也的下颌重新变得光洁。她直起身，手里还举着刮胡刀，欣赏了眼自己的"作品"。

挺好的，没给自己丢人。

她擦干净剩下的香皂沫跟胡茬，拿来一面破掉的镜子给他看。镜子里的人精神了许多，一改病容，恢复了这个年纪该有的面貌。

蒋霜很满意。

不用说傅也都知道,她就差写在脸上了。

他摸了下下巴,抬了抬眼,眼里有那么点夸赞的意思。

蒋霜扬了扬唇,尾巴快要翘天上去了。

蒋霜照顾了傅也四五日。中间"细长眼"来过,看到她在,跟傅也打了声招呼又走了。这天,蒋霜洗完碗回来,屋子里多出几个人,其中一个是"细长眼",他拉着个凳子在床边坐下,打手语,翻译着另一个人的话。

他们来是想让傅也出去一趟。自从上一次他们这边输了,日子就没那么好过,另一边越来越嚣张,他们也越来越憋屈。这次就想约着聊一聊,需要傅也过去镇下场子。

蒋霜提着东西回来,往厨房里放下,"乒乒乓乓"的阵势不小。再出来时,里面的人回头看她,她捋过耳边的头发,神色平静。

没一会儿,几个人走了。

蒋霜靠在门口,打着手语问他:"会去吗?"

傅也抬眉:"去。"

蒋霜转过身,进厨房煮面去了。她看着锅里的水,底部的气泡升到水面破开,一个跟着一个,直至水烧开沸腾。她感觉自己也有气,但不知道气什么,可能是觉得自己辛苦把人养好,却轻易又要被人给糟践了吧。

面煮好,端过来,两人沉默地吃完。

也许是察觉到她的情绪,傅也跟她解释,他就是露个面,真要打起来也用不着他。

可真要动起手来,大家哪里管得了那么多?

蒋霜想说点什么,但都哽在喉咙里。

她似乎没什么立场去干涉他。

吃完面,她就出门了。在小餐馆帮忙洗碗到底不是长久之计,她想着找个帮厨、服务员的兼职,或者去卖衣服,虽然工资不高,但县城里消费本身也不会太高,到时候自己再租个房,陈阳还能过来吃个饭。

可工作并不好找,小县城并不缺人。蒋霜辗转几家,只有一个超市还在招人。超市老板看出她还是学生,问她怎么不读书了。她说读不进去,反正早晚都要出来,不如早点工作贴补家用,她马上就成年了,年龄方面没问题。

老板又问了她一些基本情况,看她的谈吐跟外表不错,也放宽了要求,让她跟家里打好招呼,说好了就可以来上班。

蒋霜连声道谢。

不管怎么样,她找到了一份工作。

从超市出来时,天已经黑了。她还不知道怎么跟舅舅以及学校说,但未来的生活已经模模糊糊向她展开,遮掩掉她以前不切实际的幻想。

回去时,房子里是空的,傅也出去了。

他身上的伤没好,才养了几天,哪里能好得这么快。庆幸的是,天气凉快,刀口不至于捂到发炎化脓。可疤都没长结实,涂药的时候还能看见粉色的血肉,有点动作就开裂不是没可能。

如果再打起来会怎么样?他还有没有命回来?他不珍惜自己的

命，有什么事，难受的还是傅奶奶。

但这些都跟她没关系。

她已经做了自己该做的，甚至已经越界。

蒋霜胡思乱想，最后揉了揉头发，眼里放空，只剩下空洞。

傅也回来的时候，已经很晚了。

蒋霜没睡着，听见声音就睁开眼，她不可能真的不担心。

她听见拖着的脚步声，傅也走到门口，立了会儿，没开灯，又去了洗手间，隔几分钟再回来，和衣到床边躺下去，侧着身，如静默的群山。

房间里又静了下来。

蒋霜不知道自己为什么还在这里。

可能她也需要一个落脚的地方。

再等两天吧，再待两天她回去跟舅舅说好，她出来上班，自力更生，再也不是捏着他衣角不放的拖油瓶了。

第二天一早，傅也醒得很早。见她起来，他从皮夹里拿出一沓红色的钱，是给她的，算是这几天照顾他的工钱，外面请护工也不便宜。

"多少？"蒋霜问。

"一千二。"

明纬之前给的两千块，付掉医药费也没剩多少，昨天他过去，明纬又给了五百。跟之前剩下的钱加在一块，他全给了蒋霜。钱不多，但多少是一点。

傅也让她回学校去上课，他已经好得差不多了，不需要人照顾。

四天一千二，傅也出手大方，只怕是护工里天花板的价格。蒋霜双手握紧垂放在腿上，全身像是被卸了力。她看着那沓钱，心脏像是泡在海水里，泡得饱胀酸涩，早知道护工这么赚钱，她应该去医院的。

她起身说不要。见傅也还要说什么，她先一步表示自己白天还有事要做就匆匆走了。

傅也躺在床上，蒋霜的背影一闪而过。

他皱眉，不是很明白她为什么不肯收钱。她不收钱，也不回学校上课，成天在外游荡，越来越像他见过的小太妹。

县城不大，想找一个人并不难，蒋霜每天回来，手上全是洗洁精的味道，傅也隐约知道她在外面做什么。有这种需求的餐馆，要生意不错，符合条件的就那么几家，所以他找到人也没费什么力气，老板直接带着他进了后厨。

后厨乱糟糟的，盆里堆着小山似的脏碗，蒋霜坐在小马扎上，长发全扎起来了，脖颈又细又长。她双手戴着红色塑胶手套，刷碗的动作麻利迅速，偶尔抬起手臂擦掉滑落的汗珠，机械又熟稔，干了不是一天两天了。

傅也悄无声息地看着，面色黑沉阴翳。

他见过她刷题的样子，随时随地镇定自若，一页一页的笔记写得工整。这样的人，现在却坐在逼仄的后厨里，洗碗涮锅。

老板走过去叫了声蒋霜，伸出手指向不远处的傅也，跟她说有人找。

蒋霜抬头顺着手指的方向看过去，两个人视线相撞，一时寂静无声。

她咬了下唇，心中有细碎的情绪作祟。但她并不觉得自己丢脸，本质上，他们做的都没差别不是吗？

傅也就那么看着她洗碗。

已经过了早上饭点，没有新的碗筷送进来，蒋霜洗完最后一盆也就好了。照例还是当天结算工钱，皱巴巴的二十块递到手里，她收下，放进衣服口袋里。

回去的路上，傅也异常沉默，她跟在傅也的身后，亦步亦趋。

巷子还是那个巷子，窄得人喘不过气来，地面潮湿阴暗，阳光照不进来，因此透着股难闻的腥臭气息。两个人一前一后地走着，身影是同样的单薄。

到家开门进去，蒋霜便要往厨房去，她要做饭。

傅也往前迈了一步，挡住她，让她把自己的东西清一清，今天就滚回学校去，这里以后别来了。他是真的挺生气，比画的动作暴躁又没耐心，甚至忘记右手还有伤，恨不得直接拎着她回学校，直接丢回班里去。

"我再待两天。"

蒋霜与他对视，眼里清清冷冷，倔得过分。

再待两天，就是月假，她会回去。但在此之前，她不想回学校，一切已经毫无意义。

"滚回学校去。"傅也不为所动。

蒋霜眼也不眨，只是摇头，她不回去。

傅也被她气到，屈着手指在她额头上不轻不重地弹了下，问她是不是脑子有问题。

他打手语的肢体动作用力,似乎在宣泄着某种暴戾。

额头上结结实实地挨了下,弹得她脑袋都跟着往后仰了仰。痛意迅速蔓延,蒋霜"嘶"了一声,气血上涌,连带着早上那一千二的气都一并发了出来:"我有什么问题?"

她甚至气到连手语也不打了。她为什么要在意他能不能听到?他难道不该是最懂她的人吗?

"我不想读书了也不行吗?我连不上学的权利也没有了吗?不就是洗碗吗?我能赚到钱,能让我不用再问别人要钱,难道就那么丢人吗?

"我洗碗怎么了?不去学校又怎么了?碍着你什么事了吗?你跟那些混混在一起,混到连命都差点没有了,你又有什么资格说我?

"我脑子是有问题,我脑子没问题不会跑来这里给人当免费护工,早知道当护工这么赚钱,我就该去医院。"

…………

蒋霜情绪激动到语无伦次。她从来没这么激动过,因为寄人篱下,她从小就会看人眼色,哪里轮到她给别人脸色看。她想过很多次父母出事的那天她怎么不在,何必留着她在夹缝里混饭吃。

奶奶那句"长大就好了",她盼了又盼,长到现在,她也想问一句真的会好吗?真的会好起来吗?

没有,不会好起来,她蒋霜的人生会烂到底。

话一股脑地宣泄出来,她靠在门边,眼眶已经红透,泪却迟迟没有掉下来,她咬着唇,又倔又要强。

想到傅也听不到,蒋霜感觉自己才像是那个哑了的人,无论怎么宣泄嘶吼,世界都不会听到她的声音。

她蒋霜,微乎其微,谁在意?

她捂着脸,眼泪终于肆意横流,瘦削的肩膀止不住地战栗,像回到大伯母家,冬天被锁在外面,牙齿打颤,冷到抽痛。

傅也在等她哭完。

意识到自己失控,蒋霜吸了下鼻子,用掌心抹掉两边的眼泪,打手语说"对不起"。

他是出于好意,却被她糟糕的情绪牵连。

傅也扯了下唇,说:"还挺能说。所以,为什么不说出来?"

"说"的手语,是食指横放在嘴边转动。

他耸着肩,唇边是松散的笑意。

傅也听不到蒋霜说的什么,但也不难想。

又不是石头,没有人一定要懂事,要善解人意,要逆来顺受,还要自我开解,营造一切都好的假象。

蒋霜呆愣愣的,鼻腔里泛着酸,情绪怎么也压不下去,她垂下眼睫,滚烫的热泪扑簌掉下来。

为什么一定要她回学校?

因为她是蒋霜,往后退一步就是悬崖。如果她都不为自己争取,就真的没人能为她争取。

过于懂事,不是什么好事。

傅也继续跟她沟通:"你想要继续读书,为什么不说出来?"

哪怕说出来，争取过，结果还是一样……那又有什么好怕的，他们本来就什么都没有。

蒋霜红透的眼看着他，心情渐渐平静。

她之前陷入一种自怜自艾的内耗中，对她现在的处境没有半点帮助。

"笨、蛋。"

傅也舔舐了下干裂的唇，良久，嘴唇一开一合的动作显得尤为生疏。这么多年没开口说过话，他早已经习惯用手语，即便只是说出两个字都陌生到极点，他甚至一开始都不确定自己还具不具备这个功能。

突如其来的干哑男声让蒋霜愣愣地睁大眼，不确定，感觉更多像是幻听。她吸了吸鼻子，甚至忘记自己还在难过地掉眼泪。

"你……会说话？"她意外到连手语都比画得磕磕绊绊。

都说十聋九哑，她以为傅也既听不到，也不会说话。

现在看来，他说话的能力也没完全丧失。

傅也垂着眼皮，恢复成平时不以为意的样子，酷酷拽拽的，继续打手语回复："废话，我是聋了，又不是哑巴。"

但他没有出声反驳，因为听不到自己声音，他也没那么确定自己是否还能准确地说出来，他问蒋霜自己说了什么。

是没有任何意义的哇哇声，还是他想要说的意思。

蒋霜还陷在震惊的情绪里，她听到的发音并不清晰，就像是小孩在牙牙学语阶段，含糊且不准，但就两个字，她仔细分辨一下，还是能懂意思的。

她擦了下脸上的泪,一只手伸出拇指,有些迟疑地顿了顿,最后拇指弯曲两下。

——"谢谢。"

在小卖部那次,她误以为他那个手语是"谢谢"的意思。现在,她再次指鹿为马。

傅也看着她一本正经的模样,愣了下,反应过来后先是勾动了下唇,到最后弧度越来越深,眉眼展开,露出洁净的牙齿。

是难得的开朗样子。

真笨。

…………

蒋霜靠上门,苦涩地笑了下。挺好的,她还能开玩笑,生活总不算太糟糕。刚刚胡乱发泄了一通,自怨自艾的情绪被冲淡,现在是这么多天里她感觉最好的一次。

她进到厨房做饭,不再是煮面条,而是炒了两个菜。

再怎么样,也要吃饱肚子。

夜里,蒋霜和傅也又去了荒废的露台。像那晚一样,蒋霜踩上垃圾桶,站在墙头,慢慢挪动着脚步。风将头发吹乱,挡在面颊前,她顾不得去拨开,最后纵身一跃,落在平稳的台面上。

她手里拎着几罐碳酸饮料,不再是上次傅也藏起来的,而是她用这几天自己赚来的钱买来的,付钱的那一刻,她有种一掷千金的豪爽,即便也就十几块。

她也学着傅也上次那样坐上去,两条腿悬空。脚底下的那条路也没什么人经过,杂草快长出半人高将路封住,在这样阴暗的角落,它们肆意生长，月光照不进来，黑黢黢的，空洞、幽暗，仿佛能将人给吸进去。

今夜，两人什么话也没有，有的只是喝饮料的吞咽声。冰饮料滑过喉咙，一口凉到胃，是无法言说的畅快感。

蒋霜目光幽亮，眼前再次变得开阔。

傅也视线平直地看向前方，侧脸线条流畅。喝完一罐，他习惯性地捏瘪罐子。这种时候，他就像这个年纪的所有男生一样，少年意气，掩饰不掉的张扬，不会想到他的缺陷，不会想到他背后挨过多少讥讽、多少拳头。

吃饭时，蒋霜问他为什么不说话。

问出来就有些后悔，她应该知道才对。傅也那时候也不过十岁，面对的恶意是她想象不到的，张嘴是嘲笑，闭嘴也一样，他已经习惯踽踽独行，说不说话，说了又有谁听，这些都已经不重要。

因为习惯闭嘴，时间长到连傅也都忘记，原来他还有说话的功能。

幸福是比较出来的，幸运也是。

蒋霜突然觉得自己多少有些矫情，她分明是身体健全的那一个，有舅舅舅妈，有陈阳。从大伯家回来后，她就没怎么吃过苦。

"回去吧。"

东西喝完了，傅也叫她走。

他转身跳下墙头。蒋霜小心地转过身，面前，他伸出手来，她迟疑了下，握住了那只手。

3

时隔数日,蒋霜回到学校。

她先去见了班主任。老师问她家里人情况怎么样,她说已经恢复得差不多了。老师拍拍她的手臂,安抚地说:"那现在你就专心学习。这几天落下的课,你要抽时间补一补,不清楚的记得去找各科老师问问。现在是最后的冲刺时间了,可不能在这时候掉链子。"

"嗯,好的。"蒋霜点头。

她从办公室出来,回到班上,跟几个同学打过招呼后,走回自己的位置。桌上堆着这几天的试卷跟复习资料,再看有种恍如隔世的感觉。凳子上也没空着,堆着上次自愿订购的全套教辅书,不用想就知道是苏芮的。

苏芮见她回来很惊喜,张开双臂做迎接状:"霜霜,你终于回来了。没你的日子,我是一天都熬不下去了。"

"夸张。"蒋霜淡笑着回应,点了点下巴,"把东西收一下。"

"这个啊,这个是你的。"苏芮解释,"我爸真的很离谱,他不知道我已经买了一套,自己不知道从哪儿又给我买了一套新的,然后我就有了两套!一套我都做不完,别说两套了。所以,霜霜,麻烦你受点累,帮我把它写完。"说着,苏芮双手合十,作了一揖,做拜托状。

蒋霜感觉心里堵了下,这么蹩脚的谎言,她怎么会听不出来。全套的书挺重的,她将书从椅子上搬到了书桌上,自己坐下来。苏芮还在说里面的题太难,正好以后可以问问她。苏芮本来就是话痨,这会儿怕被拒绝,话更密了。

"谢谢。"

蒋霜一把抱住苏芮,很紧、很用力。

苏芮手足无措。向来只有她主动,蒋霜是被迫承受的那个,现在两个人对调,她还不太习惯,尤其是班里其他同学都看了过来。她鼓了鼓腮帮子,拍拍蒋霜的肩膀:"干什么,很肉麻哎。"

蒋霜把脸埋进苏芮的肩膀,呼吸里尽是少女身上清新好闻的气味,她深吸,企图要永远记住。

苏芮抿了下唇,口不对心地抱住蒋霜的腰,安抚地拍了拍。

周五放月假。

陈阳难得来找蒋霜一块回去,去车站的路上,他状似无意地开口:"姐,我去你们班上找过你,你们班同学说你请假了,几天没上课。"

蒋霜看向他。

陈阳眯了眯眼,问:"你这几天去哪儿了?"

他隐约觉得不对劲,真的很不对劲,蒋霜从来没这样过。她明明是发高烧也雷打不动要去学校的人,怎么会连续请几天假?自从陈政那事之后,很多东西都变了。

"已经没事了。"蒋霜道。

"为什么不跟我说?我不比你小多少。"陈阳挡在她前面。他高出她一个头,现在跟他说话,她也要仰着头了。

蒋霜笑了下:"真的没事了。"

"是不是上大学的事?姐,你放心,我不可能让你就这么嫁人的。我是真不想上学,高考也不想考了。今天我回去就跟我妈说,过几天直接去打工给你赚学费。"陈阳信誓旦旦,一定要她如愿以偿。

他说:"就该你去上学的。姐,你身上有股劲儿,等你出去上学,毕业去写字楼里的大企业上班,光鲜亮丽。到时候,我还要靠你呢。"

蒋霜想起到舅舅家的那天晚上,陈阳溜到她床边,给她抹眼泪,说不怕,以后有他。他这么说,也这么做了。

陈阳刚说完,肩膀上就挨了一巴掌,蒋霜道:"用不着你去打工,你给我好好学。"

"那你怎么办?"

"陈阳同学,我是你不学习的借口是不是?其实你是怕自己考不上,现在就想到退路,以后才好不丢人?"

"什么啊,我成绩不差的好吗?我要认真了,你还不一定比得过我。"

"真的假的,你也就会嘴上说说。"蒋霜继续往前走。

陈阳从后面跟上,证明自己:"我们班老师都这么说,说我聪明,就是不用在正道上。"

"安慰你的话,你也信?"

"是事实,为什么不信?"

蒋霜停步,抬头看他:"那就证明给我看。陈阳,我不需要你为了我辍学去打工,我宁愿自己不读了。我们都要好好学,等高考结束,总会有办法的,会好起来的。"

陈阳愣了下："那你还嫁人吗？"

"不嫁。我们生在这里，本来路就比别人少，不试试怎么知道它走不通呢？"

父母去世后，蒋霜没主动要过一个东西，她乖顺听话，知道自己是个拖累，所以尽可能地避免带来麻烦。

但现在，她是真的很想走出去。

她也想任性一次。

就这一次。

陈阳沉默了下，有那么点懂了。他抬了抬下巴："那你得做好被我超越的准备了。"

"早做了十几年了！"蒋霜一巴掌拍上他的肩膀，被陈阳反手搂住，恨不得挂她身上，她反抗不过，被他推着走向车站。

"重死了！"她抱怨。

"重也忍着，谁让你是我姐。"

傅也好得差不多了，明纬让人办了场聚会。场子热闹，玩到了后半宿。

傅也大半时候窝在沙发里看他们折腾，毕竟他的伤没完全好，其他人也没来劝。剩下的时候他安静无声，只有一双漆黑的眼睛没情绪地扫过一张张面孔，有认识的，也有不认识的。缭绕烟雾里，那些人的脸都快笑烂了。

他突然觉得挺没劲的。

他本想出去透透气，走到外面改了主意，直接打车回了住处。

厨房里，蒋霜买的锅碗瓢盆还在，盆放在洗手间墙边立着，他盯着看了会儿，踢了脚。明明她没待几天，却哪儿哪儿都是她的痕迹。

那天聚会之后，傅也有意无意淡出，能推的活动都推了。明纬当他是上次怕了，找他说过几次话，他反应很淡。久而久之，明纬也就随他去了。

傅也没迟疑，当天晚上就走了，回到村里照料起地里的活，起早贪黑地做，比一些长辈还能吃苦。

他一直待在村里，也引起其他人的好奇。扯闲话时，有人说他可能是在外面闯了祸跑回来躲着的。可能就在某天，会有一辆警车开进来，问他们傅也住在哪儿。不然，大家无法理解他是怎么待得住的。

但想象中的场景没变成现实，傅也在村里一直待到了年底。

入冬后，气温持续走低，大早上就雾蒙蒙的，山里水汽重，像是厚重的积雨云坠落其中。

路边，一辆货车抛锚在半道。

司机下了车，绕到车后放了警示牌，想着可能是主保险丝坏了，排查了一遍，却什么问题也没看出来。这会儿打电话叫人来修又太早，打了几个都没人应，到最后，司机裹着衣服蹲在路边，抽烟打发时间，等晚一点，或者有车经过再说。

没料想，车是经过了几辆，可没人能帮上忙。

烟抽了好几根，新的一根抽到一半，司机看见一个人影走过来。这附近有村子，有人也不奇怪。看身量是瘦高个，拨开雾气走近，才看到一张生冷面孔。

还是个孩子。

司机低头继续抽烟。

傅也走过车边,停住脚步。

司机见他停下,慢慢站起来,从嘴里拿下烟,指了下车,道:"坏了,抛锚了。"

傅也在耳朵边比画了下,司机反应过来,原来他听不见。但同情心还没开始泛滥,这人已经走到车头的位置,动作熟稔地排查起车的问题。司机愣了,走过去一看,这人拿扳手的姿势比自己这多年老司机还熟稔,对车的内部构造也是。看这架势,应该是在汽修店学过。

修车是个力气活,工程量不小,司机在旁边打起下手,干些递扳手之类的活。一直到天大亮,太阳出来,雾气散开,车终于修好了,他上车试着发动,能挂挡了。

司机又下车。两个人靠着车歇着,司机手忙脚乱地比画,又是用手指蘸上水在车上写字,告诉傅也他姓李,以后可以叫他"李叔"。

认识李叔是很碰巧的事,他是市里车队的货车司机,过来送货,货不多,就来了他一辆。知道傅也没事做后,他问傅也愿不愿意跟自己回去,车队里需要个修车的伙计,工资可能不高。因为本来也没那么紧缺,他跟老板有点交情,如果傅也愿意,他可以回去说动说动。

去市里,总比在县城机会多。奶奶的身体好得差不多了,傅也没怎么犹豫,就点了点头。

傅也回去,将情况跟奶奶说了下。傅奶奶自然是同意的,她本来就不愿意他跟人混，现在有个正经的工作比什么都好。

走的那天，傅奶奶不舍地送他到村口。

她一辈子没怎么出过这小山坳，哪里知道外面是什么情况，她是真怕他在外面被人欺负。她不放心地叮嘱，去新的地方，人生地不熟，不要逞一时之快。

傅也摆手让她放心。

傅奶奶一直看他上了村里的大巴车。

大巴车发动，驶离，她还在原地，佝偻的身影逐渐缩成一点阴影。

总有一天，他会接她出去的。

傅也去市里，按李叔给的地址找过去，被李叔带着见老板，老板答应得很痛快，事情就这么定了下来。

在车队做了个把月，傅也渐渐熟悉了情况，李叔拿他当半个儿子，平时挺照顾他。他没事的时候，也会跟着李叔送货，路上多一个人，也多一份照应。

傅也对车亲近，什么毛病的车落他手里，基本能解决个七七八八。李叔看他这样子，建议他去考个驾照。

李叔道："你这个情况我打听过，有没有想过去配个助听器？戴上助听器，能听见声，就能考了。"

傅也的回答也很简单："没钱。"

他也没这个想法，能不能听见，他不在意。

高三生即将迎来高中生涯最后一个寒假，比高一高二放得晚，开学早，认真算起来也就是两周。但即便这样，也是高压生活中的喘息。

寒假前一周学校放半天假,蒋霜被苏芮拖去选手套。

已是深冬,很冷了,厚棉衣也抵御不住寒气,两个人脖上都系着围巾,是苏芮妈妈织的。一样的样式,两个颜色,苏芮的是淡粉色,蒋霜的是鸭绒黄。天气过冷的时候,蒋霜会低头将大半张脸埋进去,露出一双黑亮的眼睛。但苏芮爱臭美,总不愿意好好系,热衷于露出纤细的脖颈,说这样显脸小。

在县城来来回回逛了很久,苏芮依然没能挑到称心如意的手套。

回学校的路上,蒋霜看到了一个多月没见的傅也,她知道他没跟明纬一起混了,而是去了市里,在一个车队专门给人修车。

"苏芮,我看见傅也了,我先去打个招呼。"

苏芮还没反应过来,身边的人就没了。

蒋霜是小跑过去的。她不知道他有没有看到自己,又是要去哪里,只是想着一定要打声招呼,怕他三两步就走远再没这个机会。

好在,傅也没多久也发现了她,立在原地,站姿有那么点懒洋洋的。他看着她从远处跑来,气喘吁吁,脸上染上红晕,终于跑到跟前,她又低头,连着深呼吸好几次。他等着她调整过来,难得耐心。

终于喘过气来,蒋霜脑子里空白,甚至忘记他听不见,手指压过围巾,露出整张脸,问他:"你回来了?"

说完,她才反应过来,又笑着打手语重复一遍。

蒋霜呼出的热气变成白雾,她的头发被风吹乱,连头发丝都生机勃勃,巴掌大小的脸,眼睛就占了一半。傅也想不明白怎么会有人眼睛这么亮,像小时候玩的玻璃珠,里面是乌黑一点,清澈透亮,仍保有小孩的天真。

她先开口说话,脸红扑扑的,模样鲜活。

这么多年,第一次,他想听到声音,想听到她的声音。

4

冬日天黑得早,才五点多,天色就已经灰蒙蒙的。

傅也穿着黑色羽绒服,也许人安定了一些,他整个人的气质都柔和了许多。他双手插兜,高出她一个头,眼皮低垂,像是人刚醒,有种慵懒劲儿。

蒋霜也不知道要说些什么,单纯只是看见他,很想跟他打个招呼,哪怕就几分钟。不过她的确不能跟他多聊,晚自习的时间快到了,苏芮还在等她。

傅也说他放了假,回来看奶奶。

蒋霜点点头,又偏过头,指向不远处的苏芮,说自己同学还在等自己,就先走了。

她只想看看他,他过得好就行了。

傅也了然,颔首。

"再见。"

蒋霜挥了下。

"过年见。"

傅也勾唇,似有笑意。

蒋霜抿唇笑了下。远处苏芮在叫她,她转身朝苏芮的方向跑回去,跑近了,苏芮撞了下她的肩膀,调侃两人什么时候变得这么亲近了。

"别胡说。"

苏芮的视线越过她看向她身后,下巴扬了扬,道:"哟,人家还看着你呢。"

蒋霜下意识地回头去看,渐渐暗下来的夜色里,傅也离开的背影直挺,大步流星。

苏芮捧腹大笑,俏皮地皱了皱鼻尖:"霜霜,你怎么那么容易上当啊!"

蒋霜无力反驳,抱住苏芮的胳膊,往学校走。

苏芮还在说:"学校一直有人明里暗里跟我打听你,你都没当回事,怎么对他这么上心?"

"没有,我对谈恋爱没兴趣。"蒋霜老气横秋地回,说现在一切以读书为重。读完书,进入社会,赚多点钱,等空闲了,她才会想其他事。

苏芮夸张地拍手:"你比我爸还古板,我爸起码说大学能谈恋爱。"

蒋霜也没多说,只是推着她快点走。

寒假如期而至,期末成绩在回家几天后出来了。蒋霜重回第一,年级前十。陈阳也进步不少,拎着成绩单没少嘚瑟。

假日里,蒋霜自发地给陈阳补课,他英语垫底,语法要从头开始教,假期就十来天,起早贪黑地学习,不比在学校里轻松。

舅妈看在眼里。天气冷,她就先生好一盆炭火放在桌底下,再铺上厚桌布，保留住热气。

吃过饭，蒋霜还想去看小卖部。

舅妈擦干净手上的水，道："又没什么人，那么大点的地方也装不下两个人，你学你的。"

渐渐地，一些活她也不让蒋霜干了。

春节前两天，舅舅工程上的工资结算，他满面红光地回家，从包里取出两沓红色纸币全堆到舅妈的面前。舅妈看着，眼角细纹明显，抬眼对上他的目光，"嗤"了声："瞎显摆。"

"一年就这一次，还不许我显摆啊？"舅舅咧嘴笑了，往后靠去，大马金刀地坐着，"等会儿我们也进城买点好的，今年我们也要过个好年。"

"还不够还债的。"舅妈嘴上这么说，神情却是柔和的。

"债要慢慢还，钱也要慢慢挣，日子要好好过。"舅舅悠悠道。

陈阳很配合地鼓起掌来："爸，您这话还怪有哲理的。"

舅舅挤眉弄眼，自信起来："那是，你爸要是一直上学，没准就是哲学家。"

"净吹牛，你读书的时候考多少分你不知道啊？"舅妈不留情面地拆台。

"也是，要继续读书，就没你什么事了。"

舅妈笑骂几句，就差对他上手了。她自顾自地收了钱，又被调侃是收租婆。

陈阳跟蒋霜笑个没完。

当天，舅舅舅妈两个人就进县城买年货去了。

除了对联,他们还带回了红灯笼,研究一番后,挂在门口,退到远处观望,红彤彤的,很有过年的喜庆氛围。

这次的年夜饭比往年都要丰盛。

舅舅兴致很高:"来来来,碰个杯,说点吉祥话!"

陈阳看向蒋霜,抬了抬下巴示意。

蒋霜想了下:"那就祝愿我们岁岁平安、年年有余!"

"好!"

"岁岁平安、年年有余!"

吃过年夜饭,还有压岁钱收,一人五十块。其他亲戚也会给,但这种一般是家长互相给孩子,交换来交换去的,最后还是舅舅舅妈掏钱,所以蒋霜一般都会将压岁钱上交。她赚不了钱,只有尽可能地省钱。但这次,舅舅让她自己留下。

"你是大姑娘了,总要留点钱,买自己想买的东西。"

舅舅坚持,蒋霜也就将钱收好。

虽然她没什么想买的。

按照每年惯例,蒋霜主动去看守小卖部。

有几个小孩跑来买炮仗,拿着压岁钱出手阔绰,一拿就是好几盒。村里大多互相认识,他们要叫蒋霜"姐姐",乖巧得很。蒋霜让他们自己算要找多少零钱,小不点们拧着眉头,掰着指头算。错得离谱的,被蒋霜点了下额头,说数学不过关,立刻就有人抢着说他数学才考了三十分。

小家伙涨红了脸,辩解说自己语文满分。

蒋霜笑了笑,将找的零钱递给他,捏了下他的脸,说很棒,下次继续加油。

几个小孩拿了钱,一溜烟又跑了,寂静中,时不时传来炮仗声跟笑声。

这样热闹的夜里,大家聚在一块打牌闲聊。小卖部的灯还亮着,月光皎洁,照在莹白的雪上,蒋霜托着腮发呆。遍地如碎钻闪耀,今年的雪落在地上,堆得比往年高,厚软如棉絮,竟也不觉得冷。她看见傅也踩着雪走来,像水墨几笔勾勒出的身形落拓,他穿着厚外套和黑色长裤,双肩平直,露出修长脖颈,依然清瘦。

他走近,带着雪天的冷意。

"过年见"就像是一句心照不宣的暗号,她知道傅也会来。

去年也是在这里,两个人一起看了场烟花。

蒋霜抱着双臂,做发抖的样子,问他冷不冷。

"还行。"傅也回。

蒋霜问他要不要进来坐会儿,虽然里面挺小,但挤一挤也能坐两个人,底下就是炭火,比外面暖和得多。傅也摇头说用不着,他在外面就行。其实应该有更多话才对,像朋友那样寒暄,但手语不像正常对话,轻易就剔除掉"你怎么样""这个年过得好吗"之类的客套话。他靠近窗口,她递给他几颗糖,熟悉得就像是天天见面。

糖也是舅舅买的年货,她不吃,可舅妈还是塞了一把进她口袋。她捏着看了好一会儿,还是吃不下去,吃到嘴里或许是甜的,但她感觉的不是,现在全给了傅也。

傅也随手剥开糖纸,将糖丢进嘴里。空气里是淡淡的水果糖的气味,闻起来很好。

蒋霜合上书,将书放在手边。

吃过糖,傅也停顿了下,而后从口袋里拿出一个东西,捏在指间,小小一个,就像一个造型奇特的耳机。

是一只助听器。

看清他手里的东西,蒋霜怔怔,视线移到他的脸上。小卖部里的灯泡用久了,灯泡壁附着黑色,照出的灯光早已发暗。傅也松散地趴在窗口,立体的五官被照出阴影来,眼窝显得更深,眉骨高耸,眼神平静地看她。

周围安静得过分。

他偏过头,将助听器挂在耳朵上,动作生疏,但总算是戴了上去。

傅也打着手语:"刚买的,还没戴过。"

戴上,也许能听到,也许听不到。

蒋霜眼睛一眨不眨地盯着,似是见证一个奇迹出现,她屏着呼吸,静到能听见心跳声。

她曾问过他为什么不去配助听器,他没所谓的样子,让她以为他这辈子也会这样,听不到声音,世界寂静无声。

但现在,他在她面前戴上助听器。

她不知道这意味着什么,但酸楚涌上鼻尖。

傅也屈着骨节分明的手指,指腹点了下耳边,示意她靠近。

蒋霜呼吸一滞。她撑着一只手臂有些费力地前倾着身体,一点点靠近。少年的下颌线锐利如刀,长睫毛垂着,她摁着狂跳的心脏,贴近他耳朵,鼻尖几乎快碰触到他的耳郭,温热气息呼出,喉咙艰涩,她缓了缓,耳语一声。

只一声，饱含千万般情绪，好似耗光她所有的力气。

她退回来，小心翼翼地去看他的神情。

傅也掀起眼皮，眼底闪过熠亮的光。他偏头对上她的视线，扯唇，于沉默中笑了。

十年，他第一次听到声音。

是蒋霜的，她叫他"阿也"。

该怎么形容那种感觉？是多年以后也依然回味的晚上。早已经习惯黑暗的人，见到了第一束光；习惯寂静无声的人，听到声音。起初是电流涌过，身体感官放大细枝末节的震感，带来前所未有的体会，分明只是蝴蝶扇动翅膀，却掀起滔天巨浪，声势浩荡地完全将他淹没。

蒋霜手放在心脏的位置，不知怎的，眼底先湿润。

助听器不便宜，几乎花光了傅也所有的钱。他走进专卖店，了解一番后，十几分钟就出来了，店家一再让他做完检查后配一个合适的，因为不知道他听力损失的程度，随便买一个很可能听不到声音，还会让他剩余的听力受损。但他钱不够，只照着自己的情形买了一个便宜的，揣在兜里，就大步流星地走了出去。

他想过戴上助听器也听不到的情况，聋了这么多年，有没有用很难说。

所以买助听器的事他对谁都没说，车队放春节假，他带回来，一直到现在才戴上。

没什么别的原因，只是如果他能听到，第一声想听到的是她的声音，她会在场，与他分享这一时刻。

"听到了吗?"

蒋霜仍打着手语问,心里隐约有答案,但还是固执地要问一遍才安心。

雪花一片片地往下飘落。傅也轻轻合了下眼,淡笑,很轻微地点了下头。即便听得并不清楚,要费力去分辨,但那声音轻柔,像记忆中的溪流声,余音似涟漪一圈圈荡开。

原来这就是蒋霜的声音。

他听到了。

蒋霜松了一口气,肩膀塌下去。她又靠近,靠近他戴着助听器的耳朵,距离过近像是耳语,她垂着眼睫,呼出的气在冷空气里变成白雾。

傅也的耳朵冻成红色。

"新年快乐。"蒋霜说。

去年就想说的话,到现在,终于可以说给他听。说完,她其实挺难受的,但退回来触到傅也熠亮的目光时,所有情绪都化成唇畔的一抹笑。

幸好。

这世界总算没残酷到底。

♡第六章 十八岁

"蒋霜,我们是能接吻的关系吗?"

1

寒假结束,高三的学生都要返校了。

距离高考就只剩下四五个月,教室里的灯打开得越来越早,熄灭得越来越晚。未来近在咫尺,好像探出手就能触碰,又像镜中花水中月,虚无缥缈,不到最后一刻,谁也不知道结果。蒋霜起得更早了,宿管阿姨还没开门,她就拿着单词书,背到阿姨开门,从天色灰亮,到乍泄的一束曙光。

高考如期而至。

前两天,老师们反而松弛下来,甚至还给大家放了一部电影。电影里父亲对儿子说:我们会渡过难关,一切都会好起来的,好吗?

语文老师在黑板上写下"但尽人事,莫问前程"。板书一如既往的漂亮。

最后半天,留给学生提前去考场踩点,苏芮幸运地被分配在本校,蒋霜被分配到一所初中,跟同班女生结伴前往。

回学校的路上,蒋霜看见傅也,她停住脚步。他好像黑了,也更高了,没怎么打理的头发有些过长,遮住前额,穿着灰色T恤、牛仔长裤。也许是等久了,他耷拉着眼皮,没有表情时,看起来不怎么好惹,惹得身边的人频频侧目。

他第一时间没看见她,直到她走过去,出现在他眼前,他眯着的眼才睁开,神色柔和许多。

他是过来找她的。高一高二放了高考假,他问过门卫,才知道高三学生都去看考场了。他知道她的班级,没见到她,见着了苏芮,苏芮才说她去另一个考点看考场，过一会儿就该回来了。

蒋霜穿着款式宽松的校服，内里空荡荡的，双肩单薄，看起来更瘦了，细白的手臂上戴着一只银色手镯，手上没二两肉，手背上的血管清晰可见，总给人一种营养不良的感觉，风一吹就倒似的。

蒋霜问他："你怎么来了？"

在这个时间，他又出现在这里，她自然地想到是因为明天的高考，他特意来看自己。

傅也说是放假回来，顺便看她。

"吃饭了吗？"傅也问。

他嗓音嘶哑，发音没那么准，尾音是上扬的。因为很久没说话，重新捡起来并不容易，语言功能已经退化，刚开始他只能说一些简短的词汇——从一个字、两个字到三个字，语速放慢，说出来也是含混不清，什么都意味着从零开始。但他没有放弃，循序渐进，终于从让人听清到让人听懂，到现在，他已经基本能近距离地与人交流。

傅也微微弓起身，习惯性地偏头，用戴着助听器的耳朵靠近她。

"没有。"

蒋霜其实吃过了，她仰着头，凑过去，问："去吃面吗？"

"吃。"

两人还是在汽修店旁边那家吃的面，像以前一样点了两碗，蒋霜把自己碗里的一大半面条分给了傅也。面条上还卧着两个鸡蛋，是迷信吃掉就能考一百分的傅也点的。她哭笑不得，一百五的满分，她要是真的只考一百分就完了。

面吃完,傅也丢过来一个黑色的东西。

蒋霜打开来看,才发现是C1的驾驶证,挺新的,两个月前考的。旁边贴着傅也的白底证件照,他端正地坐着,手肘撑在腿上,刚剪过的寸头盖不住立体的五官,眼窝深邃,那股生冷野性扑面而来,张扬、不服管束。

蒋霜的视线从证件照移到现实中他的脸上。他人更黑了,也更结实了,肩膀宽厚,手臂的肌肉线条强劲有力,手指的皮肤粗糙,生着厚茧,是做多了体力活的证明。

"驾驶证难考吗?"蒋霜问。她内心纷杂的情绪翻涌着,这个证就这么丢过来,只有她知道,傅也这一路有多不容易。

傅也抬眉:"不难,一次过的。"

助听器戴了段时间,差不多能达到体检要求了,傅也就去医院做了检查,然后就近找了家驾校报了名,一大早过去排队练车,方向盘摸个两三遍就提前走了。他手上的钱已基本用光,还需要回车队去。

就这么练了一段时间,四科他都是一遍就过,一个月就拿到了证件。

说完,他又问她:"紧张吗?"

蒋霜摇头:"还好。"

她在大考前心态一向平稳。

傅也保留着打手语时的习惯,说话时,眼神跟神情都分外专注:"那就好。"

"我会考上大学的。"蒋霜又补充了一句,像是急切地向他保证些什么。她鲜会这样笃定地说一件事，不给自己留有余地。

但她现在就想让他知道，她会的，那个喊着想要走出去的女生，不是嘴上说说而已。

她会做到，希望他也可以。

傅也扯唇，笑了，漆黑的眼底有着熠亮的光："好好考，钱不用担心。"

蒋霜抽出纸巾擦着唇边，闻言睁大眼睛，说："现在我没想那么多，而且听老师说上大学可以申请助学贷款，等毕业后再还。"

傅也点点头，又说他现在在车队，空闲的时候就接一些搬家的活，做的活多，拿到的钱也多。做上几个月，除去每个月固定寄给奶奶的钱，剩下的钱，给她付学费、生活费也有余了。

考到驾照后，李叔拍拍他的肩膀，说他可以开些小型的面包车，有技能傍身，在哪儿都能混口饭吃。

车有现成的，在车队的车库里放着，是之前留下来的。车队做起来有钱后，接的都是些大单，以前的车明显不够用，老板购置了新的大型货车，把以前能卖的全卖了，剩下一辆破面包车只能当废铁卖，老板舍不得，就这么搁置了。

放着也是放着，老板见傅也有兴趣，由着他折腾。傅也抽空给车做了翻修，再花几百做了车检，能上路了。

至于做什么，在之前他就有了想法——在市区给人送家具。

第一单是李叔介绍的。傅也能扛能搬，活干得干净利落，对方给钱也利落，他一把将钱揣到兜里，又给对方递烟，希望对方有活还能联系他。

他年纪轻,有的是力气,又会来事,零零散散总能有些活。

李叔看他玩命一样赚钱,劝说他爱惜点身体,年轻的时候是有劲儿,老了就受罪了。

傅也摇摇头:"没办法,缺钱。"

于是第二天,还是如此。等车队的活都干完,见有单子,他就开着那辆破面包车上路了。早出晚归,吃饭几分钟解决,把餐盒一丢,就起身干活。

"你把钱都给我,你怎么办?"蒋霜哑然失笑,况且大学是念四年,不是四个月。

傅也扯唇:"我一个男的用不了什么钱。"

他吃住随意,也不需要买衣服,一个人,怎么都行。

蒋霜消化着他的话,可她怎么能要他的钱,他们非亲非故……更何况,那数额太大了。

傅也不耐烦地摆手,问她懂不懂投资:"是借的。"

蒋霜呼吸一滞,心脏最深的位置,有情绪在发酵。

钱哪里是那么好挣的,他说得不以为然,她却已经想到他来回奔波的样子。

傅也的嗓音仍然嘶哑:"等你走出去,有大把赚钱的机会,到时候再还给我。"

将霜怎么会不懂他的意思。她没有再拒绝,就当是两人达成一个共识,她收下他的好心。

"明天好好考。"

"好。"

蒋霜轻眨了下眼睛,看见他身后天际铺满的云霞灿烂得不像样,就好像,他们都能有美好的未来。

吃过面,傅也送她回学校,打过招呼后,让她先进去。

蒋霜回头,他还站在那儿,仰着的下颌点了点,催她进去。上楼时,她再回看,校门口人来人往,他人已经不见了。

苏芮从转角跳出来,问她考场看得怎么样。两人聊过几句,苏芮又问:"傅也找你来着,你们遇见没有?"

蒋霜点头。

苏芮意味深长地笑了笑,戳她的胳膊:"他看着挺粗糙,没想到心挺细啊,今天还特意跑来看你。"

"他放假回来看傅奶奶,顺便跟我见个面。"蒋霜解释。

"你真信啊?那都是托词罢了。他中午就来了,等你看完考场,大概都等了一个多小时吧,这还叫顺便吗?"

苏芮眨着眼睛,意味深长地看着她。

蒋霜知道傅也为什么会来。

他想让她安心,专心考试,而不是担心考试之外的事情。

蒋霜错开目光,看向她身后,叫出了一个苏芮有好感的男生的名字。苏芮立刻噤声,背挺直,像根僵硬的木头,瞪大了眼,悄然偏过身,才发觉背后根本没有人。

意识到被骗,苏芮咬牙切齿地喊着蒋霜的名字:"好啊,蒋霜!"

蒋霜知道不对,赶紧往班里跑。

苏芮在后面追,问她什么时候学这么坏的。两人追赶嬉闹了一阵,将刚才的话题抛之脑后。

苏芮抱着蒋霜的胳膊,不舍地问:"毕业后,我们不在一所学校,还能一起玩吗?"

"能的。"

"我要是来找你,你不能不理我!"

"我不会。"

苏芮叹气,有点伤感:"我好舍不得你。"

蒋霜回抱着她,安慰地摸摸她的脑袋,说:"明天加油。"

"嗯,明天加油!"

…………

高考就这么结束。

蒋霜从别的考点回来后,教室里正在上演一场期待已久的狂欢,书页纷飞,就像这三年的时光都在这一刻画上句号。有激动的同学甚至捂脸哭泣,熬过最艰难的时光,终于能喘口气了。

狂欢过后,是散伙饭。

眼泪与笑声齐飞,疯狂热烈,情绪都宣泄到极致。

因为家里有两个考生,舅舅舅妈这次都过来了,为避免堵车,两人还赶了个早。蒋霜一早就收拾好东西,舅舅将她的行李搬到车上后,就去找陈阳。结果陈阳东西都还没开始收,这也不想要,那也要丢了,被舅妈狠骂了一通后,四个人都上手,没一会儿就收完了。

舅舅开着进货的面包车缓缓驶出校门,陈阳跟蒋霜都下意识地回头,这里承载了他们三年的时光,也许以后再也不会回来了。

高考完的这个暑假近三个月,蒋霜跟舅舅舅妈说了自己的想法,虽然考试成绩还没下来,但她算了分,上大学没什么问题。她向老师打听过,大学可以申请助学贷款,每年额度在一千到八千,如果大学学习成绩出色,还会有奖学金拿。但这些不足以覆盖大学所有开支,她想上大学,也想自己出去赚钱。

"就几个月能赚什么?"舅舅第一个不同意,"学费舅舅会想办法。"

舅妈沉默,年底结的工钱早已用来还债,新的一年还一分钱都没拿到,全靠小卖部供养一家子的生活。到九月开学,两个大学生的学费和生活费怎么一下拿得出来?

靠借。但去哪儿借?周围人早已借遍。

陈政的事,她最后出面给推掉了。她也劝自己走一步看一步,但眼下,问题重新被摆上来,她做不到自欺欺人。

蒋霜心里却早已有了打算,她挤出笑容:"我同桌苏芮,玩得很好的朋友,她爸爸说可以帮忙介绍暑假工。"

"干什么的?"

"在市里一家建材店看店。"蒋霜神色镇定,这套话她早已在心里提前演练过数遍,"苏芮跟我一起,有伴,住在苏芮大姨家里。"

"你又不懂建材。"

"我可以学。我脑子很聪明的,学东西很快。"

舅舅又说哪天他去看看。

蒋霜面不改色,说如果不放心,可以给苏芮打电话。电话那边的苏芮早已跟蒋霜通过气，滴水不漏地打着配合。

舅舅这才信了，但在市区，他还是多少不放心。

舅妈出来说可以试试，如果不合适就回来，一定要跟家里打电话，别什么事都憋着不说，被欺负了千万不能闷着。

蒋霜重重点头，再三保证，舅舅才皱着眉松口。

如果不是迫不得已，谁会舍得孩子吃这种苦。

陈阳知道蒋霜要去赚钱，准备倒头先睡一个星期的计划也就此作罢，喊着也要去打工赚钱，结果被舅舅抓着去工地了，搬搬砖、扛扛水泥，怎么着也算个小工。

舅妈不忍，工地上有多苦她知道，想着让他再找点别的事做。

陈阳倒是不以为意，说："妈，您这就不懂了，现在男生都喜欢练肌肉，还每天泡在健身房费劲儿练。我这会儿去工地，练一身腱子肉还有钱拿，多好。等到大学，还能迷倒一群小姑娘。"

"净会胡说八道，你能吃那苦再说。"

"男人多练练才能扛事，这事就这么定下。"舅舅一锤定音，家里两个毕业生就有了安排。

但其实没有建材店，也没有苏芮大姨。从小的生长环境闭塞，蒋霜能想到的赚钱方式并不多，外面环境也不好，不需要她这种做几个月就走人的暑假工。所以她想到了傅也，他给人搬家，她就给他搬东西，她看着瘦，但力气不小，两个人干活也快，一天下来可以多干一单，她只要拿一点钱就好。

她知道傅也这几天在家，跑去傅奶奶家时，他才刚起来，头发乱糟糟的，拿着水杯跟牙刷到院子边刷牙。她就将自己的想法说给他听,结果被直接拒绝。

"你知道东西有多重吗?"

"我知道。"

傅也皱眉:"很累的。"

"我不怕累。"蒋霜梗着脖子,脸上满是倔强。

"不需要。我说过,钱我给。"傅也不明白她到底在犟什么,甚至懒得跟她争执,灌了口水,漱完吐出来,看也没看她,"回去,就这样。"

蒋霜转头真走了。

但第二天她又来了。

她站在那儿时,傅也差一点没认出来。

她柔顺乌黑的长发不见了,取而代之的是毛毛糙糙的短发,贴着耳边,再套着陈阳的宽大男式T恤,下面是一条过膝裤子,乍一看,就像是个模样秀气的小男生。

傅也的眉皱得更厉害,整个人有些气急,他粗着嗓子问:"你的头发呢?"

"卖了。"

早上去赶集,有人收,蒋霜当街就把头发卖了,剪子都快贴着头皮,凉得她抖了下,但没关系,头发剪了还会长出来的。

虽然养了多年的头发,也就卖了两百块。

蒋霜看着他,还是那句话:"让我跟着你干吧。"

固执又坚决。

2

夏天天亮得早。

蒋霜整个人罩在晨光里，她刚剪过的头发像是狗啃的一样参差，过短的头发蓬起来，她像只腼腆的刺猬，一双杏眼圆圆，固执地盯着他。

她现在就像个十二三岁的小男生，正处在叛逆期，意识过剩，谁的话也听不进去，想到什么就要去做。

这样的人，傅也揍过不少，打一顿后就顺眼多了。

"谁让你卖的？"傅也眉头皱得很深，她短茬的头发闪着刺目的光，碍眼得很。

"我。"

"为什么？"

"搬东西不方便，而且卖了有钱拿。"蒋霜早就打算把头发卖了，养到现在也只是为了卖更好的价格。眼下对方开了个好价格，她没什么不舍，坐下，随对方处置。对方也不手软，握着她的一把乌黑头发就一剪刀下去，最后简单修了修，她就成了眼前这样子。

反应最大的是舅妈，正是爱美的年纪，好好的一把长发剪成这样子，就为了两百块钱，她又气又难受，偏偏说不出一句指责的话。

蒋霜抱着舅妈的手臂，说夏天凉快，长头发洗起来麻烦，而且总会再长的，没什么可惜的。

她剪掉，也想表明决心，她要靠自己赚到大学的费用。

傅也的眉头就没展开过："谁同意你去了。"

"我力气很大。你相信我，我绝对不会拖你后腿的。洗衣服煮饭,我都能做。"蒋霜向他保证,她手脚勤快,绝对不会让他失望。

县城能赚钱的兼职少得可怜,钱也不多,整个暑假赚不了几个钱,只有去市里,她可以一边搬东西一边找其他事做。但她没怎么出过远门,县城以外的世界,对她而言是陌生的,会不会被骗、能不能找到工作,她没任何经验。

"就三个月,我只要三个月,赚些学费,我就走了。"蒋霜目光直直地望着他,眸底水润透亮。

"我不同意。"

"就当我求你。"

傅也偏过头去刷牙,劲大得像是要将牙给拔下来,刷了会儿,用清水漱口,冲掉牙刷上的牙膏沫。"咚"的一声,他将牙刷丢进水杯里,才瞟了她一眼:"随你。"

事情就这么定下。

但也没那么容易,傅也给她试一次的机会,如果做不动,觉得累,就没有第二次。到时候管她乐意不乐意,他自个儿把人送回来。

蒋霜对自己有信心,只要他松口,基本就成了,立刻笑着应下。

她弯唇一笑,配着那顶头发,傻到家了。

出来做事,在哪儿落脚最紧要。傅也租的房子就在车队附近,是两层自建房,他租的是二楼,有一间卧室,一间置着桌子、洗衣机的房间,跟一间洗手间,房子里就抹了层水泥,夏日潮湿阴冷,倒免去了电风扇。

蒋霜很自觉地准备在有洗衣机的房间搭个地铺,睡三个月没问题。来的时候她就已经做好了准备,风餐露宿也好,只要能赚到钱,怎么样都没关系。

　　傅也原本没打算让她住下，性别就不合适，但再找短租的房子很难，租金就更让人望而却步。

　　两个人无声对峙了一会儿，还是蒋霜先打破沉默，问他饿不饿，要不要吃东西。

　　他们从村里离开后，一直到现在，都没吃过东西。

　　锅碗瓢盆还是之前蒋霜在县城买的，被傅也带了过来。厨房里还有挂面和一些简单的调料，她就简单煮了两碗面，清汤寡水的不好看，但管饱。

　　傅也埋头大口吃面，连面汤也没放过，胃里总算得到了慰藉。

　　蒋霜从口袋里拿出钱，五百块，她的全部家当，有卖头发的钱，有舅妈给的两百块，还有过年留下的红包，零零散散都凑起来。她要跟傅也平摊房租，她不占便宜。

　　她递了三百过去，说剩下的后面赚了钱再补。

　　傅也仰头喝完最后一口面汤，将空碗搁置在桌子上，斜了她一眼，说她能不能做得下来还难说，没必要急着给钱。

　　蒋霜也没说什么，将钱收回去，起身收拾掉碗筷，宽大的领口上是挺直的脖颈，柔软但坚韧。

　　要打地铺，就要先收拾房间。

　　蒋霜手脚麻利地将一些东西清干净，连角落也都扫了一遍，再把地拖了。湿冷的环境下，地面久久不干，她打开窗，让风吹进来。

　　傅也中间出去了一趟，再回来的时候带了几个纸箱，他撕开平铺在地上，再铺上棉被和床单，起身看了眼，还行，像那么回事。

楼底下,有人在叫傅也的名字。

虽然戴上助听器,能听见声音了,但也需要近距离,太远,就跟放大的环境音一样,模糊不清。傅也这会儿没什么反应,蒋霜回身跟他讲时,楼梯间传来脚步声,对方已经上楼来了。

门没关,李叔看见屋内的两人。

蒋霜也看见来人,因面孔陌生,愣住了。对方看着她也同样意外,转眼去看傅也,问:"你弟弟啊?"

傅也回头,看向自己的"弟弟"。

蒋霜正在整理被角,半跪着,身上还是陈阳长高后穿不了的男式T恤,两条手臂细长,短头发下是巴掌大的脸,五官清秀,眼神懵懂,不开口说话,的确有以假乱真的效果。

"是妹妹。"傅也纠正。

"妹妹?"李叔认真去看,才发现虽然蒋霜头发短,身板瘦小,但的确是女孩子。也是他看到短头发就先入为主了。他也是有女儿的,她对自己那头长发宝贝得不行,剪这么短非得要她命。

李叔忙跟蒋霜道歉:"哟,不好意思,看错了。"

蒋霜摇头,表示没事。

"这是李叔,叫人。"傅也道。

蒋霜跟着叫人,声音清脆,的确是女孩。

李叔点点头,叫傅也跟自己出去。

"什么情况?"李叔问傅也。傅也抬了抬下巴,示意出去再说。

两个人出去将门拉上,傅也将情况说了一遍。蒋霜高考结束,家里情况不好,没钱交学费,想出来跟他一起给人搬东西赚钱。

李叔诧异:"她能搬得动吗?"

傅也从烟盒里抽出一根烟递过去,点上,道:"试过就死心了。"

搬家的活在第二天就来了,两人一大早就要赶过去,因为对方赶时间,还要去上晚班,就半天的时间空闲。

蒋霜两三分钟刷了牙、洗了脸,穿上鞋子,收拾出来不比傅也慢。下了楼,她自觉地打开副驾驶的车门,车外壳看着就挺旧了,还有生锈的地方,里面也没好多少,硬质塑料。等傅也坐上车,插入钥匙,车一启动,"丁零咣啷"地发出快要报废的声响,蒋霜感觉车随时都能散成一堆零件。

但她已经开始期待接下来的事。她攥紧拳头,感觉身上有使不完的力气。

目的地是个老房子,在五楼,客户是个瘦削女生,过去时东西都还没收,提前准备的纸箱全堆在客厅。女生站着,看向两人,抬了抬下巴,让他们帮忙收一下。

蒋霜见状就要动手,被傅也拉住手臂。

收拾东西、搬上搬下都不在搬家的范畴里,额外多出的事,需要谈清楚价格。蒋霜看着傅也的背影,看他沉稳地跟对方谈价格,他要价很合理,女生也知道自己东西多,点头同意。

三个人分工,女生整理出要搬走的东西,蒋霜负责装箱,傅也先往下搬一些大件家电。蒋霜埋头做事,她对整理东西很有一套,箱子装得满满当当,用宽胶带封严实,一个个堆到门口的走道,方便搬运。

五楼上下不是易事,又搬着重物,几个来回,人都累得够呛。傅也在楼底下歇了会儿,才又往楼上走,到半道,有人双手抱着纸箱下来。

是蒋霜。

她的上半身几乎被纸箱给挡住,偏着头,脸贴着纸箱,只露出一双眼睛,小心地探寻着脚下的路,一步两步踏下楼,步子倒也平稳。看见傅也,她说东西整理得差不多了,只往下搬就好。

"给我。"傅也声音粗哑。

"后面还多。"蒋霜咬了下牙,从他身边擦过,又很快到下一层楼梯。

傅也多看了一眼。

等他搬东西下楼,蒋霜又上了楼,楼道里传来"嗒嗒嗒"的声音,轻松愉快。

…………

等东西全部搬完,装上面包车,已经满满当当,连副驾驶的位置都塞了东西。

女生给了新家地址,她跟着打车过去。瞟见蒋霜,她惊叹道:"真没看出来,你看着挺瘦的,力气还不小。"

蒋霜腼腆一笑。

什么都是从小练出来的。她很早就跟着舅舅种地,挥锄头翻土、种菜都干过,上山里捡干树枝,每次都是装满一背篓,比人还高,她走一两里地给背回去。等再大些,舅舅自己装修小卖部,货车开不进村里,砖头、水泥都卸在桥头,她就跟陈阳去背回来……生在乡野里，最不缺的就是力气。

女生先打车走了。

蒋霜上车，因为放的东西太多，腿脚不能伸直，她就盘着，再不舒服也没听她吭一声，她还时不时回头，去看东西有没有倒。

车开到新家地址，两人又一件件搬进去。

蒋霜干劲十足，手提肩扛，有使不完的力气。

这单不到十二点就完成了，两个人气喘吁吁，脸上的汗混着尘土，像路边脏兮兮的小狗，只剩下乌黑的眼珠转动。女生爽快地给了钱。看到钱，好像所有的辛苦都是值得的，蒋霜笑了下，乖乖地跟人说"再见"，转身，跟在傅也的身后走出去。

中午日头最盛，热烈得让人睁不开眼，她身上全是黏腻的汗水，衣服湿透又被体温烘干，贴在身上，不是很舒服。但她也顾不得这么多，上了车，她将车窗摇下来，风是热的，灌进来，扑在脸上，她闭着眼忍不住笑。

短发被风吹得立了起来，现在，她是只惬意的刺猬。

蒋霜挺想喊出声的，但内敛的性格让她喊不出来，她只好张开嘴，让风灌进来，她在心底痛快地喊出来。

她可以靠自己赚钱了。

她不再是谁的拖累了。

傅也砸舐了下干枯的嘴唇，瞥了她一眼，灰头土脸，累到半死，也不知道有什么可高兴的，冒着傻气。

这样想着，他扯了下唇，眼里也隐隐有了些笑意，手指微动，把驾驶座旁的车窗也全摇了下来。

早饭没吃，干活干到中午，两个人都饥肠辘辘，在外面吃了两大碗面，热气腾腾，吃得淌汗，傅也要了两罐冰镇过的汽水。汽水才从冰柜里拿出来，遇上热空气，罐壁上的水滴汇集成细小水流，抠开拉环，发出"刺啦"一声，就这么喝上一大口，冰到胃里，前所未有的畅快。

回到家，两人都要先洗个澡。傅也让蒋霜先去，蒋霜没推拒，抱着自己的换洗衣服进了洗手间，脱掉黏腻的T恤跟裤子，冲了个温水澡。短发比长发洗起来简单得多，只是她还没完全习惯，总忍不住伸手摸一下，但肩膀那儿空空的，只能改去抓一下。

手指抓过头皮，她很快适应短发的存在，挺好，凉快，能节省洗发水，还不用吹。

洗完澡，她看了眼镜子里自己的脸，皮肤已经被晒红了，鼻尖跟双颊都红彤彤的，碰到水，有些刺痛，跟长发时的样子不太一样。"漂亮"这个词，似乎离她越来越遥远……她揉了揉还没吹干、软趴趴贴着额头的头发，抓起凳子上的T恤往头上套，将乱七八糟的念头直接扫空。

人得先活下来，再有其他。

她推门出来，傅也腾地从椅子上坐起来，空间就那么大，两人的视线猝不及防地对上。

蒋霜的头发还湿着，水珠滴到T恤上，肩膀被打湿，洇出一大块水迹来。这T恤太旧了，白色布料被穿到泛黄，湿了后有些透，映出细细的肩带形状。她的脸蛋也被热气熏红，嘴唇也是红润的，身上带着洗过后的清洁气味，干净柔软。

这些细节构成了最强烈的视觉冲击。

傅也倏地移开视线，心脏止不住地剧烈跳动了一下，羞耻感在蔓延。

蒋霜没意识到什么，让他将脏衣服丢出来，她一起给洗了晾上。

傅也仿佛没听见，从她身边走过，直接进了洗手间。蒋霜怔愣了下，回过头。关了的洗手间的门又被打开，伸出一只劲瘦的手臂，肩臂上有着明显的黑白分界线，肌肉线条绷紧，手里拿的衣服被丢在了不远处的椅子上。

蒋霜眨了下眼，过去拿了衣服，放进水池里倒上洗衣粉搓洗起来，着重搓洗领口跟腋下的位置。没几件，她没一会儿就洗完了，拿去阳台晾晒。

洗手间里的镜子起了雾，模模糊糊，但镜面中间的位置清晰，被掌心擦拭过。

傅也咬着腮帮子，整个人燥得很，像被丢在太阳底下暴晒过的柴禾，水分被榨干，一点火星就能燃起来。

3

蒋霜就这么留了下来。

车队里修理的活不多，傅也外出接活的时间变多。因为车是车队的，拿到的钱也要分给车队一部分，剩下的钱，他对半分给了蒋霜，因为有搬运费用在，这次分了六十块。

蒋霜退回去二十块，道："四六就好。"

车是傅也在开，油也是傅也在加，她没道理拿这么多。

傅也撩起眼皮瞟她一眼，回答很简单——要么拿钱，要么滚蛋。

外面的地铺也被傅也睡了，蒋霜住进卧室。她多说一句，他就这么一句话甩过来，没有争辩的可能。

蒋霜闭嘴，选择拿钱。

没活干的时候，她就在家里打扫卫生，洗衣服、做饭什么都干，但到底只有两个人，能做的事不多。闲下来的时候，她就看给人搬家时别人不要的书——是有次给一位老师搬家收获的。老师家里堆着的是收缴学生的课外书籍，一大箱全不要了，就送给了他们。回去时蒋霜笑得合不拢嘴，像发了笔横财。

傅也从车载镜里瞥了她一眼，扯唇："出息。"

她捡回来的也不只是书，只要别人不要，她觉得捡回来洗干净还能用的，都拿回来了。有次是一盏破台灯，换了灯泡插上电还能用；有次是缺腿的凳子，修好就能用；还有电饭煲、刀具、菜板……零零散散，很快就填满了出租屋的角落。

傅也很嫌弃，称她是捡垃圾大王，净捡些破烂，真想要可以买新的。但蒋霜坚持，新的要钱，旧的分明还能用，洗一洗、修一修就好了。

傅也踢了踢一个缺腿的凳子，凳子滚了两圈，又被她当宝贝捡回来。

"我会收拾干净的。"蒋霜一一分类，洗净后，搬去阳台上晾晒。她干活利落，新捡回来的东西从没让房子变乱。

就连纸箱跟空瓶她也没放过，整理好，趁午觉时推去废品站卖掉，换来一堆毛票，她叠好，放进口袋。

傅也看她这副财迷样，敲她脑袋，问他是不是克扣了她工资。

她摇摇头，丝毫不介意他的问题，并依旧乐此不疲。

几次过后，他也就随她了，休息时顺手给那个凳子补了条腿。后来，那个凳子成为他吃饭时常坐的，蒋霜看见，仰着下巴，神情骄傲，好像在说——看，不是我，你吃饭都要蹲着。

还有一盆快枯死的盆栽，叶片、枝条已经枯死，只剩下根茎带点绿，没死透，被蒋霜捡回来，给点水给点阳光，它还真活了过来。

蒋霜给他看，问："像不像你？"

"像什么？"

"给点水就能活。"顽强，生命力旺盛。

傅也轻轻"嗤"一声："这就是你现在不做饭的理由？给我点水，活着就行？"

"忙忘了。"蒋霜咧嘴一笑，去淘米煮饭。听见他发牢骚说她虐待他，她抿唇一直在笑，转头，瞥见傅也撑着阳台的扶手，一只手拨弄着叶片。

新长出的叶子娇嫩，藏在枯黄的老叶里，被拨得晃晃悠悠，像只探头探脑的土拨鼠，打量着眼前的新世界。

蒋霜说错了。

这不像他，像她。

…………

但搬家的活，也不总是容易的。

偶尔他们也会遇到难缠的客人，污蔑他们偷东西要报警、出口成脏，骂他们年纪轻轻不学好，辍学出来当苦力；也有谈好了搬东西需要额外加钱，等送过去时翻脸不认账的……接触的人越多，见过的恶就越多。

蒋霜以前没经历过这些。

傅也经历得多，知道怎么处理这种情况。对方耍横他更横，摘下助听器，望过去的目光冰冷。报警也没关系，对方的话还没说完，他已经把号码拨通。

等事情解决，他坐在车里照常数钱，把蒋霜那份递过去，她迟迟没接。

"吓傻了？"他问。

蒋霜的心脏"怦怦"直跳，她还以为会动手，甚至已经做好准备。

傅也靠过来，抓过她还握紧的右手，用力掰开，掌心是两道红印，是她情急之下，随手拿起一根木头，因为攥得过紧压出来的。

上次在小卖部她也是这样，心里分明怕得要死。

"打过人吗？"他手指擦过她的掌心，有着薄茧，是常年干活留下的痕迹，"就你这样的小身板，凑上去也只有挨打的份。"

"我力气不小，也能抗。"蒋霜神情认真，想要证明自己不是废物。

"那下次把你顶在前面当沙包。"

"啊？"

她愣住的样子让他想笑。傅也垂着眼睫，将她那份钱塞回她手里，说："真要打起来，你就跑。你在，只会拖我后腿。"

"我不会。"蒋霜语气坚定。

她不会跑，也不会拖他后腿。

她的语气倒令傅也愣了半秒,不过也只是一瞬,他塞完钱退回去,对她的回答不置一词,扭动车钥匙,发动面包车,驶入无边夜色。

抛开这些,一切都好。

给家里汇报情况的时候,蒋霜也是这么说的——一切都好,没什么可担心的,吃得好,睡得好,大家都很和善,对她很照顾……这些话她向来信手拈来。

舅妈叮嘱她晚上少出门,外面不安定,担心她一个小姑娘遇到坏人。

她说好。

她没有手机,打电话用的是傅也的手机,一部老人机,就打电话发发短信。通讯录里没几个联系人,最常联系的是傅奶奶,傅也隔三岔五就打电话回去,奶奶年纪大了,怕她摔着磕着没人知道。

又过了一段时间,高考成绩要出来了,手机上查不了,晚上傅也带她去外面找地方查。

路上,傅也瞥了她一眼,问:"紧张吗?"

蒋霜摇头,考完她估过大概分数,不出意外的话,只高不低。

两人走到一家网吧门口,傅也在前,蒋霜跟在后面。一进去,一股浓烈的烟味扑鼻而来,她只是皱了下眉,傅也在前台开了两台电脑,在角落的位置,前后都有人,只旁边空了个位置,相对来说还算安静。

还没到时间,傅也让她先随便玩玩。

蒋霜没怎么用过电脑,只在学校上信息技术课时接触过,课上轻松,基本都是自己随便玩,通常是看电影看剧,没碰过游戏。她想了下，还是戴上耳机，选了一部电影看。

公路片，荒凉的大西北，镜头像是蒙了层黄沙，粗粝泛黄，人性被淡化，弱肉强食，适者生存，画面充斥着黑色的暴力与血腥。蒋霜看得投入，傅也打开游戏，中途看了她屏幕一眼，斧头照着人砍下来，血溅到车窗上，过了会儿被雨刷器刷开……他偏头去看蒋霜，头戴式耳机下，巴掌大的脸，一双眼目不转睛地盯着屏幕，眨都没眨一下，表情平淡沉静。

口味挺重的。

傅也收回目光。

电影看完，也快十二点了。

蒋霜登上QQ，班级群里早就炸开了锅，消息一条接着一条，多是调侃，也有紧张的。时间越接近，心中那种紧张感越强烈，就像怀揣着一颗即将爆炸的炸弹。

她多少被感染到，时不时呼出口气。

今晚，决定着她的命运。

过了十二点，蒋霜在查询网页里输入自己的账号跟密码，人有点多，没那么容易登进去，她试了好几次才终于进去，看到总分是"6"开头，也跟着松了口气——"643"，比她想象中的分要高。

她长长呼出口气，尘埃落定。

她想笑，眼眶先热了下，四肢卸力般靠在椅子上。

"多少？"旁边傅也转过来。

蒋霜偏过身，让开位置，屏幕上的数字清晰可见。傅也撑着手臂，扯唇笑了下："分挺高。"

"还可以。"

傅也轻"嗤"一声,眼皮耷下来,眯着眼,去细看她每科的分数,全部看完,又加了一遍,笑了下。

蒋霜注视着他,看着他脸上细微的情绪变化。在他笑时,她也笑了,像得到了最好的嘉奖——她没有让身边的人失望。

两人对视,笑意一直在。

没有欢呼,没有夸张的肢体动作,但情绪像掉进水里的饼干,泡发开来。

傅也递过自己的老人机,道:"给家里人说一声。"

舅舅舅妈也都没睡觉,等着他们的成绩。她电话打过去,那边秒接。她先说了自己的分数,舅舅激动得叫出了声,将她的话重复了一遍,舅妈笑着让他小声点。热闹过后,陈阳来接电话。

她问陈阳考多少。

陈阳回答"512分",又问:"姐,你说我能上一本吗?"

蒋霜忍不住笑了下,发自内心地,又咬了下手指,说:"应该没问题。"

今年的试题难度不小,录取的分数线不会比往年高,对比来看,一本是稳的。

陈阳发泄般地大叫,这对他来说已经是最好的结果。兴奋地叫完,他又冷静下来继续通电话:"英语还是少了点,不过九十六分还是比我以前三四十分强多了。"

"很好了。"

"对了,姐,你理综多少分?"

……………

两人又聊了一会儿才挂电话。蒋霜注意到电脑上的消息不停地往外跳,苏芮也来问分数,她考得还可以,一本基本是稳了,如果出线低,在专业的选择上还是很占优势的。不过在知道蒋霜的分数后,她的感叹号几乎要霸屏。

苏芮:霜霜,你比我多出一百分呢。我简直不敢想,就是高考单独给我开一门,我也考不过你。

苏芮分析着蒋霜能去的顶尖学府,等她以后去看蒋霜,四舍五入,她也算是那里面的半个学生。

还有其他同学发来的询问成绩的消息,蒋霜逐条回答了,有羡慕的,有因自己考砸难受的。高考这棵树,有成熟甘甜的果实,也不乏酸涩的青果。

其中一个,是常年跟蒋霜争夺班里第一的男生,姓文,文瑞,这次依然没能考过她,不过也不低,631分。

文瑞发个苦笑表情:认命了,千年老二的命运我是逃不掉了。

蒋霜:我也当过老二,你也拿过第一。

文瑞:没必要安慰我,输给你我也没那么沮丧。蒋霜,你准备去哪个城市?

蒋霜:没想好。

她的确没认真想过。

隔了几分钟,文瑞的消息再次跳出来。

文瑞:蒋霜,我们去一个城市吧,最好上一个大学、读一个专业,没准运气好,还能同一个班。有些话我一直没说,怕耽误高考,其实我一直挺喜欢你的,你满足我对女朋友的所有设想。蒋霜,我喜欢你,我们去新的城市,开始新的生活,我愿意一直输给你。

蒋霜茫然地眨了眨眼,面对突如其来的告白,她没有做任何准备。回想高中三年,文瑞也没对她表现过任何特殊的关照,至少她一点也没察觉到。

这份喜欢,让她无所适从。

蒋霜:抱歉。

蒋霜思考再三,最后也只能敲了两个字,发出去后迅速关了对话框。

她坐在位置上出神,有那么一刻也在想,去新的城市后开始全新的生活,跟身边的人并肩,同一条路,同样的追求……等毕业,找份光鲜工作,拿份还不错的工资。

但也仅仅只那么一刻。

如幻梦泡影般,轻易就被戳破,她回到了现实。

蒋霜扭头去看傅也,不知道他什么时候开始抽起烟来,眯着眼盯着花花绿绿的屏幕。他不怎么在她面前抽烟,有时烟瘾犯了也会出去抽。烟草点燃的味道是焦苦的,他抽的还是最便宜的红塔山。

"走了。"她道。

傅也鼻腔里溢出轻轻的一声"嗯",摁灭了还没抽完的半截烟:"等会,打完这把。"

空气里残留着呛人的烟味。

廉价的,底层的。

那是属于他的人生,不是蒋霜的。

干完一单活是午后,太阳已有颓势,金色的光铺满整座城市,绚烂耀眼,像烧到余烬前的热烈。

两个人都大汗淋漓,拿毛巾擦脸,汗渍浸到眼角,有些刺痛,汗水浸透衣服,黏腻地贴在皮肤上,彼此都已经习以为常。上了车,傅也打开他自己装上去的电风扇,蒋霜脸上泛红,撑着手臂靠过去,吹来的风也是热的,但比憋闷燥热好。

就这么吹了会儿,两个人对视。

"晚上还有一单,还行吗?"

"嗯,没问题。"

蒋霜抓抓头发,额前的头发刺挠着眼睫,她往旁边拨开,露出饱满的额头。

傅也侧着身,往车门的位置靠。为了方便,他就穿了身灰色背心跟短裤,手臂跟肩颈的皮肤已经被晒成偏黑的蜜色,肌肉线条倒越发分明,他一手搭着方向盘,手背上的筋骨毕显。

矿泉水已经喝完,蒋霜将空瓶放到车门边,方便下车时带走,但口渴的症状依然没有缓解,她不适地干咳一声。

"去买。"傅也手往外指。

蒋霜扭头往外看过去,过一条街,街边是一家奶茶店,跟县城的饮料店不太一样,它是连锁的,店前人不少,生意很好的样子,蒋霜一次也没有喝过。

一张五十元纸钞被递过来,傅也抬了抬下巴,让她去买:"今天活不少,赚得多。"

"好,等我一下。"

蒋霜没拿钱,她有钱。

她推门下车,离奶茶店越近,步子越慢。她看着精致漂亮的店面,内心局促,应该怎么点单、点些什么?她没有喝过奶茶,她的蹩脚会不会被嘲笑……她硬着头皮穿过街道。

在她之前,走来几个女生,跟她年纪相仿,衣着光鲜,青春靓丽。她们走至奶茶店收银台开始点单,彼此间谈笑风生,自然又平常。

蒋霜停步,她低头看了眼自己,宽大的男式T恤被汗水浸湿一片,脚下的鞋快要脱胶,手臂黑红,因为晒得太狠,红过后甚至开始起皮。一头乱糟糟的、没过耳的短发,甚至她身上可能还会有气味,汗水混着尘土的刺鼻气味。

她走过去,好像在强行踏入另一个世界。

那些女生什么错也没有,甚至没有注意到她,也没有投来任何不善或轻蔑的目光。但她们只是站在那儿,就已经让她感觉到前所未有的自卑。

蒋霜抿唇,额间是细汗,她内心的脆弱被丢掷在太阳底下暴晒,令她难以往前迈出一步。

只要不去看,不去尝试,她就能当作没事发生,她仍然心安理得地待在她的世界里,在那里,不会有别人审视的目光。

蒋霜揪了下衣角,转身往回走。

傅也已经下了车,看她空着手回来,皱眉问:"怎么没买?"

蒋霜强装平静,说自己没那么渴,也不想喝,去买两瓶矿泉水喝解渴还省钱。

甚至为了更真实一些，她还挤出了笑来。

傅也的目光飘向她身后，他没说话，抬脚大步迈过去，蒋霜还在说前面就有便利店，她过去买水。话没说完，一只手臂伸过来捏着她的脖颈，蛮横霸道地将她转了个方向，硬生生地带着她往回走。

她看到他要去的方向。

她还在挣扎，扭头焦急道："我不想喝，真的不想喝了。"

傅也仿佛没听见，脚步未停。

"傅也！"她低声叫他。

奶茶店越来越近，傅也抬手，说了句"让一下"，前面的女生听见后让开位置。他揽着她，走到收银台，将她钉在那儿，手指指向菜单，问她喝什么。

奶茶店店员愣了下，目光从两个人的脸上掠过，旁边的人或许也在看他们。蒋霜低着眼，心脏"怦怦"乱跳，并没有去看，她脑子里全是"嗡嗡"声，心间慌乱得像是沸腾的水面。

"请问喝点什么？"店员微笑地询问。

蒋霜被禁锢在傅也的手臂之间，两具身体贴近，她感受到属于他身体蓬勃的热气，也闻到汗水跟尘土的混合气味，她的自尊跟自卑在作怪，煎熬得一刻也待不下去。

但傅也的力气很大，她无力挣脱，就这么被摁在那儿。

店里的音乐一直在放着，这对傅也来说是一种干扰，他转过头，戴着助听器的耳朵偏向店员，下颌线流畅，问有什么推荐。

店员僵了下，意识到他戴的是助听器，低下身，放缓语速地开始介绍。

等介绍结束,傅也注视着蒋霜,挺有耐心地问:"喝什么?"

蒋霜抬头,撞进他的视线里——从容、无所谓、随意。他顶着沾着灰的头发,穿着最便宜的地摊货衣服,干着脏累的体力活,全身是汗地站在这儿,姿态却随意放松,跟其他人一样,并没有多点什么,也没有少点什么。

他们只是走过来,站在这儿,用自己赚来的钱,换取一杯清爽的饮料。

不偷不抢,有什么问题?

蒋霜眨了下眼睛,渐渐平静下来。

两人点了两杯奶茶,因为都不爱喝甜的,就要了三分糖。傅也拎着奶茶回到面包车上,插上吸管,喝了一大口,凉意渗进五脏六腑,舒服得让人想喟叹一声。

蒋霜也喝了一口,偏头看他时,傅也已经喝得快见底,抬眉瞥她一眼,神情像在说——这玩意儿也没多好喝,不知道为什么有那么多人买。

她靠上后座,风扇仍然在"呼呼"地转动,她垂眸笑了下,真心实意。

在那以后,蒋霜再没喝过这么好喝的奶茶。

4

高考成绩出来没两天,车队接了个大单,老板为了庆祝,包了个场子请吃饭。

傅也带上蒋霜一起过去。

蒋霜有些犹豫。她毕竟不算车队的人,过去不太好。傅也拿着毛巾,随意擦了几下头发,说已经跟老板打好招呼,她才点了下头,说好吧。

傅也将她带过去,跟车队老板他们打招呼,介绍蒋霜。

一堆粗老爷们,也有跟蒋霜一样年纪的孩子,高考成绩下来,有没有学校读都是问题,夸蒋霜的同时不忘数落自家孩子,书读到狗肚子里去了。

"读书是天生的,你们家那小子就不是那块料,早点让他把驾照考了,以后来接老子的班。"

"我倒是想,也要他能吃苦才行,说起就火大。"

…………

在大家的一言一语中,傅也带着蒋霜落座。

吃饭是在一家露天烧烤店,大圆桌上铺着塑料薄膜,放上一次性碗筷和杯子,不远处就是烧烤炉,油烟往外冒,空气里是孜然跟肉串的香气。

车队人不少,有不少带着家属,坐了四五桌。

老板是个和气豪爽的人,说起话来也幽默,气氛很好,啤酒整箱地搬来,又满箱空瓶地搬走。

傅也喝得比平时多,年长的长辈过来敬酒,小辈没有不喝的道理。但他不让蒋霜喝,这种场面跟他们私底下喝不一样,蒋霜看着他一杯一杯地喝,到后面,连杯子都省了,直接对瓶吹。

吃得差不多了,就剩下闲聊。

李叔来得晚,并不知道蒋霜的高考成绩。这会儿是闲聊时间,他问蒋霜考得怎么样，蒋霜腼腆点了下头说还可以。傅也摊开手，仰靠在椅子上，唇线拉扯着，笑意隐而不宣。李叔继续问蒋霜考了多少分，知道分数后讶异地眯了眯眼，这分数足够上一所好大学。蒋霜内敛地笑了笑，去看傅也，他也看过来抬了下眉，面颊上满是醺然的红晕，整个人都很放松，不设防。

蒋霜感觉他有些醉了，担心他会往后倒下去。

"来，李叔先恭喜你考上大学。"李叔举起酒杯。

蒋霜忙端起面前的水杯。有人起哄说得喝酒，傅也从脚边捞起一瓶新的啤酒，对着瓶口仰头替她喝起来。

她只看到他绷紧的下颌线，凸出的喉结上下滚动，就这么喝完了一整瓶。

"哟，到底是年轻，一口干完一瓶。"

傅也抹嘴笑道："她不会喝，好学生。"

"还是学生好啊，像我们这样的都没什么前途。"李叔说，"上大学就好好读书，争取读出来去大公司工作，给我们争脸。"

"叔，我敬你。"傅也举杯。

蒋霜皱眉，不想他再喝。傅也投来一个"没什么事"的眼神，她抿唇，好在最后其他人也喝不动了。

酒喝完，场子才散。

这里离他们住的地方不算远，走路十多分钟就到了。半夜的街道空荡荡的，人少，车也少，只有路灯孤零零地亮着，影子被拉得很长。

两个人本来是并肩走的，到半路，傅也渐渐慢下来，落在后面，低头揉揉太阳穴，以缓解醉酒后的虚浮感。他抬头，看到蒋霜停在那儿，往后看他，他抬手挥了下，示意她继续往前走。

蒋霜瞥见，转过身去继续向前走，却放慢了步子。

傅也在后面不紧不慢地跟着，走过一盏又一盏路灯，影子拉长又变矮，在他身边。

蒋霜在前垂着手臂，手指微曲。

她那只手并不柔软，掌心生着茧子，有粗糙的磨砺感，细看，手背上有着数道伤痕，被刀、木屑或者其他东西割伤，毕竟干活时总避免不了，时间太久，愈合后变成白色的印记……那只手他握过，比看上去还要瘦得多。

影子近在咫尺，只要略微抬手，就能碰触到。

傅也手指微动，又自嘲式地笑了笑，可能是酒喝得过多，吹了风，脑子更不清醒。

回到住的地方，两人走上二楼，推门开灯，"呲"的一声，灯泡坏掉了，房间亮了一瞬便陷入彻底的黑暗。傅也走进去，打算开卧室的灯，没走几步，可能是撞到东西，传来一声好大的"哗啦"声响，以及他沉闷的闷哼。

"怎么了？"蒋霜在外面问。

没有回应。

过了几秒，卧室的灯打开，房间也被照亮，傅也弓着身，一只手撑在腰上。

蒋霜看到被撞歪的柜子，反应过来是撞在那儿了，她本能地走过去，一手拉开他摁住的手，另一只手已经去掀他的衣服，要看看撞得重不重:"让我看看。"

衣服还没掀开,她的手就被抓住,傅也"嘶"了一声:"我是男的。"

蒋霜反应过来,皱眉不太理解。平时干活,大汗淋漓,他脱掉背心揉成一团,像垃圾一样丢开,光着上身的时候怎么没意识到男女有别?现在只是看一下腰,他倒注意起来了。

"撞得狠吗?"她问。

"还行。"

傅也还抓着她的手,温热的,意识到时,他顿了两秒,而后放开:"早点洗完睡了。"

喝多的感觉并不好,身体脱离灵魂,有些失控,傅也坐在蒋霜淘来的二手沙发上,看她给自己煮醒酒汤,环视了眼房间。从一开始的空旷到现在挤得满满当当,也逐渐有了那么些生活气息。

没几分钟,蒋霜端来醒酒汤。葱蒜切片,水沸放进去,放上豆芽,再放些盐跟生抽就好了——这是舅妈常做给舅舅的方子。

"喝吧。"

两个人视线相撞。她的眼睛黑白分明,傅也接过醒酒汤,视线很快移开。

一碗热汤下肚,症状似乎并没得到缓解,反而变本加厉,燥得更厉害了。

"不用管我,你去睡。"傅也催她。

蒋霜走进卧室前道:"你也早点睡。"

没过两天，该填写志愿了。分数线已经下来，陈阳超过一本线，在选择学校上没那么紧张，而蒋霜可选择的就更多了。舅舅让蒋霜回去一趟，怎么填、填哪个城市、填哪所学校，这些都是大事，需要商量清楚。

傅也送蒋霜到车站，还是开的那辆破面包车。到目的地下车，傅也将她的东西塞给她。蒋霜仰头，道："我明天就回来。"

"嗯。"

傅也没什么情绪地应了声，抬腿上车，车门"砰"的一声直接给关了，没一会儿，车就开动，将蒋霜的身影丢在了身后。

蒋霜站在原地，又看了眼车，才拿着行李进车站。

面包车没开出多远就停了下来，傅也瞟了眼后视镜，那道身影早已经消失。他整个人有些挫败地往后仰，他知道自己这几天很不正常，心烦意乱，半夜躺着迟迟睡不着，想发泄，反而更沉闷，干焦得像是一个火星就能点燃。

他又一个人冷静了会儿，才开回车队。

李叔还没出去，看见他，抬了抬下巴。他修车，李叔就蹲在一边看着，杂七杂八说上几句。瞥了眼傅也阴郁的神情，李叔意味深长道："我们这儿落后，跟外面的世界比不了，出去了，就难回来了。蒋霜分数考那么高，跟我们这些人，就不是一路人咯。"

傅也没应声，穿着背心短裤，钻入车底。

蒋霜的确跟他不是一路人，她有可以同行的人，考着差不多的分数，去同一个城市，进入同一所学校，谈一场轻松的恋爱，他们的未来，有无限可能。

蒋霜回去的当天就填好了志愿,第二天,她搭了末班车回市区,出车站就有公交车,一路坐回住所。

陈阳在工地不过十几天,已经晒得黝黑,但也变得更健壮了一些,性子也更沉稳,逐渐长成一个男人的样子。他填的大学靠海,在很远的地方,舅妈哭得很厉害,骂他没良心,以后回来的次数就少了。

舅舅倒是没说什么,只说随他的心意。

陈阳跟蒋霜说,既然都出去,就只想着越远越好。

"是新的开始,不是吗?姐。"陈阳问。

蒋霜笑了下,说:"是。"

…………

黄昏已过,夜色渐深。

坏掉的灯还没修,屋子里一片漆黑。蒋霜以为傅也不在,摸黑想要去开卧室的灯时,灯突然亮起来,傅也立在门边,身影高大,声音干哑地说了句:"回来了?"

"嗯。"

蒋霜走进来,又说:"我以为你不在。"

"睡了一觉。"

"刚醒?"

"嗯。"

蒋霜问他有没有吃饭,要不要煮点东西给他吃,他说不用。她将自己的小包放到椅子上,看见桌上包装完整的蛋糕盒,系着丝带,尚未拆开。

她愣了下,抬头看他,有些意外:"蛋糕?"

"促销,打折。"

"你知道我生日?"

"哦,你生日。"傅也淡淡的,好像蛋糕真只是因为促销便宜才买的。但事实是,他们两人都不喜欢吃甜的,蛋糕白送他,他也不一定会要,更别说花钱买了。

生日对蒋霜而言没什么特别的,她几乎不怎么过生日,也没想过要什么礼物。

但这次很特别,因为有傅也买的生日蛋糕。

十八岁,成年了,往后,日子会越来越好,她不再只是拖油瓶。

蒋霜没说话,只是看着傅也。昏暗的光线里,她的眼睛湿润干净,傅也移开视线,喉咙里干痒,他抑制住咳嗽。

蛋糕不大,也没什么特别造型,就是最简单的水果蛋糕,六寸的,两个人吃刚好。傅也拿了蜡烛插在蛋糕上点燃。

没有《生日歌》,蒋霜也没有许愿。她的愿望已经成真,人不能太贪心。她吹灭蜡烛,又点燃,将蜡烛放在角落充当光源。她握着刀,将蛋糕切成小块。

傅也似随意问起:"报了哪里的大学?"

"省内的。"全都是。

傅也皱眉,看向她:"为什么?你分数很高,去哪儿都行。"

"省内的学校也很好。"蒋霜面色平静,将切好的蛋糕递给他。

"北京、上海不是更好?"

"太远了，回来不方便。"

"都出去了，还回来做什么？"

蒋霜给自己切了块蛋糕，低着头尝了下，挺甜的，水果的味道在唇齿间蔓延。

她抬头看他，没回答他的问题，跟他的视线对上。他眼瞳漆黑，却又将蜡烛的火光装了进去，火光摇曳，他眼里的光也明明灭灭。

蒋霜心脏收紧，手指也在不自觉地攥紧。她撑着桌面，小心翼翼地探过身，视线里，他的面容越来越清晰。她屏住呼吸，眼睫低垂，视线落在他的唇上，她探近，温热的呼吸开始交织，柔软的唇瓣贴了上去。

触碰的一瞬，似有电流涌动，迅速窜过四肢百骸，肌肉瞬间发僵。他像被推上手术台，手术灯照直打过来刺眼灼目，他被打了麻醉，不得动弹，明知落下的可能是手术刀，也甘之如饴。

那一刻，什么都明晃晃的，连带着他心底的欲望也一并照了个干净。助听器像是失灵，他再次失聪，除了自己的心跳声，什么也听不见。

只是一个很轻的碰触，甚至谈不上一个吻。蒋霜移开了些，彼此的距离依然很近，近到再往前些，鼻尖就能贴近。

她面颊泛红，唇色鲜艳，眼睛湿漉漉的，像是雨后的春夜，不安的，悸动的。

这是她第一次亲吻别人。

"谢谢。"

"谢什么？"傅也的喉结上下重重滚动。

"蛋糕。记忆里,这是我生日的第一个蛋糕。"蒋霜眨了下眼睛。

"没几个钱。"

"跟钱没关系。"

傅也的眼神很暗,手指本能地碰触到她的脸,似瘾似渴。他粗砺的手指握住她的下巴,指腹擦过她的唇角,他哑声问:"跟什么有关系?"

蒋霜被他掌心的热烫得颤了下。

他问:"蒋霜,我们是能接吻的关系吗?"

视线交织,蒋霜也没生出点退缩的意思,她佯装镇定:"接过吻就是了。"

目光平直,装得无畏。

但到底是装的,轻易被看破。傅也的指腹擦过她的唇,力道有些重,更像是宣泄某种情绪。他放开手,烛光在他脸上跳跃,他让她早点睡,自己则去外面抽烟。

蒋霜看向窗外,白烟徐徐,化不开似的笼罩着窗外的人。

她喘息着,心脏急遽跳动后渐渐缓和下来,一时间情绪复杂。她静静地盯着烛火半晌,将自己切下的蛋糕吃掉。蜡烛已经烧掉大半,她将其吹灭,房间里就暗了下来。

她现在不知道他们是什么关系。

但他们之间的确有了那么点不一样。虽然彼此尽可能像以往一样,但举手投足间,总会泄露那么点隐秘情愫。

十八岁快乐!

蒋霜默然想着,她成年了!

第七章 卡肩

也许山鸟与鱼不同路,但总会相逢。

1

傅也接触家具二手市场是偶然，给人搬家，替人打包，总有一批东西被淘汰下来，搬不走，丢了又可惜。他存了些钱，将别人不要的旧家具收下，拉回来，做了简单的清理修整后，再卖给身边有需要的人。

开始只是小打小闹赚点零钱，去二手市场摆摊，到后来卖给家具厂，他们会翻新后再卖出去……意识到市场有这种需求后，傅也开始自己做大，回收家具，找工厂翻新修理，再卖到乡下或者卖给市区的一些租客。

蒋霜也喜欢做这种事，这与她节俭不浪费的性格很适配。

她不厌其烦地淘着被丢弃的"垃圾"，经过她细致的擦洗后，它们重新变回有价值的样子。这个过程，带给她的成就感无与伦比。

傅也看不上蒋霜留下的东西，就算修完也不值几个钱，但她死犟，说什么也不愿意丢。经她手修的、能卖出去的东西，钱都由她自己留着，因此她更乐意做了。

钱串子。

他说她财迷，也随她去，反正这也是一种消遣。

渐渐地，搬家的活就没必要做下去了，他们开始找各种途径去收二手家具，满城市地跑，并不比给人搬家时清闲，但更为轻松，虽然回本没那么快，但赚得更多。

两个人在车上的时间也更多，穿着T恤短裤，尽可能地清凉，以对抗夏日的炎炎。有时候睡在车里，打开窗户，风扇对着吹，扇叶不知疲倦地转动，一觉醒来，身上还都是黏湿的汗意。通常这时候傅也会下车去买来冰棍，剥开包装，吃着冰棍，嘴里、喉咙里都是冰凉的，呼出来的气也是冷的。

等待的时间里，蒋霜就拎着一本书看，傅也无聊地瞟她一眼，问她书里写的什么。她捧着书念给他听，是俄国作家托尔斯泰的《安娜·卡列尼娜》。

她字正腔圆，声音冷清又柔婉。

"她的服装和姿势都没有什么与众不同的地方，但列文一下子就在人群中认出她来，就像从荨麻丛中找出玫瑰花一样。一切都因她而生辉……"

她也给他念过毛姆的《月亮与六便士》："人生漫长转瞬即逝，有人见尘埃，有人见星辰。满地都是六便士，他抬头却看见了月亮。"

…………

傅也靠着车门，单手搭在方向盘上，听的时候总给人一种过分专注的感觉，静默的、认真的，总叫人能继续念下去。

他对故事不感兴趣，只想听她的声音，就像对这些年的无声作补偿。

蒋霜念完，抬眼看见傅也仰头睡了。

她不再继续念，低着头，轻轻翻页，沉浸在书中故事里。

一天忙完，两人晚饭就在路边小吃摊上解决，再喝上一瓶冰镇饮料，晚上倒头就睡，第二天天刚亮收拾收拾又出门。

日子也算忙碌充实。

没什么娱乐，但也会忙里偷闲去看场电影。那次开车路过新建的商城，影院的广告牌异常醒目显眼，蒋霜多看了一眼，傅也便将车停在路边。

蒋霜看他："怎么了？"

"看电影去。"傅也推门下车。

蒋霜没看过电影，跟在后面，问电影票贵不贵。

"啰唆。"

傅也没回答，抬腿大步走进去。

蒋霜看到票价咋舌，她扯过傅也的衣服，想说回去电视上也能看，这钱花得不值。

他拉过她，按着屏幕问她："看哪场？"

两个人都是第一次看电影，摸索着在前台买票，随便选了最近场次的一部电影，买了可乐、爆米花，电影已经快开场，两个人摸黑找位置坐下来。

蒋霜抱着爆米花，呼吸里全是甜腻的糖味。

银幕好大，几乎占满一整面墙。这些她只在电视里见过，直观感受时，又是另外一回事。

电影大概是部喜剧，傅也没什么印象，只记得中途爆发的一阵阵笑声。他偏头，蒋霜神情专注地盯着银幕，眼底有浅浅的湿意，在黑暗的环境里熠亮如星。时而，她也会笑，含蓄地抿着唇，唇边是淡淡的梨涡。傅也转过头，食指擦过眉骨，扯唇也笑了。

"你也吃。"蒋霜递过爆米花桶。

傅也接过来，捻几颗丢嘴里就不吃了，他嫌甜，让她别浪费全吃掉。

蒋霜抱着，吃到电影结束，心脏一直"怦怦"在跳，她抿唇，腼腆的笑里是无法掩饰的快乐。

看完电影已经是夜里十一点。

附近停靠的车已经开走，只剩下他们那辆面包车，连路灯的光都吝啬倾洒过去。

四周静悄悄的。

蒋霜的情绪还停留在那场电影里，跟傅也夸赞电影拍得真好，既有笑点也有泪点，最后的反转在情理之中，也在意料之外。她难得这么多话，叽叽喳喳，像只蹦跳的小麻雀。

傅也听着，也受到她的情绪感染。只是一场电影，就叫她开心成这样。

蒋霜越讲越激动，往前走了几步才发现傅也没跟上来。

"蒋霜。"傅也叫她。

蒋霜不明所以地抬眼看他，面上神情生动："什么？"

她主动靠过去，也是习惯性动作，会担心他不能很好地听到自己的声音。

直到……傅也握住她的下巴，吻住她的唇。

空气里混合着锈迹、汽油和潮湿的味道，这儿并不是一个浪漫的接吻地，甚至连亲吻都是笨拙生涩的。唇齿相抵，力道出了错，磕碰到了牙齿，两个人都吃痛，但谁也没有退开。

唇瓣紧贴,两人只凭本能靠近,小心翼翼地探寻,交换呼吸,感受心脏的狂跳。

蒋霜睁眼,对上傅也黑漆漆的眼睛。

她脑袋里是空的,刚看过什么全忘了,只记得他眼睛的形状很好看。

"回去吧。"

"嗯,回去。"

蒋霜抿了下唇。

路上,车窗完全被摇下来,风鼓吹进来,蒋霜趴在车窗边,头埋在细长的胳膊里。偶尔,她也会偏头去看旁边的人,看他二十出头的年纪,将车开出老练的感觉。他的皮肤被晒得黝黑,侧脸越发立体,高挺的鼻梁侧翼落下淡淡的阴影。

她得咬着牙齿,才能不让自己笑出来。

他们认识有两年了。

什么时候萌生了异样的感觉,蒋霜也说不清楚。或许从第一面开始,他从暗处走来,眼里透着生冷与野性;也许是他丢来那袋橘子时,身后铺满晚霞;也可能是他朝她伸过来的手……悸动总在某个时刻出现,却无法追溯到源头。

在此之前,她从没有过这种感觉。她知道自己在同龄人里有多格格不入,她的人生没有错题集,错了就是错了,没有修正的机会。所以她的心里总藏着事,嘴巴却很紧,什么都不说,全闷在心里。

她希望有人能懂她,即便她不说,即便她懂事地说不要,那人也能懂得，她比谁都想要的渴求。

蒋霜偏着头，有些释怀地笑了。

那笑容被傅也的余光捕捉到，他在红灯前停下车，不自然又拽拽地看着她问："笑什么？"

真的很别扭。

比她还要别扭。

"没什么。"

蒋霜转过去，脸冲着窗外，风扑在睫毛上，她皱了皱鼻尖，明媚的笑意在唇边荡漾开。

傅也盯着前面的路，余光里，能看见她的一举一动。车重新启动时，他扯唇无声地笑了下。

那是段很快乐的时光。

狭小的面包车里，蝉鸣聒噪，夏日如焚，少年侧脸挺拔。

…………

蒋霜跟着傅也满城市地跑，有时也会去县城，那辆面包车发出超负荷的响动声，但最后很争气地坚持住了。蒋霜大部分时间都在车里，看傅也跟对方交涉，但她不想一直做被保护的那个，于是偷偷学他跟人谈判的话术。他话不多，没有任何花言巧语，价格能谈则谈，不能谈也不强求。他收敛了锋芒，不再用拳头，也可以混得风生水起。

两人有时候忙到很晚，开车回去的路上，蒋霜靠在座椅上已经睡过去。晚上车不多，傅也放慢车速，他没有什么睡意，反而还比以往任何时候都要精神。他对数字很敏感,越做下去,越觉得二手市场有前景。

但这么跑下去,到头来也只是赚几个辛苦钱,他不甘于此。

到出租屋楼下时,傅也看向身旁的蒋霜,她的呼吸绵长。这么多天她也练就了一些能力,譬如在车上也能睡得安稳香甜。他顺手整理了下车里的东西,又坐了会儿,意识到时间不早,揉了下她头发,叫醒她。

蒋霜迷迷蒙蒙地睁开眼。

傅也近在眼前,道:"回来了,上去睡。"

"嗯。"蒋霜打着呵欠,推开车门。

她尚未睡醒,眼里惺忪,不适地揉眼,步子也晃荡。

没走两步,手被牵住。

傅也在前面一些,她在后,只看到他的背影,就这么跟着他走上楼梯。

晚上睡觉时,她才后知后觉,那是他们为数不多的牵手,却自然得好像已经牵过许多次。她的手抓握又放松,刚才相握的感觉好像还没散去。

大学录取结果很快出来了。照样还是去网吧里查,蒋霜在网页上看到自己被第一志愿录取,是省内最好的学校,专业也没有调剂,是她选的计算机。傅也在一旁没事,就去查这所大学的资料,看占地面积、宿舍环境还有专业就业率。他握着鼠标上下滑动,反复地看,每一个字都没漏掉,到最后,他不自觉地勾着唇,心满意足地点头。

就，还不错。

陈阳也被心仪的大学录取了，以后要跨越大半个中国才能见上一面。

文瑞去了上海，给蒋霜发来消息：以后山高水长，你要照顾好你自己。

傅也瞥见，鼻腔里溢出一声轻哼。

蒋霜笑了笑，回：好，祝你前程似锦。

她关掉对话框，也关掉了网页，扭头问傅也晚上吃什么。

被录取是一件大事，自然是要庆祝一下。

最后，两人选择吃火锅。点的全辣锅底，红油热辣翻滚，香味扑鼻，吃到最后嘴唇被辣得通红，喝冷饮都没办法缓解，蒋霜还很没出息被辣出了眼泪来，她悄然抹去。回头看，许多事早已是过眼云烟，她真切地活在当下，也会活在未来。

她举起一杯酸梅汤，看着有几分傻气。

傅也虽嫌弃，但也端着杯子，跟她快速碰了一下。

那晚，蒋霜坚持要买单，皱着眉瞪他，严防死守他掏钱。直到付完钱，她眉毛才放下来，又变回之前的样子。

傅也轻嗤。

中途蒋霜和傅也也回去过。

拉家具的地方离家不算远，开个二十公里就到了，傅也回去看奶奶，蒋霜也抽空回了趟家，过个夜，第二天再走。

傅也扛了新风扇回去，放在傅奶奶的房间里，插上电试了下，扇叶转得飞快。傅奶奶坐在床上，银白的短发被吹起，她抹了下额边，腼腆地笑了笑，手上捏着旧蒲扇，说天气也不热，用不着花这个钱。

"买都买了，不要舍不得用。"傅也道。

傅奶奶看着风扇，嘀咕："浪费电。"

"电费我交。"

"别乱花钱，你要用钱的地方多着呢。"

房间里放着还没开封的礼盒，傅奶奶让傅也带过去吃，她老了，这些东西在她这里就是浪费。傅也瞟了一眼，问是谁送的。

傅奶奶神情不大自然，坐了会儿，才道："你爸他……回来了。"

"他回来做什么？"傅也摆弄着那台坏了的老电视。他蹲下身，拿螺丝刀拧下螺丝，耷着眼皮，看起来没什么反常。

"不知道，还去给你爷爷扫墓了，也说起了你。知道你现在出息了，他还挺高兴的。他现在跑出租，每天挺忙的，都没什么时间吃饭，胃也给熬坏了……"傅奶奶欲言又止，"有时间，你们父子也见一面。"

"没时间。"傅也看了眼电视内部，线路老化，有地方松动了，他将其拧紧。

修得差不多了，他打开电视机的电源，电视画面还闪烁，不太清楚，他干脆一巴掌拍上去，"砰"的一声，倒真好了。

傅奶奶叹气,也不再多说。

傅也在家里修修拣拣,不能修的全丢了,到了下午,再买来肉和青菜,做了几个菜。晚上奶奶看电视,他将一笔钱塞进奶奶手里。

"别省吃俭用,现在有钱了,想吃什么给自己买点。"

傅奶奶推着不要:"我三顿饭都吃得饱饱的,还买什么?我这么大年纪用不着什么钱,你留着,别大手大脚,要存钱。"

"拿着,别再干活了,地给别人去种着。再等一段时间,我接您去城里。"

"不去,我就在这儿,你不用管我,我身体好得很。"

钱是硬塞过去的。

傅也说:"我会养您的,您等我来接,别乱跑。"

傅奶奶抹了把脸:"自己都还是个小孩,什么养不养的,我还能动,不需要谁养。"

第二天回去的路上,蒋霜明显感觉到傅也心情不好,比以往都要沉默。她问了两句,他说没事。他不大愿意说,她也就没问了。

但几天后,父子俩还是见着面了。

傅也跟蒋霜刚送完货回来,车停好,两个人下车。有人从阴凉处走过来,中年男人瘦高,前额的头发里夹杂着数根白发,走到太阳底下,眯着眼,盯着傅也。两人眉眼相似,只是中年男人面颊瘦削,抿着唇,有些严肃刻板。

傅也看见人,眉头皱了下,关车门的动作显得格外粗暴。

蒋霜反应过来,眼前的人,可能是傅也的父亲。

在中年男人的身后，是牵着一个五六岁孩子的女人，隔得远，看不清长相。

"你也会开车了。"中年男人走过来，视线扫过那辆破面包车，率先开口，语气稀松平常。

蒋霜看了眼傅也，道："我先上楼了。"

"嗯。"傅也应了声。

蒋霜走开，回头时，父子俩已经站近，她只能看见傅也的背影，在说什么、是什么神情，她都不知道。

他这次回去后心情不好，应该跟他爸爸有关。

事实上，两人也没什么好说的，父子俩十年没见，也没有任何联系。傅也是被抛弃的那一个，而抛弃的那一位也不是来道歉寻求谅解的。傅父跟傅也说，开车要小心，别碰酒，别开快车，脾气好一点，遇事不要冲动。好像那十年的空隙并不存在，他现在在扮演一个父亲的角色，装模作样，教一些他认为对的道理。

傅父问刚才看见的女孩是不是傅也的女朋友，又说谈朋友不是坏事，但住一起不太好，做男人要负责。

负责。

这两个字毫无负担地从他嘴里蹦出来，真讽刺。

傅父又叫来自己的妻子跟孩子。小孩长相随妈妈，圆脸大眼睛，有些怯怯地缩在妈妈身边，听大人的话，乖巧地叫了声"哥哥"，睫毛扑闪，好奇地盯着傅也。

哥哥。

傅也反复咀嚼这两个字,心里竟是意外的平静。

小的时候,他希望父亲回来。

时间越久,他越明白父亲不会回来了,也不需要父亲回来了。他听奶奶说,父亲结了婚,有了新的小孩,这次应该彻底安定下来了。

傅也没有应声,小孩失落地望向自己的妈妈,小声问:"为什么哥哥不理我?"

"去玩吧。"傅父抬了下下巴。

女人又牵着小孩走到阴凉处。

"我们准备回去了,回去之前,想着还是要见你一面。你妈有没有见过你?她现在怎么样?她倒挺狠心的。你现在长这样大了,你奶奶身体不是很好,你别只顾着自己,有条件把奶奶接到身边来照顾,她养你长大,你对她好点……"

傅父的眉头始终没松下来过,可能是光太刺眼,他不自觉地眯眼,或者是其他。

话太多,听得烦。

傅也直接摘下助听器,抬着下颌,目光平直地望着傅父,态度坦荡荡地摆在明面上,半点都不想粉饰,甚至不想与他争辩,多说一个字都是多余。

傅父剩下的话都卡在喉咙里。

眼前站得板正笔直、肩臂宽阔的男生,再也不是他记忆里半大的孩子,被抛弃了,也只睁着懵懂的眼睛望着自己。男生已经长出了成人的体格,甚至高过了自己。而他常年蜷缩在狭窄的车内,背脊弯曲,因为吃饭不规律还导致四肢消瘦。他们相对而站,对面是全然的陌生,甚至可笑地让他感觉到惧意。

他分明才是那个当老子的,竟被自己儿子唬住。

傅父本想谈得好给点钱,但眼下看傅也这个态度,关系是无法缓解了,准备的钱也一直揣在兜里,没有拿出来的意思。

他甚至纳闷,好好的孩子怎么变成了这样子?

傅也看出父亲感觉被冒犯、强压怒火的神情,但对方现在再生气,也对他动不了手了。

傅也偏头嘲弄地笑了下,转身之前,最后看了父亲一眼,也就一眼。他转身,上楼,低头将助听器重新戴上。

走到拐角时,他的视线不可避免地扫过楼下。

傅父走到那对母子前,小孩朝他伸出手臂,怎么也不肯自己走。傅父低下身,双手将小孩抱起来,女人抱着他的胳膊贴过去。一家三口其乐融融,逐渐走远。

傅也移开视线,在原地停了下,也就一秒,他不以为意地呼出一口气,抬步继续往楼上走去。

楼上,蒋霜已经在做饭,烧了两个简单的菜,没多久就端上了桌,洗洗手就能吃饭。吃过饭,傅也自觉地收拾好碗筷去洗,几个碗碟几分钟就洗完了。两人抓紧时间午睡一下,下午还有事要做。他们各自回了房间,两张床都靠着墙,他们之间,也隔着道墙。

蒋霜不是多话的人,对突然出现的人没有问过半个字。

午睡到下午两点，等日头稍微没那么烈了，两个人又出门。面包车里热得没办法坐人，傅也先打开车门散热，又打开风扇，过了一会儿，才道："上车，走了。"

两人这天忙到很晚，晚饭在外面随便解决了，回来时身上都是臭汗，衣服也脏得不成样子，睡前从头到脚好好洗了一遍。傅也洗了个冷水澡，身上的温度降了下去，才感觉好一点。他擦干身体，套上干净的衣服，出来时，蒋霜已经进了房间，门没关，里面的灯也亮着。

身体累到一定程度，什么都来不及多想。

他躺下，没多久，里面的灯也熄了，蒋霜从房间走出来。昏暗的光线里，她穿着宽松的T恤跟短裤，短裤下的两条腿细长笔直。她像是要去喝水，走几步又停了下来。他没出声，不知道她要干什么，直到许久后，她走来床边，下定某种决心般，在他的身侧躺下来，双手握着拳，像是雕塑般僵硬。

傅也是睁着眼的，看她在自己身边躺下，紧抿的唇泄露了她的紧张跟无所适从。

"阿也。"蒋霜开口。她平躺着，盯着空荡的天花板。

傅也喉咙堵住，一时间没开口。

"我知道你没睡。"蒋霜的声音在黑暗里显得格外清冷，"我也睡不着，可以聊会儿吗？"

"聊什么？"傅也开口，嗓音低沉。

"我也不知道，说什么都好。"蒋霜看着天花板，"我其实不太记得我爸妈的样子，时间越久，记得的就越少。最深刻的是，他们出事后，奶奶来接我放学，路上我想吃什么都给我买了，我很开心，一再让奶奶以后都来接我。一直到家，奶奶跟我讲，爸爸妈妈走了，以后跟着奶奶生活。

"我们的文化里，好像对'死'这个字格外忌讳，一直用各种词代替，我不明白什么叫'走了'。走哪儿去了？我天真地问，奶奶流了好多眼泪，顺着皱纹，满脸都浸透了。她泣不成声，好久才说出那个字。我才明白，'走了'不是去哪儿了，是死亡。我知道什么是死，我早已经见过。"

后来的生活，或好或差，蒋霜都会想，如果没有那场意外，爸妈还在，那会是什么样子。可能也会有苦恼，但不会是还要帮忙做点什么，才能摆脱寄人篱下的歉意；也不会是反复斟酌字句，才能在伸手要钱时显得没那么无耻……她可能能活得更坦荡些，像同龄人一样，只关心分数与错题，以及青春里滋生的暧昧情愫。

但现在，她已经十八岁了。

蒋霜不知道怎么安慰人才好，她在这方面笨拙得很，她只能将心比心，把自己也放在他的位置。她侧过身，道："阿也，我们都长大了。"

虽然过程有些难熬。

但，真好，他们已经长得这样大了。

再难熬的时间也熬过去了，他们已经长大，能主宰自己的人生，往后会越来越好的，他们还有好长的路要走。

傅也侧过身，身上的气息如山般笼下，她反应不及，但他伸出手臂，也只是轻轻拥住她。她的皮肤冰凉，触感是他未曾感受过的柔软，鼻息间尽是她的味道。这样近的距离，比平时靠近闻到的更强烈，他将额头贴靠着她的肩臂，闭上眼。

"靠一会儿，一会儿就好。"他道。

内心的情绪在翻滚，但并没有太夸张。他短暂地回溯完这些年，父母大吵一架，最后被抛下的是他，谁也没想过要他；他被奶奶养大，在学校里格格不入，要比别人更狠才不会被欺负；他得到的很少，从未有过的难以计数；他打过人也挨过打，跟路边撕咬夺食的野狗没什么区别，他知道路人看待他的眼神，但他只想苟活完这辈子。

他没有设想过有那么一个晚上，那盏白炽灯亮得刺眼，灯光下，少女眉眼干净漂亮，眼神湿漉漉地望着他。

以及，掌心里落下的那枚毫无用处的创可贴。

…………

他想，他的人生可能有另一种活法。

2

这是一个很平淡的晚上。

跟任何情感都没有关系，没有暧昧，没有任何杂念，只是单纯的依偎取暖。他们都不是多温暖的人，只有不多的余温相互慰藉，但这就已经足够。

第二天醒来，日子照常过。

两人的关系好像又近了一些，但似乎不算是严格意义上的情侣，没有告白，一切自然而然。两个人事先没有任何经验，不知道正常恋爱应该怎么谈，全凭本能。

比如夏日某天暴雨，没办法出门，两人待在家里，盘着腿看窗外瓢泼大雨，用勺子分吃半个冰镇西瓜。又或是午后奔跑追赶，两人都像是有挥洒不完的精力，跑到双腿发软，再往椅子上一瘫，透过树叶缝隙看晴朗天空。还有某天送货到半夜，四下无人，她困得步子不稳，他心血来潮蹲下身，背着她往回走，她拘谨得不知道把手放哪里，最后被托着臀往上抛，才老实搂住他的脖颈。以及寂静时分，一次突如其来的接吻，两人红透的脸上，还有未来得及擦拭的汗珠……

傅也有时候也会做饭。

厨房就巴掌大块地方，他长手长脚地往那儿一站，占据了大半空间，没有了蒋霜的位置，她就只需要等吃。灶火燃起来后，炎热夏日里更难熬，傅也就脱了背心，赤着上身，一手握着锅的手柄，一手拿着锅铲，像模像样地翻炒颠锅，手脚利索地做出两三个炒菜。没胃口的时候，他就煮上一锅粥放凉，就着咸菜吃。

味道意外不错。蒋霜点头夸赞。

傅也不以为意地抬眉，他人刚长到灶台高时就开始做饭了，炒煳了也得吃，到现在，只是熟能生巧。

于是后来，不忙的时候，掌勺的就成了傅也。

他做饭时，锅铲跟铁锅碰撞不停地发出"哐当"声，让人联想到抡圆肩膀举着重锤砸铁的师傅，蒋霜逐渐对这种声音习以为常。

倒卖二手家具赚了一笔小钱，傅也新办了一张电话卡，又花两千块买了一部智能机，包装还没拆就丢给了副驾驶座上的蒋霜，嘴上说着是工作用的。他们有了个二手群，有手机登QQ，方便看消息。

蒋霜不可能不明白这只是托词。两千块在她看来太贵重，她怎么也不肯拿。傅也自顾自地打着方向盘，目光平视前方，半晌，突然叫她的名字，连名带姓，这在平时很少发生。

蒋霜怔愣了下。

傅也从车载镜瞟了她一眼："你的工作态度有问题。"

蒋霜不知道这怎么会牵扯到工作态度。

傅也灌了口水，道："行，你要不想回消息，我自己来。"

"我不是不想回消息。"蒋霜皱眉。

"手机不拿怎么回？"

蒋霜被噎住，想了想，道："……那我暂时拿着。"

手机是银色的，路过路边的贴膜摊时，蒋霜让老板给手机贴了膜，又选了一个手机壳，全方位保护，以免磕着碰着。傅也在等路边的炒面，瞟了眼她小心翼翼的样子，无声地勾起唇。老板将炒面打包好递过来，他接过，朝蒋霜道："走了。"

"好。"蒋霜起身，跟在他身后。

捣鼓了几天手机，蒋霜将基本功能弄清楚后，最感兴趣的是相机功能。她手机里的第一张照片是对着山租屋窗户拍下的风景照，窗台上是那盆被救回来的盆栽,如今枝叶繁茂,生命力旺盛。渐渐地,拍风景变成了拍人,更多的是偷拍,有傅也撑在台面上筋骨分明的手,有他拿着锅铲炒菜时的背影,也有他的侧脸。

但偷拍总会有被发现的风险。

注意到傅也看过来时,蒋霜倏地放下手机,面红心跳,问他晚上吃什么。

"出去吃点好的。"傅也走过来,身形完全罩住她。

蒋霜道:"还有菜,白天的剩菜热一热也能吃。"

"倒掉了。"傅也的语气不容置喙,瞥了她一眼,"再这么瘦下去,别人还以为我虐待你。"

两人吃的是大排档,按扦收费。蒋霜选最便宜的素菜吃,没吃两口,傅也粗暴地塞来一把荤的,皱眉,眉骨更突出,说:"吃你的,又不是吃不起。"

傅也总说她抠抠搜搜,像貔貅,只进不出。

蒋霜笑了笑,也没反驳。她知道这每一分钱赚来的不易,她舍不得就这么花掉。

吃得差不多了,傅也手撑在腿上,扭头看她,突然问:"你刚拍了些什么?"

蒋霜喝着饮料,闻声噎在喉咙里,像吞下一颗石头般艰难。

"……没,没什么。"

"我看看。"

蒋霜的脸硬生生憋红了。

她摇摇头，没给，大有他再问下去，就携手机跑路的架势，如同忠诚的守卫，守护不为人知的秘密。

傅也没坚持，嗤笑一声，说："出息。"

"吃饱了吗？"

"吃饱了。"蒋霜点头。

傅也抬手，招来老板结账。

回去的路上，蒋霜捧着没喝完的汽水，时不时偷偷瞥傅也一眼。他眯着眼有些惫懒劲，完全没有那天晚上如野狗的生冷阴郁。

远远地，他们住的那栋房子悄然矗立在夜色下。

他们现在也是有家可回的人。

…………

直到一个午后，落日余晖照在屋顶，依然潮湿炎热，蒋霜道："我们拍张合照吧？"

傅也高耸的眉拧起来，问："什么东西？"

"合照，用这手机、就……当个纪念？"蒋霜眨了下眼睛。

"不要。"傅也拒绝得果断。

"很快的。"蒋霜挺起背，做出可信的样子，一方面又觉得好笑，不喜欢拍照的人，却不知情地做了她好几天的模特。

"就一张。"

她话没说完，一只手盖住她整张脸，她被推得往后仰了仰，傅也已经从她身边走过，用最简单粗暴的动作表明了自己的态度。

为此，蒋霜磨了好几天，但无一例外都是被拒绝。

最后没办法，她只好用偷拍的方式，但不管怎么小心，还是被发现，镜头里的傅也抬眼瞥了过来。

她赶紧趁着他没过来之前按下拍摄键。

照片拍得比她意料中的要好得多——

她在前，傅也在后，单手撑着桌子，照片定格的是她一张笑意腼腆的柔和脸庞，以及他刺猬一般的短发下，眉毛微扬，不耐烦又克制住的不羁面孔，像没睡醒似的，但还是能看到他的头往她的方向偏斜。

傅也站起来，她还以为他是来抢她手机删掉照片的，起身想跑，却被他一把捞住。手机轻易地被他拿走，他单手拿到眼前看了眼，手指点了几下，重新将手机塞给她。

蒋霜去看照片。

没有被删掉，只是用QQ发给了他自己。

蒋霜笑了下，去看傅也，还想调侃一下，结果他已经大步流星地走出门。

不过两人相处也并不总是这样和谐，也会谈到现实，谈到未来。

搬家具时，蒋霜从来都不肯只是在车里待着，跑下来，背影看是清瘦男生，实际上力气也不小，被人调侃也是闷声做自己的事。但傅也不怎么乐意，时常自己接过手，让她去看群消息。蒋霜不肯，说没什么消息，再说搬完看也一样。

"废什么话。"傅也不耐烦地摆手。

跟着搬运的工人咧嘴笑："你那是拿笔写字的手，跟我们这些粗人不一样。听说被西大录取了？真够可以的，那可是好学校。"

傅也手上用力，脸上的神情却是舒展的。

蒋霜听着不太舒服，反驳："没什么不一样，我力气也很大。"

可换来的是一阵笑声。

傅也直接单肩扛着一块实木木板，装上车，神情并无异样。蒋霜像是被日光炙烤得瘫软，心里梗着什么，没什么力气。

这种情绪一直持续到晚上。车开回去，蒋霜路上都没怎么说话，傅也看出她的情绪，到楼下后也没直接下车，问她在想什么。

蒋霜眼神有些茫然，摇头，她也不知道。

"想上大学了吗？"

"没有。"

"为什么？"傅也问。

"我很喜欢现在，喜欢……"她停顿，"这段时间，我过得很快乐，真的。"

"快乐？"傅也视线错开，笑了。

如果灰头土脸，早起晚归，累到沾枕头就能睡着也能算快乐的话。

"是真的。"

傅也点头，语气很淡："以后你会更快乐。"

他说起大学里的各种兴趣社团、唇枪舌剑的辩论赛、学术竞赛……那都是他从别人的只言片语中了解到的，却说得就像自己亲眼见过一样。

在他的描述中,大学就是一个象牙塔,那里有着更广袤的天地,她属于那里。

而不是这充斥着铁锈与汗臭的空间。

暑假结束,他继续留在这里,她则去她该去的世界,去见更多世面,也认识更多的人。他们俩从认识起,就不是走同一条路的人,也许这会儿同路,但也只是一时的,到时间,自然会走回各自的路上。

蒋霜眼神迷惘,她想象不到那些。

她偏头看向车窗外,看光照不到的暗处,良久才静静道:"我没这么想过。"

"现在想也不晚。"傅也的语气平静到残忍。

这多正常呢,即便他不去想,事实也是这样,身边的人谁不这么想?

蒋霜看着他:"那我们现在算什么呢?相互陪伴?我不明白。"

"你会遇见更好的。"

"你也会吗?"

"当然,这世界挺大的。"

蒋霜突然就没力气说下去了,她沉默地看着窗外的天。

傅也偏过头。残忍吗?他不这么认为,对现实抱有不切实际的幻想才是残忍。

正如以前,父母闹离婚,房子里什么东西都争着要,破口大骂,甚至还动了手,但谁也不肯要他,他总是被撇下的那个。其实没关系，他不在意，有选择谁会选他？蒋霜只是因为被困在这儿，等她走出去，遇见的个个比他好、比他见识多、比他健全正常。

傅也下车，身体隐匿在黑暗中，神情难辨。他道："我希望你有更好的人生，你明白吗？这更好的人生里有没有我不重要。我也会有我的人生。"

他想做的是供她登上去的台阶，而不是绊脚石。

她要上大学，不可能永远只待在这里，跟他住出租屋，挤在破面包车里，早出晚归，在最青春的年纪里蓬头垢面。

她也会有自己的战场。

他们始终会分开。

开学日越来越近，总有些情绪如透明丝线游走。关于那天晚上的对话再没提起过，两人都默契地忽视。两个多月，蒋霜的头发长长了些，已经到耳边，不再晃眼看过去像男孩，小脸圆眼，看着比实际年龄还要小。

傅也看她来回几件衣服交替着穿，布料都已经洗得发白，总不能就这样穿去大学报到。他带她到商场挑衣服，这里的衣服比想象中的多，价格也比想象中贵。蒋霜在试衣间里总先看吊牌，数字让人咋舌，她待了会儿再出来，推说不怎么喜欢。

"还有其他款式的，可以上身试一试。"导购热情推销。

蒋霜已经不想再看了，但傅也没有要走的意思，他替她挑了几件，让她去试一试。蒋霜不用看吊牌就能想到价格了，摇头说颜色太艳丽了。傅也不理她,准备直接买,被她拉住:"我先试试!"

蒋霜又进了试衣间换上衣服,再忐忑地走出来,迎面对上正坐在休息区沙发上的傅也。她还没照镜子,神情有些局促地问:"怎么样?"

傅也点头,让她自己看看。

那是一条蓝色的吊带裙,上面有很浅的白色印花,腰部收得紧紧的,衬得她身形高挑纤细,再套上白色小开衫,娴静内敛。

她立在镜子前,既因不习惯而局促,又因镜子里崭新的自己而雀跃。

导购在旁边夸赞道:"很好看啊。这个年纪的女孩漂亮又水灵,身上就应该有更多色彩。"

蒋霜从镜子里看向身后的傅也。

他视线投过来,勾着唇。

两人在这家店买了几件衣服,导购打包好装在纸袋里。从商场出去后,蒋霜吹着热风,也觉得今天天气很好。

没几天,傅也又买了一部手机,同样的款式,只是外壳是黑色的,蒋霜手上的手机就变成"多余"的赠送。

她知道他的意图,想把工资给他,抵扣掉手机费用,但傅也还是那句话,用不着,他有钱。

她也犯倔,又将手机推回去:"我不能要。"

"给你,你就拿着。"

"我有钱,当我买的行吗?"蒋霜望着他,眼里水波流转,"从我工资里扣。"

她当时跑来找他，让他带着自己赚钱已经是厚着脸皮，她不能这样心安理得地享受他的好。

傅也将手机塞回她手里，她不要，他就掰开她的手指，放回她掌心后，又压住她的手指，握紧。

他手掌粗糙，上面全是干过重活的印记。

"拿着。你工资能有多少，上大学什么地方都要花钱，你逞什么能？"

蒋霜呼着气，拿他没办法。

这手机硌的不只是她的手，还有其他地方。她扭头，眼圈发红。

开学前两天，蒋霜要先回村里收拾行李，然后搭上去省会的火车去学校。傅也去附近餐馆打包了几个菜回来，吃过饭，他算了算这段时间赚下的钱，按照之前说好的分成，给了蒋霜六千。加上申请的助学贷款，这下她学费已经有了，上学后再做点兼职，放寒暑假也找份工作，日子总不算太难。

钱被装在信封里，傅也说待会儿陪她存进学校寄来的银行卡里。

"好。"

蒋霜平静地收拾掉桌上的打包盒。

夜里洗过澡，两人自然而然地平躺在同一张床上。关了灯，室内的光源仅限于窗外的月光，月光沉静如水，照得室内同样寂然。

傅也抬起手臂，影子映照在墙面上，手指或弯或直，变幻成老鹰、小狗、兔子……久远得让人已记不起这种小把戏是谁曾做过来哄他们开心的。

蒋霜看得很认真,眼底湿润。

她转过身,面向他,瞳孔熠亮。傅也动作停滞,偏头。视线交互时,两个人本能地靠近,鼻尖相抵,呼吸被拉得绵长,直到唇瓣相贴,体温交换,震颤不安的灵魂得到安抚。他扣着她的头,碾过她的唇瓣,深入,直到尝到甘甜的味道。

蒋霜的眼泪沾湿了他的脸。他放开她,看见她的眼睫不停地在颤,像一只脆弱易碎的蝶翼。他低头,吻她的眼睛,也吻她浸湿的脸颊……胸腔饱胀酸涩,像是要被撑裂开,又觉空洞得很,急需什么来填补。

亲吻渐渐有些不可控,内心滋生出更多空虚感,急需肌肤相贴。

生着粗砺茧子的手钳着她的下巴,力道有些重,似宣泄着某种情绪,他看着她,像是在看这世间完美无缺的艺术品。

蒋霜被他漆黑灼亮的眼眸端详着,连带着灵魂,她眼里闪过细碎的情绪,渴求、悸动、害怕……她是愿意的,她想告诉他自己是怎么想的,又是怎么决定的。

就像献祭一般,她滋生出一腔孤勇,跪坐起来,手指捏着衣角,双手举高,脱掉了皱得不成样子的T恤。

傅也眸色愈暗。

蒋霜双臂垂下,年轻的身体被月光照着,腰肢没有任何赘余的弧度,手臂细长,双肩薄削,脖颈纤细,凌乱的短发下是一双透亮的眼,泄露着她的心事。

是让人难以移开视线的漂亮。

傅也并不否认,他的目光从始至终没有偏移。

二十出头的年纪,血气方刚,他内心没有半点想法是不可能的。夜里,他梦中总是不得安宁,她如镜中花水中月,美好得虚幻,带着水雾的眼睛像布满水汽的玻璃,凝望着他,里面倒映着他的影子……梦里醒来,他心情复杂到不想说话。

但也止于此。

蒋霜启唇,声音很低,低到她疑心傅也听不听得到。她说:"可以的。"她是愿意的。

傅也没有任何动作,打量的目光更像在欣赏艺术家手下的雕塑,每一处都堪称完美,即便他这样毫无艺术造诣的俗人也能被打动。

静默了好一会儿,蒋霜手臂绕过后背,准备解开内衣扣子,却被一只手握住,扯着她,放在身前。

"够了。"傅也开口。

蒋霜摇头:"还不够。"

为什么不继续下去?

她想告诉他,无论是念大学还是不念大学的蒋霜,都会选择他,没有任何区别。

傅也只是笑了下,拿过她脱下的T恤从头给她套上,动作直接又生硬。她的头发被弄乱,他索性坏意地又揉了好几下,直到她的头发乱得不成样子。

蒋霜感觉眼泪快溢出来了，她顶着乱糟糟的头发，看着他。

她迫不及待想要给这种"不确定"一个确定的结果，他怎么会不知道？所以他不要，他不会给她的未来套上枷锁。

"为什么？"蒋霜声音颤动。

"不为什么。"

"不喜欢吗？"

怎么会不喜欢？傅也没有直接回答："不早了，该睡了。"

蒋霜盘腿坐着，眼泪如透明丝线滑落在脸颊上，她悄然抹掉，僵坐着。

沉默如黑暗，浓稠得化不开。

冲动的情绪褪去，也许这已经是她此生最勇敢的一次。而现在，勇气耗尽，她感受到疲惫，不只是身体。

两个人重新躺下去，隔着一定的距离，周遭安静得可以，蒋霜睁着眼看天花板，想了很多他们之间的可能性。

许久，她问："你会来看我吗？"

等了好一会儿也没有等到回答。

她其实想问的是，他们还有可能吗？

蒋霜悄然偏过头，还是一样的侧脸，只是傅也早已经摘掉了助听器。她眨眼，泪眼婆娑，转回头时，眼泪悄然掉下，淌过耳边，没入发间。

有时候，没有回答也算是一种回答。

…………

这一晚，两人睡得并不好。

傅也手里紧攥着助听器，掌心被硌得生疼。

第二天一早，蒋霜准备搭车回村里。她在傅也这儿留的东西不多，没多久就收拾完了。多的书她没带走，还有那盆绿植她也没带走，托付给了傅也，让他每两天浇一次水就好，小东西生命力旺盛，很好养活。

傅也送她到车站，递给她一本没开封的书。他不知道送什么，她喜欢看书，那他就送一本书，当作分别礼物也好，升学礼物也好。

"谢谢。"蒋霜诚心诚意道。

傅也移开视线，看了眼她身后，不断有人上下车。他收回视线，定格在她脸上："到时候坐火车要把东西看好，钱跟银行卡贴身放着。火车上鱼龙混杂，凡事要多长个心眼，不要心善，到处都是骗子……"他事无巨细地叮嘱，平时话那么少，这会儿却像是话痨，怎么都不放心。

可怎么能放心呢？

她第一次独自出远门，外面很好，但也没那么好。

发车时间快到了。

傅也抬了抬下颌，拿过她的行李，送她上车，给她找了个靠窗的位置。做这些时，他都没什么话，等她坐好，他因为太高，勾着背，最后看了她一眼。

"走了。"

蒋霜点头："再见。"

车窗外,能看见他高大的背影,他大步流星地穿梭在人群里,直到转过拐角,彻底消失。

蒋霜转过头,内心情绪翻滚,表面却平静,她静静地抹掉眼角的泪。

这情景她已经想过千万遍,还以为自己会失控大哭,真到这时候反而哭不出来,胸口被堵着,发闷发疼,像被关在黑屋子里,找不到出口。

还会有以后的。

傅也跟蒋霜,不会就这么结束。

回到家,舅舅舅妈都很高兴地替家里两个大学生收拾东西,陈阳完全被晒成了黑炭,但也更健壮了些。经过工地这么一遭打磨,他的性子沉稳了很多。两人的火车票在同一天,蒋霜跟舅舅舅妈一起先送别了陈阳,轮到她,舅舅一直送她到检票口。

检过票,她推着行李箱进去,回头,舅舅冲着她一直挥手,黝黑的一张脸上,眼眶浮着红意,神情仍是笑的。

蒋霜挥手,转头,往前踏步。这一次,她走得很坚定。

火车还没有开动,陆续有人接热水泡面,味道在车厢里弥漫开来,很是诱人。蒋霜从包里拿出傅也送的那本书,可能是他进书店随便挑的,她甚至能想象到那场景——他走进书店,气质与书店格格不入,在老板狐疑的目光下,在摆放整齐的书架上随手拿出一本书,结账走人。

想到这儿,蒋霜笑了下。拆开书时,她才注意到包裹着书的塑料外膜底部破开了,她顺着破开的口子撕开外膜,书里好像夹着东西,翻开来,里面躺着一张银行卡。

蒋霜盯着看了很久,直到视线模糊。

只有一张卡,除此,他什么都没留下,哪怕只言片语也好,但什么都没有。跟傅也相处两个多月,他的银行卡密码始终是那一个,她是知道的,可能在那时候,他已经想到这一天。

七八个小时的车程,足够蒋霜看完那本书,是一本修仙小说,"天资平平"的主人公披荆斩棘,最后修炼到顶级的故事。

现实有时候真像是一出滑稽舞台剧,看到最后,蒋霜合上书页忍不住笑,笑意越来越深,也越来越苦、越涩,她窝在座椅里,心仿佛被扯了下。

她抬头,火车穿过幽暗的隧道与起伏的群山,进入平原地区,平坦广阔,两侧树影晃动。

落日余晖,照着她来时的路,也照在全新的前路。

3

大学生活就这么开始了。

蒋霜到学校报到,跟着学姐去分配的宿舍,认识了新室友。在宿舍里睡的第一个晚上,室友在小声啜泣,想家想父母。她睁着眼,天花板离得很近,想了很多,又什么都没来得及想……时间过得太快,没等做好准备,就生拉硬拽住人往前走。

蒋霜跟傅也还留着联系方式,他的手机号她存在手机里一直没打过,他也没有打过来,两个人的联系,仅靠对话框里的文字。

她会拍一些照片发给他。照片里有很多新鲜的事物,军训时的迷彩一角、等校车时的林荫大道、在食堂打的盒饭、日落和日出……但这些照片里都没有她,她是拍照的人,躲在镜头后面,只将自己看到的分享给他。

傅也每条都会回,只言片语,很少聊自己。

傅也给的那张银行卡蒋霜还留着,她没有查看余额,没有取钱,一直躺在她钱包的夹层里。就像是无法向人说起的秘密,只有她知道,留在隐秘角落,看不见,但知道一直在。

两个人都很忙,只能在间隙里喘口气。

他们之间就跟之前的高中同学一样,毕业后,各自飞奔。

蒋霜跟以前的同学联系也很少了,大家都有了新的生活、新的朋友,她也不是一个擅长主动联系朋友的性格,所以话越来越少,关系越来越淡,也是正常的。

但还是会不一样吧——彼此相伴着度过了一段艰难时光,那样的情谊,是越长大越怀念的。

傅也的生意做得越来越大,跟人合作,见工厂老板,他逐步走向他构筑的未来蓝图。

蒋霜整日在学习跟赚钱之间打转。她听从学姐的建议给人做家教,陆陆续续也教过几个学生,但远远不够,而且这份兼职不是很好找,她也被骗过。她还会找其他零散的小时工,大学生泛滥,时薪都不怎么高,但她平时生活很节俭,也能对付过去。

舅舅给她打钱,她不要,原封不动地还了回去,说自己赚的就够用。

"别逼自己太紧,你是学生,以学习为主。"舅舅不放心。

蒋霜就跟他说自己在做家教,教的学生成绩有提高,家长很满意,给她涨了薪。

她还存下了一小笔钱,想给陈阳寄过去。

陈阳没要。他最近跟几个学长一起帮人代取快递,就下课后跑跑,赚的钱还不少。

"你别省吃俭用,也给自己买买衣服,我看我们班女生个个都会打扮,你也学一学,咱又不比别人差多少。"

蒋霜没那个心思,叮嘱他几句就挂了电话。

大学生活的主旋律仍然是学习。为了拿奖学金,她不得不进社团参加活动和比赛,在这个过程中,她也认识了更多优秀的人。

有时候她也会被自卑感击中。

她的衣服穿来穿去都是那几件,吃饭也总是清汤寡水,因为手头不宽裕,她会因为自己回请不了,从一开始就拒绝别人的邀约聚餐。用室友的话来说,她就像是一台高速运转的机器,脑子里早已经输入好指令,清闲的时候很少,忙到脚不沾地是常事。

室友劝她:"你是人,又不是铁打的,也得允许自己休息吧。"

蒋霜笑了笑。只有她知道,她能站在这里跟她们平等对话有多不容易。这中间,是舅舅舅妈的付出、陈阳的退让,以及傅也的支持,没有他们,她不会在这里。她只有把所有精力留在该做的事情上,才觉得好受些。

只是夜深人静时,她会想到傅也,想到他们相依为命的那段时光。

他真的没有来看过自己,一次也没有。

傅也没想过去见蒋霜。

为什么要去?又没有任何理由。

租住的房子到期后他没再续约,二手家具的生意如日中天,他离开了车队,换了个新的小区,空间更大,做什么都方便,也更适合居住。他将奶奶接了过来,医院就在附近,疗养身体、看病都方便。起初奶奶不适应,整日坐在家里看电视发呆,后来在小区里认识了几个朋友后,开始时不时约着一起晒太阳。

生活似乎步入正轨。

那个夏日里发生的一切,都久远得像是上辈子的事,被搁置在柜子上,早已蒙了尘。

蒋霜偶尔会发来消息,大多是一些照片,他反复地看,但照片里都没有她。他也会回消息,但两人就像是自然退回了朋友关系,以往那段暧昧绝口不提。

这没什么不好。

他们都有了新的生活,要往前看,往前走。

…………

傅奶奶认识了新朋友后,有人要介绍自己的孙女给傅也认识。

傅也在厨房里炒菜，一手颠着锅，眯眼说："怎么想着给我介绍，也不怕祸害别人。"

"胡说八道，给你介绍怎么是祸害？你比别人差哪儿了？"傅奶奶最满意的是傅也戴上助听器，能听见话了。虽然不比正常人，但也没差多少。

傅也将炒菜装盘，端着出来，说："别给我介绍，我不要。"

傅奶奶将碗筷摆好："总要成家立业的。"

不过她也没再说下去，反正时间还早，不着急。

吃过饭，看电视时，傅奶奶突然问起蒋霜的情况，嘟嘟囔囔说："那丫头听说考了个好学校。她是个好姑娘，像她那个年纪的，谁还愿意听我们这些老东西说话，也就她了。"

傅也没吭声。

手机握紧又放开，他抑制住联系她的冲动。

可心一旦打开缺口，就再难关上。

一个学期结束，蒋霜没有直接回去，而是做兼职做到了过午前，切身感受了一次春运的威力。她没抢到坐票，站了几个小时，车厢里挤满了人，她将自己的钱贴身放着，时不时有人跟她搭讪，问大学生怎么放假这样晚。

到站已经是晚上。出来后，蒋霜搭上回县城的车，然后舅舅来接她，折腾到家时，已是十点多。

舅妈跟提前到家的陈阳都没睡。见她到家了，舅妈煮了一锅面条,蒋霜尝到了久违的熟悉味道。一家四口围在桌边说说话,气氛很好。

陈阳军训过后晒得更黑了,而且那边天气更热,日光更强,他到现在都没养回来。

反观蒋霜,一个学期,头发已经长到了肩头,皮肤仍旧白净,眼眸黑白分明,气质清冷内敛。

舅舅在外认识了些人,有几个信任他也愿意跟着他,几个人现在开始接些小工程,做下来也能分到点钱,比按天算工资然后到年底才能拿个辛苦钱要好得多。

舅妈养了些鸡跟兔子,只是兔子娇贵,扛不住冬天的寒冷就死了,鸡都被养得很肥,舅妈留了两只过年,把剩下的都卖了,也赚了一小笔钱。

"这些留着给你们当生活费。已经上大学了,咱也不能比别人差,该吃该穿,一个也不能比别人少。"

蒋霜也感觉到日子一天天在变好。

整个春节,时常有人路过小卖部,夸舅妈有福气,家里出了两个大学生,以后不知道多享福。舅妈腼腆地笑了笑,说都是孩子争气,他们也不需要孩子有多大的回报,他们能自己养活自己。

"两个孩子都有孝心,你们苦了半辈子,老了该享福咯。"

"享什么福,儿女都是债。"

舅妈嘴上这样说,神情却是柔软的。

蒋霜说要到处走走,路过傅家时,傅家门窗紧闭,不像是有人的样子。

陈阳倒是主动跟蒋霜说起了傅也,说他现在过得还挺好,在市里做生意,听说都买了房,把奶奶接过去照顾,跟以前靠拳头混饭吃的小混混不一样了。

蒋霜状似无意地问起:"他们……不回来过年吗?"

"都在外面买房了,还回老家做什么?他们家亲戚也不多。"陈阳抬了抬下颌,还想继续往前走走看。

呼出的热气化作白雾,蒋霜吸吸鼻子,说:"走吧。"

很奇怪,人在这里的时候,厌烦一切,可出去再回来时,同样的东西又变得亲切。他们在这里生活,在这里长大,也从这里走出去。

傅也果真没回来。

除夕夜,蒋霜掐着点给他发消息:**新年快乐。**

很简单的四个字,她想了半个小时,删删改改,到最后,还是最简单的祝福。她盯着那四个字,想着傅也可能不会知道这字里寄托的情绪。

她想见他。

很想很想。

烟花准时燃起,跟往年没什么区别,唯一的区别在于,今晚的小卖部只有她一个人,再没有人会从暗处走来,跟她看同一场烟花。

那条消息,傅也看见了。

事实上,他看了很久。他反复摸着手机,盯着那四个字出神,直到失焦，字变得模糊不清。

奶奶已经回房间睡下了，眼下就他一个人。电视里的春晚早已经结束，他的注意力也不在那上面。一直熬到半夜，那条消息他始终没回。

就在这里彻底断了也好。

傅也每个月还是会往那张银行卡里打钱，时间久了，就成了习惯。他打钱过去没有任何意思，只是知道她不容易，都到大学了，身边的人个个光鲜亮丽，他希望她也能给自己买点什么，不至于那么局促窘迫。

几天后，蒋霜提前回了学校。她已经申请过假期留校，倒不用担心住在哪里。春节有好多店的兼职找不到人，时薪相对高一些，她早出夜归，生活过得规律。

傅也没再回过消息。她从小就会看人脸色，怎么会不明白他的意思。

她没觉得很难过，她知道迟早有这么一天，过程被拉长了，难受也被细分淡化，最后她很平静地消化掉情绪。

她在系里的分数排前三，如愿拿到国家奖学金。大二的课程更多涉及专业，她开始从繁重的兼职中解脱出来，跟着社团的学长学姐组队参赛，获得了一些奖项，也拿到了更多奖金。渐渐地，她没有那么缺钱了，开始报一些额外的课程学习，也会买一些好看的衣服，化化妆。

不是没人对她告白过，含蓄的、直接的，什么方式都有，但蒋霜始终保持距离，拒绝的话说得委婉也很清楚。

身边的室友一个个都脱单了，看着她一副性冷淡的模样，使出浑身解数想要给她介绍男朋友。

几次失败过后，室友忍不住怀疑，问她："你是不是有喜欢的人了？"

蒋霜迟疑了下，笑了笑，出人意料地坦白了："是。"

"谁啊？"室友齐声问。

蒋霜想了想该怎么称呼傅也，顿了一秒，平静道："前男友。"

不算前男友吧，他们甚至都没正式在一起过，但牵过手、接过吻，出于私心，她想将傅也当作初恋。

她愿意赋予傅也一切她所知道的美好意象。

室友脑海里出现的是她遇见渣男，从此不相信男人的气愤故事，安慰跟劝告的话已经到了嘴边。蒋霜看出她们的想法，还是一样的语气，道："他是个很好的人，真的很好。"

室友纷纷沉默，三双眼睛都盯着她，谁都没想到，宿舍里最清心寡欲的蒋霜竟然还是个情种。

蒋霜平时的心思都在学习上，安静话少，她们对她知之甚少，只知道她家境不好，是从大山里走出来的，但性格很好，谁的忙都会帮。至于她的感情，她们更是一无所知，这会儿乍听到她有一个前男友，她们都好奇地问两人是怎么开始的。

蒋霜摇摇头，说很普通，好像没什么好说的，她都快忘了。众人央求再三也没能如愿，也就算了。

蒋霜真觉得自己快忘了，想到傅也的次数也越来越少。

时间总能冲淡很多东西。

…………

五一假期，蒋霜留在学校。

室友回家的回家，旅游的旅游，宿舍里只剩下她一个人。

苏芮早在放假前就定下要来她学校找她，知道她要兼职，也没有要她撇下工作陪自己，只说要她留出工作之余的时间。

但蒋霜还是尽可能地推掉了一些兼职，挪出时间陪苏芮玩。

她提前做好了攻略，都是在下午，因为苏芮早上起不来，她正好能在上午做完兼职，下午再出去玩，晚上苏芮就住她宿舍。她已经跟室友打过招呼，她睡室友的床，苏芮睡她的床。

苏芮痛快地玩了五天。

夜深人静时，两个人挤在一张床上聊天。

苏芮问："你跟傅也怎么样了？"

她知道他们暑假在一起打工赚钱，朝夕相处生出的情分，不是一般人可以比的。

"没怎么样。"蒋霜平静地回。

"你们没有在一起吗？"苏芮撑坐起来，惊愕地问，"为什么啊？你们不是互相喜欢吗？连我都能看出来，你别说你不知道。"

蒋霜笑意苦涩，拉着苏芮躺下来，说："也许没那么喜欢吧。"

她现在挺好的，学习跟兼职都已经让她头大，她没时间再去想其他的事情，包括傅也。

苏芮能理解，点头："也好哦。你都不知道，我们班上有好几对都分了，这才上大学多久？还有文瑞，他不是说喜欢你吗？结果前不久还在朋友圈发了张跟女朋友的牵手照呢。"

"霜霜，以你的条件，完全可以找到更好的。"

时间不会停滞，固执地站在原地的，是愚人。

蒋霜一向不认为自己有多聪明。

一次竞赛，她跟团队拿下第一名，一起聚餐庆祝，不可避免地喝了酒。气氛很好，她喝了不少，酒意上头，情绪开始失控。

队员在狂欢，她跌跌撞撞地躲进角落里，脚底跟灌铅似的，好像一直在下坠。

她浑浑噩噩地拿出手机，点开熟悉的头像，一年前发的"新年快乐"还在，她看着，心里涌上一股前所未有的委屈，甚至还有点想骂人。可是他不在跟前，她甚至不知道他现在在干什么，身边是不是有了其他人。

但那么多话堵在胸口，她克制压抑着，快要疯了。

半晌，她又翻出他们那张唯一的合照，眼眶一热。她抹掉眼泪，发语音过去。

她骂他浑蛋，骂了她所知道的最难听的话。一条条语音发出去的时候，如宣泄一般快意，她尝到了甜头，什么都敢说了。

最后发泄到自己都累了，她喃喃自语般问："你为什么，为什么不来看我？"

"为什么躲着我?"

"连消息也不敢回是吗?"

她捂住脸,眼泪沾湿指缝。

"骗子。"

"我没有遇到比你好的人。"

"怎么会遇见比你好的人。"

"阿也。"

"我想,我是真的想念你。"

"你呢?"

"会想到我吗?"

"不会对吧,不然你怎么,一次都不来看我呢?"

…………

蒋霜不知道最后自己是怎么回到宿舍的,醒来时手机一直捏在手里,已经没电自动关机了。她下了床,先给手机充电,充电提醒亮起的那一刻,她突然想到自己昨晚的失态——她发了很多条语音过去,情绪完全失控,什么话都说出口了……她懊恼地皱眉,不停地按开机键,紧张到啃手指。傅也会说什么?他是怎么想的?是不是觉得她疯了?

手机终于开机,有很多消息提醒,她打开软件,一排看下来,发消息的人有室友、学长和学姐,唯独没有傅也。

她发疯一般发的语音,跟那天晚上发的"新年快乐"一样,没有收到任何回信。

蒋霜任由自己瘫坐在椅子上。她觉得自己很搞笑,一个人演了一出独角戏,而他也许换了号根本没看到消息,也许看到了,还是没有回。

无论哪一种,都足以说明他的态度。

室友围观了她昨夜的失态,都很担心她,所以留了一个人在宿舍盯着。看她醒来后,室友递来面包,问:"今天没课,要不要出去走走?"

出去散散心,好过一个人强忍着。

"我还有兼职。"

蒋霜今天还有一个餐厅服务员的兼职要做,正好到排班时间,她顾不得其他,迅速洗了把脸,收拾好后出了宿舍。

室友知道她的家庭状况,没多说,拍了拍她的肩膀,让她有什么事就跟她们说。

"好,谢谢。"蒋霜勉力一笑。

餐厅在商场里,到饭点的时候人开始多起来,她像是上了发条一样连轴地转。同事小声抱怨手臂跟腿都痛死了,她主动接过同事手里的东西,送去对应的餐桌。

就这样一直干到下午两点,客人渐少,终于可以休息一会儿。

蒋霜开始清理餐桌。

一个人影擦过,拉开椅子,径直坐下来。

蒋霜出于本能想说这张桌子还没清理完,最好是去其他空位,只是抬眼看到人的那一刻,她所有的话都堵在了喉咙里。

傅也正看着她，也许是长途跋涉，一夜未睡，他身上带着恹恹的疲惫感，靠着椅子，仿佛走了很久，现在终于抵达终点。

她的头发长长了，乌黑发亮，穿着工作服也难掩清瘦身形，脸蛋白白净净，气质清冷，是在路上遇见也会多看两眼的漂亮。她变了很多，但也有没变的，那双眼睛依然透亮如玻璃珠，眼底起了雾，水润光泽。

他们快两年没见了。

说长也并没有很长，还不足以忘记一个人。

以至于他夜里听完她所有的语音，一抹脸才发觉有湿意。房间的窗台上还放着她捡回来的盆栽，他每天都浇水，它还娇气得快死掉了，无法，他只能去问李叔该怎么养。等水浇少了些，它才活过来，现在，比蒋霜走时还要葱郁。

手机里的语音还在反复播放。

蒋霜说他是浑蛋，又问他为什么不去看她。

她是真的很想念他。

而他呢？

身上每一根骨头都透着痛意，有种呼吸不上的窒息感。

他什么都没来得及收拾，踏上火车，找去她的学校，然后又找来这里。他面色平静地坐下来，尽管脖颈上的血管都要裂开。

…………

两人长久地对视。

"吃什么？"蒋霜问，声线战栗。

傅也扯了下唇，道："吃碗面吧。"

4

餐厅是做小碗菜的，没有面。蒋霜去后厨问厨师能不能帮忙煮一碗最简单的面。

厨师人好，答应后，做了一碗阳春面。

蒋霜将面端到傅也的面前。

傅也拿过筷子，什么也没说，低头吃起面条。蒋霜看着，恍惚间，跟以前的身影重叠……就好像，他们从未分开。

兼职结束，蒋霜脱去工作服，傅也送她回学校。

起初两人都没有说话，平和得就像是一个很久不见的朋友过来看望。

夏日校园里，学生进进出出，洋溢着青春朝气。

傅也第一次来，却并不陌生，他早已通过照片看过上百次这里。他知道她等校车的站点，她每天都会站在那儿，穿着洗得发白的帆布鞋；还有她上体育课的操场，下午卜课，角落会有一片可供抵挡烈日的树影；还有她宿舍前那条栽满银杏的小路……他没来过，却又像是来过数百遍。

两人怎么说也要一起坐下来吃顿饭。

蒋霜回宿舍拿东西，洗了把冷水脸。她看着镜子里的人，素面朝天，眼神怔忪，大脑像是被麻痹。从傅也出现那刻，她什么都没来得及想。

她拍了下脸，拿包出门。

傅也等在楼下，看见蒋霜出来，仍然是那身白色T恤跟牛仔长裤。

选的餐厅在学校附近，是一家烤肉店。还没有到正式吃饭的时间，位置很多，蒋霜选了一个靠角落的位置。等两人坐下后，才不断有学生进来，就点单的一会儿工夫，烤肉店已经坐满，人声鼎沸。

蒋霜曾在烤肉店兼职过，她拿过夹子，烤起肉来驾轻就熟。

可还没烤两块肉，夹子就被傅也拿过去，他三两下在烤盘上放满肉，剪出的肉挺大一块，多数放进了蒋霜的盘子。

"瘦成什么样了？"

烤盘上因滋出的油冒起烟来，他皱眉眯着眼，继续烤肉。等烤得差不多了，他才数落般地说她："饭也不知道吃，全身就剩骨头。做那么多兼职，有时间读书吗？

"很缺钱吗？给你的钱都不知道用，衣服也不知道给自己买。"

…………

傅也靠在椅子上，从看见她的第一眼，他就开始没来由地生气。想象中，她不是这个样子，她应该享有同龄人的权利，穿漂亮衣服，课后去跟朋友聚餐，看新上映的电影，谈人生谈理想，而不是被困在一家餐厅里，给人端盘子洗碗。

她为什么要做这些？她怎么能做这些？

傅也一句一句的挑剔砸在蒋霜的心上，眼泪瞬间从她眼眶里掉了出来。

看见他的那一刻没掉,现在却怎么也止不住。就好像手术过后,麻药的劲过去,痛意才复苏,她很难受,胸腔如堵,难以呼吸。

周围有人在看,但她已经不在意,其他人会怎么想,她早已无所谓。

傅也同样也不好受。

但他仍板着脸,他想说很多话,来时在火车上就一直在想。

他说:"蒋霜,你到底在犟什么?"

为什么不用他给的钱?他心甘情愿,她不会不懂。

她到底在犟什么,都已经走到这里了,为什么还要回头,他有什么好的,值得她记这么久?以她现在的条件,能找到的,个个都能比过他。

蒋霜抹掉脸上的眼泪,垂眼:"我没有在犟。"她抬头,抽下鼻子,"那你为什么要来?"

蒋霜继续说:"为什么我就一定要按照你的想法来?你就一定是对的吗?你就敢肯定你没有后悔过吗?这么多天,一次也没有吗?"

傅也答:"没有。"

"骗子。"

如果没有,他为什么会来?

傅也没有再反驳。他抽出纸巾给她擦脸,动作不算温柔,即便他刻意放轻,还是显得有些粗暴。

擦到最后,泪水透过纸巾沾湿了他的手指,他僵着手臂,想扯唇笑，没笑出来。他凝视着她婆娑湿润的泪眼，心软得一塌糊涂。

"对不起。"

蒋霜走后，燥热的夏天尚未结束。

他仍然睡在地上，卧室里的东西都没动，保持原样，就好像她还没走，还睡在里面，等一大早，她会出来，怕吵到他，轻手轻脚地快速溜进洗手间洗漱。

但到早上，他就知道，她不会再从里面出来，也不会再爬上面包车的副驾，从窗户探出脑袋，催他该走了。

习惯了一个人的存在后，再去接受这个人不在，很难。

有次傅也谈了个大单，做下来能赚不少。

他心潮澎湃，第一时间想要跟蒋霜分享，转头看去却空荡荡。

这里没有她……

那时候他才想到，她早就不在这儿了，她已经坐在大学的教室里，身边是跟她一样的优秀学生。

吃过饭，傅也送蒋霜回宿舍。他住在学校附近的酒店，送她回去，他再出来。

路灯照出昏黄的光线，飞蛾追寻着光源，乐此不疲地扑过去。

"明天还能看见你吗？"蒋霜在宿舍楼底站定，抿唇谨慎地问。

傅也目光静谧："为什么不能？"

他在这里，出现在她面前，从某种程度上来讲，是屈从。屈从她，也屈从真心。

蒋霜放心地笑了："明天见。"

"明天见。"

蒋霜回了宿舍。室友已经洗漱完躺床上玩手机,以为她刚结束兼职,没问她为什么晚归。

等她洗完澡抱着衣服出来,她看到手机上傅也发来的消息,他已经回了酒店,问她明天有没有课。

蒋霜回道:只有早上一节课,十点结束。

傅也那边很快回复:好,等你上完课。

片刻后,他又发来一条信息:明天就交给蒋同学了。

蒋霜扣上手机。

她在这里上了快两年大学,论熟悉程度肯定比傅也强,但是明天去哪儿、玩什么,她一头雾水。

平静片刻,她回身,目光落在室友身上,问:"我想问一下,市内有哪些地方好玩?"

"好玩的?"

三个室友不约而同地停下刷手机的动作,从床上坐起来,看向底下的蒋霜。

"你要跟谁去玩?"室友问。

"……朋友。"蒋霜被她们盯得不自然,含糊其辞。

室友眯着眼,审问语气:"什么朋友?"

"……普通朋友。"她感觉自己真像犯人,不自觉地做了个吞咽动作。

不知道是谁先冷笑一声,紧跟着,室友靠着第六感直接问:"是你那位前男友？"

蒋霜不觉得自己表现得有那么明显，但在三双直勾勾的视线下，她咬下唇，承认般点头。

"什么情况啊？你们和好了？"

"算是。"

"老天爷，你们竟然还有后续！"

三个室友齐声喊出声，八卦的心思溢于言表。这晚，她们开了场宿舍小会，一人一句，盘问着蒋霜事情的来龙去脉。蒋霜平躺着，黑暗中，她多了些表达欲，第一次提到自己跟傅也的事，回顾他们从认识到现在经历的种种。

听完，室友沉寂半分钟，对这位前男友的印象有所改观。

话题才回到最开始的那个问题——去哪儿玩？

几个人讨论过后，一致认同，情侣约会，首选是游乐园，肾上腺素飙升，肢体接触不可避免，有利于迅速拉近两人之间的关系。

蒋霜没有异议。

第二天早课上完，她回宿舍放下书，准备出门时，被室友叫住。

"需要带什么吗？"蒋霜问。

"你打算就这样出去？"

蒋霜点头。

"你是去约会，不是去兼职。"室友将她拉回来，摁在椅子上坐下，说什么也要给她化妆，没衣服就从她们自己的衣柜里拿，找出一套短T恤加短裙在她身前比画。镜子里，那张脸清冷漂亮，但没等给蒋霜套上,就被她委婉拒绝。

"你质疑我们的水平?"

蒋霜笑了笑:"是我怕会不自然。"

如果可以,她想就以现在的样子见面。她还是以前的蒋霜,那个跟他挤在出租屋和面包车里,买杯奶茶都会窘迫的姑娘。她走得再远,本质还是那个她。

室友了然,也没有坚持。

"确实不用化,现在就很漂亮了。去吧,把他一把拿下!"

"好,我努力。"蒋霜故作认真地点头。

两人都是第一次去游乐园,从窗口买票入场后,眼前景象如画卷般展开,过山车、海盗船、大摆锤、旋转木马以及摩天轮……他们在其中穿梭,像两只迷路的蝴蝶。

"敢玩吗?"傅也说的是海盗船。

蒋霜仰头去看,海盗船来回摇摆,几乎快到一百八十度,上空传来游客的尖叫声。

她不知道,抱着试试的心态点头:"敢吧。"

害怕吗?

还是有一点,对于未知的恐惧,以及激动。

两人排队,等上面那拨人下来,工作人员打开围栏,让他们找位置坐下。

海盗船开始动起来时,她条件反射地去看傅也。他变了,也没变,下颌线条紧绷着,鼻梁高挺,睫毛黑长,气质沉定,更加成熟。

他偏过头看她。海盗船荡到高空时,他扯下唇,说话声被后面的尖叫声掩盖掉。他舍弃掉声音,打手语问她:"怕吗?"

蒋霜摆晃着手,拍下胸膛。

"不怕。"

几年没用手语交流过,但一些基础的还是没能忘掉。

傅也沉默地笑了。

海盗船开始回落,失重的感觉随之而来,好似魂魄分离,心脏快从胸腔里跳脱出去,眩晕恶心的不适感统统袭来,蒋霜咬紧唇,试图独自承受。

开始,摇摆还只是小幅度,一个来回后,高度一点点增加,直至升到最高空,又迅速往回摆。

蒋霜不受控地想要抓住点什么,反应不及前,傅也握住她的手,力道大得像是要将她逃离的灵魂也一并拽回来。

"啊!"

蒋霜张开嘴,再也不掩饰地喊出声。

她并不是叫得最大声的,很快就被此起彼伏的呐喊淹没。但可以不用在意其他人的目光,肆无忌惮地发泄自己的情绪,这让她觉得畅快。

傅也也笑,强风将他额前的头发全往后吹。

蒋霜得了玩刺激项目时的乐趣,又拉着傅也去坐过山车。她不必吝啬喊叫,也不必在乎其他人怎么看自己,而每当那时候,傅也都会握紧她的手,随她怎么喊。

她很久没这么放纵过了。

因为是工作日,园里的人并不多,他们将项目玩了个遍。

一直到晚上,按照游乐园里的广播通知,广场上会有灯光烟花秀,八点半开始,游客可以自行前往,找最佳位置观看。

蒋霜仍有兴致,往广场的方向走。

傅也握住她的手。

从过山车上下来之后,他先从座椅上起来,然后伸出手,牵着她,握住就没再放下,自然而然地牵过后半场。

广场上有个铁塔,上去的楼梯窄小,仅供一个人上下。

有游客上去了,但通常都只上了两层,找了个不错的观景位置就停下。蒋霜好奇地上到了塔顶,这儿仅可容纳两三个人,低头看去,底下游客都如移动的黑点。

八点半,烟花准时燃起,灯光变幻,为这次演出又增加了一丝瑰丽的梦幻。

十八岁之前,蒋霜形容自己的人生,会选择暗淡的灰色,因此她从不做梦,也没想过,有一天,她能站在这里,跟傅也一起,亲眼看到这世界的五彩斑斓。

那两个说想走出去的孩子,最终得偿所愿,故事的结尾,是圆满的童话。

"蒋霜。"

傅也叫她,她偏过头,看着他靠近,唇碰上唇。

世界像是被摁下静音键。

这个吻过于生涩，一如几年前的那个吻，唇瓣柔软，依偎地贴着，他们交换气息，像是靠近的两只毛茸茸小狗，鼻尖湿润温暖。

　　直到分开，世界重新有了声音。

　　她回过头，一束束新的烟花升空绽放，每一束都不一样，都有自己的色彩。

　　傅也揽着她的肩，体温交换，共享此时此刻。

　　也许山鸟与鱼不同路。

　　但总会相逢。

正文完

♡**番外 慢慢过**

蒋霜跟傅也,来日方长。

蒋霜大学毕业，拿到大厂录用信的同时，还领了红本本。

室友不理解她毕业就结婚的决定，高喊"英年早婚"，她本人很满意，别人说什么，她都只是笑。

决定结婚，是在很寻常的一天，也没有什么浪漫的求婚仪式。

蒋霜大三时，傅也买了一辆二十万的代步车，每周五开五个小时过来见她，周一早上再开回去。

这样的日子持续了小半年。

一天晚上，傅也问蒋霜："要不要结婚？"

蒋霜的脑子里顿时浮现出一个亮着暖色调灯光的小家，家里是她跟他。于是她点头，说："好啊。"

只是这一问一答的对话，事后再想起，简单得就像是"要吃饭吗""好啊"。蒋霜没当真，傅也却开始着手准备，买了房，房产证写她的名字，做装修，订婚礼酒店。

结婚变成待办事项，他们一起画的钩。

…………

刚开始工作很忙，加班是常事，蒋霜已经默认晚上八九点下班。工作压力有，但在她尚可接受的范围内。到点后，傅也来接她下班，带她去吃东西，然后再回家洗漱睡觉，生活作息规律。

上班一个月后，她收到第一笔正式薪资，中途休息时去附近商场，买了一款钱夹送给傅也。

钱夹他一直在用，里面放着两张照片，一张是他们以前偷拍的合照，一张是结婚的证件照。

拍证件照时，蒋霜很仔细地整理了两人的衣服。傅也不习惯穿衬衫，领口的位置不平整，她扭过身，将领口展平。

"好，看这边。"

两人扭头，看向前方，露齿微笑。

结果照片拍出来的效果不尽如人意，笑容有些傻气。

但傅也很喜欢，视若珍宝地收藏在钱夹里。

拿到结婚证后，两个人的名字出现在一张纸上，他反复地盯着看，好似没有实感。

不过，结婚的过程并不顺利。

在傅也登门前，舅舅舅妈甚至不知道蒋霜正和他谈恋爱，两人虽然曾隐晦提过上大学就可以恋爱，但没想到大学毕业蒋霜就领了个人回来，那人还是傅也，张口就是希望他们将蒋霜交给他。

舅妈对傅也的偏见根深蒂固，虽然这几年他风评好转，但她仍坚定地认为两人并不般配。他们近些年已经把债还得七七八八，蒋霜又是名牌大学毕业生，不比傅也差哪儿去。

舅舅也对傅也不冷不淡，吃饭时都不怎么吭声，独自喝着闷酒。

气氛一瞬间低到冰点。

只有陈阳乐意。他们在一起时，蒋霜曾跟陈阳提过，他当时很震惊，怎么也想不出这两人有什么交集，又忽而想到有次蒋霜问他会不会手语。他神经大条，当时并没有将两人联系到一起。这时再想，原来从那时就有迹可循。

陈阳问两个人结完婚有什么打算，毕竟两个人是异地。

傅也说他已经买好了房子，户主是蒋霜，已经装修好了，等婚礼办完，正好能住，那儿离蒋霜工作的地方也近，通勤方便。

"房子写的是我姐的名字。"陈阳刻意挑重点说,瞥了眼自己的父母。

舅妈的脸色缓和了一些,又问了一些问题。傅也一一回答,态度诚恳,看起来人也踏实,以往的偏见被逐个破除。

舅舅不置一词。

时间不早,舅妈松口让傅也留下住一晚。他们的老房子很久没人住了,傅也跟陈阳挤一个房间。陈阳话多,晚上睡不着,追问他们在一起的细节,被蒋霜听到,敲着墙壁,让他早点睡。

陈阳告状:"你别看我姐挺温柔的,其实可凶了,我从小到大没少挨过她的打。"

"陈阳!"蒋霜的脸一热。

傅也慢悠悠地说:"有没有可能是你欠揍?"

"不愧是两口子,互帮着说话。"陈阳说不过两个人,躺下睡觉。

蒋霜淡笑,想到舅舅,笑容淡去。

这两天,舅舅都是早出晚归,忙他包下的小工程,回来时灰头土脸,衣服裤子上沾着水泥泥浆,洗个澡倒头就睡。

舅妈安慰蒋霜,说过段时间会好的,他就是一时想不通。

蒋霜点点头。

第二天一早,她去找舅舅。

夏日酷暑,舅舅戴着草帽,在一处树荫下蹲着,跟工人示范怎么做。他全身被晒得黢黑,手臂上的肌肉遒劲有力,干起活来比二十岁的年轻人还精神。

蒋霜拿着水过去,舅舅喝了一瓶,剩下的让工人分掉。

舅舅拧开瓶盖，"咕噜"灌下一大口，又扯过搭在脖颈上的毛巾擦汗，扭头看她，问："舅舅要是不同意你们的事，你会恨舅舅吗？"

蒋霜摇头："不会。"

舅舅短促地笑了一下，扭头看前方："你从小就听话懂事，没让我们操过什么心。我抱你回来的时候，你才到我小腿高，瘦得跟小猴似的，谁看着都心疼。你什么都好，就是命不好，那么小爸妈就没了。

"养到现在，你是个大姑娘了。你去上大学的那天晚上，我梦到你妈了，跟你妈说，姐你看，这孩子我养得好吧。

"当时你舅妈要让你嫁人，我很生气，气得发抖。你还那么小，我要送你去上大学，去大城市，去见世面。我不想要你跑回来嫁人。

"你告诉我，傅也跟陈政有什么区别？"

蒋霜胸口涌出潮水般的愧疚，她问舅舅还记不记得高考后的那个暑假。

"记得，你去你那朋友的亲戚家打工。"

蒋霜说："我撒谎了。那个夏天，我在跟着傅也替别人搬家赚钱，是求着他的。从给人搬家，到后来收二手旧家具，挺难的，但我也这么撑过来了。我到现在还能记得，那时的每一天，我靠双手靠力气赚钱。"

"你那时候就跟他在一起了？"舅舅的声音陡然拔高，又气又自责，如果不是他没本事，她哪里需要去干体力活？

蒋霜摇了摇头，将那时发生的事都讲给了舅舅听，包括后来他给她卡,给她钱,跟她断联系……他什么都不求,他只想让她好。

他们都是没爸妈的孩子,吃过苦,知道现在好日子的来之不易。结婚不是一时冲动,也很难讲是深思熟虑,只是自然而然地就发生了。

舅舅听完,沉默半晌。再起身时,他拍拍身上的灰尘:"明天,跟我一起去看你爸妈吧,把他带上。"

翌日,一家人都去了。

点完蜡烛,上香,最后烧纸。

舅舅让舅妈和陈阳先往回走,留下蒋霜跟傅也。舅舅对着墓碑说:"姐,我们霜霜找到好人家了,要结婚了。这是你女婿,叫傅也,跟我们是一个村。"

傅也立在舅舅身边。

"我替你看过了,挺好的,你放心。"舅舅笑,"我们霜霜长大了。"

傅也没说话,于沉默中跪下,磕了三个头。

"行了,跟你爸妈打过招呼,舅舅就做主,同意你们的事了。以后日子还长,你们好好过,都是苦过来的,以后就没有苦,只有甜了。"

蒋霜眼泪掉下来,又被抹去,她说不出话,唯有点头。

傅也先改口,说:"谢谢舅舅。"

"下去吧,我再跟霜霜爸妈说几句。"舅舅摆手。

蒋霜跟傅也下山,半路回头时,舅舅就靠坐在墓碑边,像雕塑般屹立,粗糙的手抹着脸,将湿意抹了个干净。

婚礼是在老家办的,亲友齐聚,见证一个新家庭的组建。

两人都不是重仪式感的人,但该有的一个都没差。蒋霜第一次穿中式新娘服,在众人的起哄下,傅也倾身吻住她。

他们额头紧靠,鼻尖相抵,都在笑,余生都会如今天一般幸福。

婚后旅行地定在一座沿海城市。

两个人都是第一次看海,出发之前,蒋霜就已经按捺不住,她提前换上泳衣,在镜子里反复检查数遍,认为没有什么不妥才脱下带上。

飞机落地,抵达海边。

这里没有山的阻隔,海平面与天空交汇,一眼望不到尽头,海风咸湿,浪潮有节律地涌动着。

蒋霜不会游泳,就在沙滩边踩水玩。

傅也的穿着更随意,上半身是T恤,下半身是落地后买的三十块一条的沙滩裤,脚上踩着人字拖。

来这儿度假的人不少,海边挤满了颜色各异的充气救生圈。

傅也牵着蒋霜的手走到另一边的市集。因为是旅游城市,这里的物价贵到令蒋霜咋舌,她原本看中了几个小饰品和一个宽沿边的帽子,在对方报价后,条件反射般放了回去。

转头,她对看着自己的傅也说:"走吧。"

但傅也搂住她,将她刚才看中的东西一并买单,不论她说什么,都买来给她。

蒋霜挺生气,数落他乱花钱。

"想要为什么不买？"

"想要的东西很多，哪能都如愿。"

傅也眼神暗了一下，将刚买来的那顶帽子给她戴上。她脸小头也小，帽檐大到几乎要遮住她的肩。她微微调整了一下，仰起头，看着他时，杏眼莹亮湿润。

他说："我想要让你都如愿。你想要的，我都希望能给你。

"不论它是几十块、几百块、几万块，只要我有，只要我可以，我都想买给你。"

蒋霜眨着眼睛，轻声说："我知道。"

她怎么会不知道，从那杯奶茶开始，他就已经洞穿她的全部。她不是不想要，是比所有人都更想要。但能怎么办呢？她的成长经历，造就了她别扭的性格。

傅也碰碰她的脸："不为别的，因为你值得。"

蒋霜握住他的手，坦然接受，说："谢谢。"

"跟我不用说谢谢。"

午后，一场暴雨突如其来。他们猝不及防，尽力在雨中奔跑，还是不可避免地被淋湿。

回到酒店，洗完澡换上干净衣服，出来时，雨还没停。雨点拍打阔叶，像是现场演奏的击打乐。

蒋霜的头发还湿着，傅也找来吹风机替她吹干。

因为下雨，两人下午的行程泡汤，晚餐就在房间里解决，点了外卖。

聊到小时候，蒋霜说起对傅也的初印象："你那时看着很凶，像只饿了好多天的野狗，身上都是血，我是真的被吓到了。"

"被吓到还给创可贴？"

"你还让我少管闲事。"话说到这一步，蒋霜控诉他刚开始是真的不待见她，对她一直没什么好脸色，她都不知道自己哪里那么招他讨厌。

傅也慢慢喝了口水，笑道："没有不待见你。

"从见你的第一面起就没有。大半夜的，你一个人守在那儿，我知道你也不容易。之后你来我家，帮奶奶提东西，我很早就看到了，一直到你走近，我实在装不下去了才出来。"

虽然那时他的表情酷酷拽拽，但心里早就乱成一团，这种感觉从来没有过，从内而外的燥，无处宣泄。

"我想跟你做朋友，但不知道以什么方式，我之前没交过什么朋友。"

所以当时他遇见陈阳，陈阳兴冲冲地邀他去家里，他知道她在家，才会点头。他想释放善意，让自己看起来没那么浑蛋。

"之后你来给我送东西，像个小信差似的。我不想让你来，是因为汽修店里鱼龙混杂，我担心你会招惹上乱七八糟的人……但又很矛盾，我既不想你来，又想你来，想见你，想看你呆呆的表情。"

傅也扯唇轻笑。

哪怕只是一起吃碗面条，那天也会变得不同。

"后来我受伤，浑浑噩噩地熬了几天，浑身上下都痛，那时我是真的觉得自己可能要死了……但看见你的时候，我又庆幸自己还活着。"

他对一切都不抱希望,但黑暗里,却有一束光亮起。

"就连决定戴助听器,也是因为你——看着你在我面前叽叽喳喳的鲜活模样,我想要听到你的声音。"

蒋霜眼眶发红,内心的情绪如潮水翻涌,密密麻麻,难以自控。

这些,她从来没听他说过。她不知道,他们的故事,在他的视角是这样的。

"高考后的暑假,你把头发卖了,假小子一样在我面前叫板,我是真想让你清醒点,别那么犟,结果你搬起东西来不输别人。你那么好,好到让我总觉得配不上你。"

她一直在刷新他的认知。

他们挤在出租屋相依为命,起早贪黑,她没有过一句怨言。

从某种程度上来讲,他被她折服,无关爱情,是打心底的佩服。

"我没有你讲的那么好。"蒋霜抱着手臂,腼腆地笑了下。她不觉得这些有什么值得称赞的地方,一路走来,她已经很幸运。

"被舅舅带回来后,舅妈对我很好,还有陈阳也对我很好。

"到现在,能走出来,看到海,我已经很幸运了。

"真的,我很满足。"

没什么好抱怨的。每个人都拿着不一样的剧本,重要的是怎么演下去。

暴雨来得快,走得也快。

下过雨的天空湿漉漉的,干净澄澈,比来时更漂亮。

两个人不约而同地望向阳台外,静默地欣赏眼前片刻的静谧。

他们在这里待了大半个月,后来退掉酒店短租了一个靠海的房子,里面的生活用具一应俱全,将该去的景点一一去过后,他们的生活越来越简化——上午结伴沿岸散步,蒋霜在沙滩上捡的贝壳已经能放满一个玻璃罐;回去吃过饭,午睡后,待在家里看看电影;傍晚出去吃饭,听人唱歌,在篝火边接吻;晚上,又牵手回家。

蒋霜在这里学会了游泳,也潜过海,触碰过珊瑚礁,被小丑鱼环绕……长大后,她才知道世界之宽广,正等待他们用双脚去丈量、去探索。

…………

孩子是婚后第三年决定要的。蒋霜有着极强的计划性,等工作差不多稳定后,她提出想要一个宝宝。

当时傅也已经把核心业务转过来,靠着以前的基础,在新城市渐渐扎稳脚跟。

怀胎十月,蒋霜生下一个胖乎乎的小公主,哭声嘹亮,被医生、护士揶揄肺活量不错。

小公主取名"傅一霜",中间的"一"更像是破折号。蒋霜不确定女儿会不会喜欢这个名字,承袭她的爸爸妈妈。两人商定,如果她长大后不喜欢,同意她取自己喜欢的名字。

傅一霜小名叫"一一"。

独一无二的"一"。

一一生下来就偏重,身体健康,性格既不像爸爸,也不像妈妈。她活泼好动,对一切事物都感到好奇,"咿咿呀呀"的,从小就展现出话痨的一面。

由于是家里的第一个小朋友,两人都像宝贝似的哄着宠着一一。

在孩子满三个月后,蒋霜继续工作。她喜欢工作时的自己,闲下来反而会胡思乱想。因为她工作忙,傅也照顾一一的时间更多,冲泡奶粉、换尿布……关于一一的事,傅也比蒋霜更得心应手。

陈阳调侃傅也变成了超级奶爸。

傅也不觉得这有什么,出去谈生意,有时候他也会将一一带上,一手抱着一一,一边跟人谈合作。

一一到点就要吃饭,他起身抱歉说暂停一下,跟着打开包取出奶粉用温水冲泡,这些他单手就能完成。冲完奶粉,滴上一滴到手背上,温度刚好合适,他才会递给一一喝。

合作人并不介意,相反,傅也重家庭、负责任,反而是个可靠的合作对象。

不过,蒋霜会觉得抱歉,想请个阿姨替他分担,但傅也说不放心,再者家里还有奶奶,能够帮衬着。

工作最忙的时候,舅舅舅妈也会过来帮忙。

他们如今已经将小卖部关掉。债务还清后,舅舅一年承包两个小项目就能养活家庭,剩下的时间,他都用来跟舅妈组团旅行。

一一两三岁时,能说会道,能走会蹦,俨然一个小混世魔王。

傅也随着她折腾,跟在她屁股后面收拾,任劳任怨。

蒋霜有一次下班回家,看见一一手里拿着他的助听器在玩,他坐在旁边看着,只在她快要塞进嘴里时才伸手去挡,挡完,仍由着她扯着玩。

"……一一。"蒋霜略带责备地叫她。

一一见到蒋霜,立刻丢开助听器,伸出两只胖软手臂,声音奶声奶气:"要抱抱。"

再硬的心肠这会儿也化成了水,蒋霜放下包,洗过手后将她抱起来。

一一是个小糖豆,亲热地搂住蒋霜的脖子,左亲右亲,撒娇说:"妈妈,我好想你呀。"

"在家乖不乖?"

"乖的,宝宝很乖。"一一努力保证。

傅也戴上助听器过来,佯装要跟蒋霜告状一一做的坏事,才刚说了个开头,就遭到一一伸出小指头警告:"爸爸,坏!"说好的保密,现在又说给妈妈听。

"什么情况,傅一一?"蒋霜假装生气的时候,就会这么叫。

一一呜咽一声,重新趴回蒋霜的肩膀上,软乎乎的脸贴着她的脖颈,小声说自己不是故意的,小手指拧来拧去,快委屈死了。

夫妻俩对视一眼,忍不住笑。

傅也转身去做饭,切菜颠勺的样子还是没变,像声势浩荡的大厨,将做饭变成交响乐现场。每当这时候,一一跟蒋霜都会充当气氛组,给他加油打气。

饭后,是一一的阅读时间,通常由陪伴更少的妈妈负责。

蒋霜抽出绘本,一一坐在她身前,大圆眼睛里是知识没有进脑袋的清澈。一一对文字都不感兴趣,只喜欢看色彩丰富的图画,图画看完即全部看完,没有耐心。

蒋霜只好跟一一讲道理，一一扁着嘴，明显不是很服气。

傅也过来插话："算了，下楼去玩吧。"

一一蹦跳起来，自己去玄关那儿坐下换鞋子。

蒋霜埋怨："她好没耐心，这样不好。"

傅也不以为意，宽慰她："没什么好不好，我们要尊重她的意愿，不能用成年人那一套约束她。"

他更希望女儿是自由的。

蒋霜被说服，瞥他一眼："这都要怪你。"

"为什么怪我？"

"不然你以为她没耐心像谁？"简直跟傅也一个模子刻出来的。

到这时候，一一人小鬼大地跳出来，提醒："爸爸，妈妈，吵架不好，不要吵架。"

傅也过去捏了捏她的胖软脸蛋，一手扛起女儿，一手牵着老婆出门。

等到下楼，一一就不让抱了，追着哥哥姐姐"哒哒哒"地跑，像阵风似的，难以捕捉。

夫妻俩在后面慢慢走。

幸福是很宽泛的定义，却又能具象化到一件小事——是两人牵着手，一起看女儿的背影；是转过头，另一方永远看着自己的眼神；是一日三餐，家常便饭。

往后再五年、十年、三十年，她都过不腻。

饭要慢慢吃，日子慢慢过。

蒋霜跟傅也，来日方长。